Unbequeme Tote

Subcomandante Marcos | Paco Ignacio Taibo II

Unbequeme Tote
(Es fehlt, was fehlt)

Roman, vierhändig

Aus dem Spanischen von
Miriam Lang

Assoziation A

Titel der Originalausgabe (México 2005):
Muertos incómodos
(Falta lo que falta)

Die Übersetzung wurde gefördert von:
Deutscher Übersetzerfonds e.V.
Am Sandwerder 5, 14195 Berlin

Assoziation A
Gneisenaustr. 2a
10961 Berlin
Tel.: 030-69582971

www.assoziation-a.de

Lektorat + Satz:
Angela Habersetzer, Theo Bruns, Rainer Wendling
Titelgestaltung:
kv unter Verwendung eines Fotos von bs
Druck: Winddruck Siegen

ISBN 3-935936-39-7

Kapitel 1

Manchmal dauert es länger als 500 Jahre

»Was länger dauert als sechs Monate, ist entweder eine Schwangerschaft oder nicht der Mühe wert«, sagte der Sub zu mir.

Ich hab ihn mir eine Weile angeschaut, um herauszufinden, ob er das im Scherz sagt oder ernst meint. Beim Sub laufen die Dinge nämlich manchmal überzwerch. Das heißt, er bescherzt die Städter, aber auf unsere Art, oder er macht Witze mit uns, aber auf die Art der Städter. Und dann trifft er einfach manchmal daneben. Auch wenn es nicht so aussieht, als ob ihm das viel ausmacht. Er lacht.

Aber nein, diesmal war es nicht so. Der Sub machte keine Witze. Es genügte zu sehen, dass sein Blick ernst war, starr auf die Pfeife gerichtet, die er gerade mit dem Feuerzeug anzündete. Er schaute die Pfeife an, als würde er von ihr und nicht von mir erwarten, dass sie ihm Recht gibt. Er hatte mir gesagt, dass er mich in die Stadt schicken würde, dass ich ein paar Arbeiten für den Kampf machen müsste, dass ich zuerst eine Weile damit zubringen würde, die Art von der Stadt anzunehmen, und nachher dann würde ich die Arbeiten machen. Da hab ich ihn gefragt, wie lang ich denn bräuchte, die städtische Art anzunehmen, und er hat mir geantwortet sechs Monate, und ich hab ihn gefragt, ob es denn mit sechs Monaten getan ist, und da hat mir der Sub das gesagt, was er eben gesagt hat.

Der Sub hat mir das gesagt, nachdem er lang mit einem gewissen Pepe Carvalho gesprochen hatte, der mit einer Nachricht von Don Manolo Vázquez Montalbán nach La Realidad gekommen war und um ein Treffen mit dem Sub gebeten hatte. Das heißt, so hat es mir der Max erzählt, der, der ihn empfangen hat. Ich hab ihn auch kennen gelernt, den Don Manolo. Es ist schon ein paar Tage her, dass er gekommen ist, um den Sub zu interviewen. Er hatte einen Haufen *butifarras* dabei, das heißt einen Haufen

Fleisch in seinem Rucksack. Ich weiß nicht, was *butifarras* ist, aber als ich ihn mit dem Pferd eingeholt hatte, hab ich gesehen, wie die Hunde den Don Manolo eingekreist hatten. Ich hab ihn gefragt, ob er irgendein Fleisch in seinem Rucksack hat, und er antwortete »ich habe *butifarras*, aber die sind für den Subcomandante Insurgente Marcos«, das hat er gesagt. Da hab ich deutlich gesehen, dass er viel Respekt hat vor dem Sub, denn so nennen ihn nur die Städter, die ihn sehr respektieren und lieb mögen. Aber ich wollt gerade erzählen, was *butifarras* ist, weil ich ihn ja gefragt hab, ob er Fleisch dabei hat, und er hat geantwortet, dass er *butifarras* hat, also sind *butifarras* solche Arten von Fleisch, wie sie in seinem Land von Don Manolo gemacht werden.

Don Manolo mag es nicht, wenn man ihn »Manolo« nennt, man soll »Manuel« sagen. Das hat er mir gesagt, als wir auf dem Weg zur Kommandantur waren. Wir haben lang gebraucht mit dem Ankommen. Einmal, weil Don Manolo von Pferden keine Ahnung hat und eine ganze Weile gebraucht hat, bis er in den Sattel gestiegen war. Und nachher hat er auch noch ein sehr ungezogenes Pferd erwischt und – sagen wir mal, das mit dem Reiten ist nicht so seine Sache – das Pferd ist also in Richtung Weide losgelaufen anstatt auf den richtigen Weg. Weil wir lang gebraucht haben, bis wir die Pferde so weit hatten, haben Don Manolo und ich geschwatzt, und ich glaub sogar, wir sind darüber Freunde geworden. So hab ich erfahren, dass er es nicht mag, wenn man ihn »Manolo« nennt; aber mir reicht's ja schon, dass man mir sagt, eine Sache nicht, damit ich mich drauf verstur, dass doch. Ich mach das nicht aus Schlechtigkeit, ich glaub, so bin ich gemacht, das heißt, es ist meine Art, Contreras eben, der Kontrageber. So nennt mich der Sub, »Elías Contreras«, aber nicht etwa weil ich so heiße. »Elías « ist mein Deckname und »Contreras«, na ja, so hat der Sub mich getauft, weil er gesagt hat, dass ich auch einen Decknachnamen brauche, und weil ich bei egal was immer Widerworte gebe, würde der Nachname »Contreras« eben gut zu mir passen. Das war eine ganze Weile, bevor ich nach Guadalajara gefahren bin, um in den öffentlichen Bädern von *La Mutualista* eine Botschaft abzuholen, und den Chinesen Fuang Chu kennen lernte. Und ja, auch lang bevor ich mich mit dem Ermittlungskommission namens Belascoarán getroffen hab, am Revolutionsdenkmal, dort in der Hauptstadt. Ich sag »Ermittlungskommission«, aber der Belascoarán sagt »Detektiv«. In unseren zapatistischen Gebieten gibt es keine »Detektive«, es gibt »Ermittlungskommissionen«. Der Belascoarán sagt, in Mexiko-Stadt gibt es keine »Ermittlungskommissionen«, da gibt es »Detektive«. Ich sag ihm, jeder nach seiner Art. Aber wie ich schon sagte, das alles war viel später, nachdem der Sub mir das mit den sechs Monaten gesagt hat. Und viel später war es auch, dass ich in Mexiko-Stadt die Magdalena kennen gelernt hab. Ach, die Magdalena! Aber davon erzähl ich euch ein andres Mal mehr ... oder besser erzähl ich es euch überhaupt nicht, weil es gibt Wunden, die heilen auch nicht, wenn man von ihnen erzählt. Im Gegenteil, sie bluten noch mehr, wenn man sie in Worte kleidet.

Aber lang bevor der Sub mir das mit den sechs Monaten gesagt hat, hatte ich schon ein paar Sachen ermittelt, die in den autonomen zapatistischen Rebellengemeinden passieren. Man sagt eigentlich ›Fälle‹, nicht ›Sachen‹, hat mir nachher der Belascoarán gesagt, der mich andauernd auf den Arm genommen hat, weil ich wie er meint ganz schön anders rede, und immer wenn er gerade Lust hatte, hat er mir meine Art zu reden verbessert.

Aber ich, na ja, anstatt mich zu verbessern, hab ich noch eins draufgesetzt. Contreras eben. Einer von diesen ›Fällen‹ war der, der jetzt diesem Kapitel von dem Roman, der ganz schön anders ist, das werdet ihr schon noch merken, seinen Titel gegeben hat.

Aber lasst mich und ich erzähl euch ein bisschen über wer ich war. Ja, war. Weil jetzt bin ich schon dahingeschieden. Ich war Milizionär, als wir 1994 den Aufstand gemacht haben, und ich hab bei den Truppen des Ersten Zapatistischen Infanterieregiments gekämpft, das der Sub Pedro angeführt hat bei der Einnahme von Las Margaritas. Jetzt wär ich eigentlich um die 61 Jahre alt, aber ich bin nicht so alt, weil ich schon tot bin. Das heißt, ich bin dahingeschieden. Den Sub Marcos hab ich zuerst 1992 kennen gelernt, als über den Krieg abgestimmt wurde. Mehr nachher hab ich ihn dann 1994 wiedergesehen und wir haben uns zusammengeschwatzt, als die Bundesarmee uns im Februar 1995 angegriffen hat. Ich war mit ihm und mit dem Major Moisés zusammen, als sie die Panzer auf uns gehetzt haben, die Hubschrauber und die Sondereinheiten von den Soldaten. Es war schon ein bisschen schwer, aber ihr seht ja, sie haben uns nicht geschnappt. Wir haben uns verkrümelt, wie man so schön sagt. Obwohl wir noch tagelang das Tschaka Tschaka von den Hubschraubern gehört haben.

Gut, das waren jetzt schon eine Menge Schleifen. Ich wollt mich bloß vorstellen. Ich heiße Elías, Elías Contreras, und ich bin Ermittlungskommission. Aber vorher war ich nicht Ermittlungskommission, ich war bloß Unterstützungsbasis für die Zapatistische Nationale Befreiungsarmee, hier in Chiapas, das in unserem Land Mexiko ist. Und wo das jetzt wirklich liegt? Tja, da schaut doch mal nach auf einer Landkarte, die gibt's bei der

Generalkommandantur der EZLN

»Ruf mir doch den Oberstleutnant José«, sagt der Sub.

José kommt. Der Sub überreicht ihm ein paar Papiere und sagt:

»Das ist gerade reingekommen.«

Nachdem er alles gelesen hat, gibt der Oberstleutnant ihm die Papiere mit einer Frage zurück.

»Und was wirst du tun?«

»Ich weiß nicht«, sagt der Sub, und beide denken nach ... Der Tukan fliegt mit lautem Flügelschlag davon und lenkt die Blicke der beiden ab. Eine Weile später schauen sie sich an und sagen gleichzeitig:

»Elías.«

Es dämmert schon, als die Silhouette des Oberstleutnants zu Pferd sich gegen die Berggipfel abzeichnet. Er reitet am Rand des Dorfs entlang, dem Schlamm und neugierigen Blicken ausweichend. Er gelangt zu Adolfos Posten.

»Und der Major?«, fragt er.

»Der ist in einer Sitzung mit den Dorfvorstehern.«

Der Oberstleutnant geht.

Der Major nimmt einen Zettel in Empfang und liest: »Treib Elías auf und sage ihm, er soll am vereinbarten Ort vorbeigehen, um mit dem Alten zu reden. Wenn er morgen kann, ist es gut, wenn nicht, dann eben, wann er die Möglichkeit hat. Das ist alles.«

Über Funk sendet der Major: »Gamma, Gamma. Wenn du empfängst, dann sag dem mit dem großen Auge, dass er sich morgen oder wann er kann seine Brille kaufen soll.«

Auf einem Berggipfel empfängt der Funker die Nachricht und sendet weiter: »Turteltäubchen, Turteltäubchen, wenn du empfängst, es gibt eine 40 für Elías, Wolke sagt, er soll morgen gehen.«

Im Dorf geht der Wachposten mit dem Verantwortlichen reden.

»Du sollst Elías suchen und ihm sagen, dass er morgen nach La Realidad soll.«

Die Sonne ist schon seit einiger Zeit hinter der geschwungenen Linie der Berge versunken, als Elías an der Tür zu seiner Hütte auftaucht, mit einem Stirnriemen ein Bündel Kürbisse schleppend. In einer Hand trägt er die Flinte und in der anderen

Die Machete

Ja, der Sub hat mir nicht wirklich das Papier gezeigt, aber er hat mir gesagt, um was für eine Sache es sich handelt. Es ging um ein Verschwinden. Dass sie ihn in dem Papier darauf hinweisen, dass eine Compañera verschwunden sei und dass der Sub ein Kommuniqué verfassen soll, in dem er die schlechte Regierung dafür verantwortlich machen soll. Das ist ohnehin dem Sub seine Arbeit, aber der Problem ist, dass die Leute aus der Stadt, das heißt die Städter, schon daran gewöhnt sind, dass wir Zapatisten mit der Wahrheit zu ihnen sprechen, das heißt wir verlügen sie nicht. Und dann gibt es nämlich einen Problem, nämlich was, wenn der Sub ein Anschuldigungs-Kommuniqué schreibt und nachher herauskommt, dass die Compañera gar nicht verschwunden ist oder dass es gar nicht die schlechte Regierung war, die ihr geschadet hat, und dann, na ja, dann würden wir eine Lüge von uns herauslassen und dann, na ja, dann würde unser Wort irgendwie geschwächt werden und nachher würden sie uns nicht mehr glauben. Und meine Arbeit war also, dass ich herausfinden sollte, ob diese Compañera wirklich verschwunden war oder was auch immer, und dann sollte ich dem Sub Bescheid geben, was wirklich passiert war, und er würde dann schon sehen, was wir dann machen.

Ich hab den Sub gefragt, dass wie viel Zeit ich hab, und er hat mir gesagt nur mal drei Tage. Ich hab ihn nicht gefragt, wieso drei Tage und nicht einer oder zehn oder fünfzehn. Er wird das schon wissen. Ich bin das Maultier satteln gegangen und hab noch am selben Nachmittag den Kurs auf Entre Cerros genommen, dieweil so das Dorf heißt, wo die Compañera verschwunden ist, die Maria heißt oder hieß, weil vielleicht war sie ja auch schon dahingeschieden, und sie ist oder war die Ehefrau des örtlichen zapatistischen Verantwortlichen.

Beim Ankommen hab ich zu dem verantwortlichen Compa mit Namen Genaro gesprochen, der wo der dahingeschiedenen Maria ihr Ehemann war oder ist. Nun gut, sie ist nicht dahingeschieden ... noch nicht. Der Genaro hat mir gesagt, dass er glaubt, dass sie zum Holzmachen raus ist und nachher, nun ja, ist sie einfach nicht mehr wiedergekommen. Er hat sie gesucht, ja. Er hat sie nicht gefunden. Dass wenn er sie gefunden hätte, hätte er ja der Kommandantur nicht Bescheid gesagt. Dass das vor ungefähr drei Wochen war. Warum er dann nicht gleich Bescheid gesagt hat. Weil er geglaubt hat, dass sie nachher gleich wieder auftauchen würde. Ob er denn nicht weiß, wohin sie sich aufgemacht hat. Dass nein. Dass ich sie suchen soll. Dass sie vielleicht die Soldaten oder die Paramilitärs entführt haben oder dass sie schon dahingeschieden ist. Dass wer ihm jetzt nur seinen Pozol und seine Tortillas machen soll. Dass wer jetzt nur auf die Kinder aufpassen soll.

Ich hab mich verabschiedet. Ich hab irgendwie gesehen, dass er sich mehr sorgt um wer ihm das Essen kocht als wie um das Schicksal der Dahingeschiedenen. Das heißt, er hat sie nicht auf gute Art erinnert, das heißt mit Liebe, wie man sagt, sondern er hat sie nur für die Arbeiten erinnert. Na ja, also bin ich lieber runter zum Fluss, dahin wo die Frauen waschen, und da hab ich meine Gevatterin Eulogia getroffen.

Sie war da mit meinem Patenkind, dem Heriberto, und hat wer weiß was gewaschen. Und da hab ich also zu meiner Gevatterin Eulogia geredet, weil sie ohnehin sehr herausfinderisch ist. Und sie hat mir gesagt, dass die dahingeschiedene Maria, die noch gar nicht dahingeschieden war, bevor sie verschwunden ist, aufgehört hatte, zu den Versammlungen der Kooperative »Frauen für die Würde« zu gehen, genau dann, als sie sie zur Vorsitzenden machen wollten, und dass sie, die Eulogia, die mutmaßliche Dahingeschiedene besuchen gegangen ist, um zu sehen, warum sie nicht mehr zu den Versammlungen kam, und dass sie, die Maria, ihr gesagt hat »vielleicht erlaubt man es nicht«, und dass sie ihr sonst nichts mehr gesagt hat, weil dann gleich der Genaro kam, und die

Maria hat dann geschwiegen und hat den Mais gemahlen. Ich hab sie gefragt, ob die Maria sich vielleicht in den Bergen verlaufen haben könnte, und da hat die Eulogia gesagt:

»Was soll sie sich denn verlaufen, wo sie doch wirklich alle Pfade und Schneisen kennt!«

»Hm, dann hat sie sich nicht verlaufen«, sag ich ihr.

»Nein«, sagt sie mir.

»Was dann?«, frag ich sie.

»Na, ich glaub ja, dass es der Sombrerón war, der sie sich geholt hat«, antwortet sie mir.

»Macht keine Witze, Gevatterin«, sag ich ihr, »jetzt seid Ihr schon so alt und glaubt immer noch an diese Märchen vom Sombrerón!«

»Na, Ihr seht ja, dass nachher komische Dinge passieren, Gevatter, so wie das mit der Frau von Ruperto«, beharrt die Eulogia.

»Ach was Gevatterin! Das war doch nicht der Sombrerón, das war der Miguel. Erinnert Ihr Euch vielleicht nicht mehr daran, dass sie die zwei schön nackig unter dem Herd gefunden haben?«, setze ich nach.

»Gut«, sagt die Eulogia, »aber nachher gibt's noch andere Geschichten vom Sombrerón, die mir schon wahr daherkommen.«

Ich hatte einfach keine Zeit, um meiner Gevatterin Eulogia zu erklären, dass die Märchen vom Sombrerón genau das sind, nämlich Märchen, also hab ich mich zu dem Pfad aufgemacht, der dahin führt, wo sie Brennholz holen. Ich war schon fast aus dem Dorf raus, als ich eine Stimme hörte, die sagte:

»Der Elías Contreras!«

Ich hab mich umgedreht, um nachzuschauen, wer mich anspricht, und es war der Comandante Tacho, der gerade ins Dorf gelaufen kam, ich glaub, um eine Versammlung abzuhalten.

»Was gibt's, Tacho?«, hab ich ihn begrüßt.

Ich wäre ja gern geblieben, um mit ihm über Neoliberalismus und Globalisierung und diese ganzen Sachen zu reden, aber ich hab mich erinnert, dass ich nur drei Tage hab für die Sache mit der gewissen dahingeschiedenen Maria, und da hab ich mich sogleich vom Tacho verabschiedet.

»Ich geh schon gleich.«

»Ah, bist du als Kommission unterwegs?«, fragte er mich.

»Ja«, sagte ich ihm

»Na, dann geht mit Gott, Don Elías«, verabschiedete er mich.

»Geht auch mit Gott, Don Tacho«, sagte ich ihm und machte mich auf den Weg.

Wie ich aufs freie Feld komme, fängt es an zu regnen. Ich hatte kein Plastik dabei, also hab ich gleich da angefangen laut vor mich hin zu schimpfen, obwohl Schimpfwörter nicht vor dem Regen schützen, aber sie wärmen einen wenigstens ein bisschen auf. Ich folgte dem Weg fürs Holzmachen recht weit. Die Sache ist, dass die Pfade fürs Holzsammeln sich oft verzweigen, als ob es der Ast von einem Baum wäre. Überall bin ich rumgelaufen und hab nix gefunden, nix, um rauszufinden, was mit der mutmaßlich dahingeschiedenen Maria gewesen sein könnte. Ich setzte mich an den Fluss auf einen Stein, um meinen Pozol zu trinken. Es wurde sich schon dunkel. Obwohl der Mond ein Ball war, musste ich meine Funzel benutzen, um zum richtigen Weg zurückzufinden. Ich war einer alten Schneise gefolgt. »Und nun?«, dachte ich und starrte blöd auf die von einer Machete abgehauenen Zweige. Machete ... Machete! Genau! Ich hatte nirgends die Machete gefunden, mit der die angeblich dahingeschiedene Maria zum Holzmachen gegangen war. Da erinnerte ich mich, dass ich beim Genaro eine Machete neben den Holzstapeln an der Hüttenwand gesehen hatte. Da war einiges an Holz gewesen, warum sollte die schon nicht gar mehr so arg dahingeschiedene Maria also losgegangen sein, um noch mehr zu holen, wenn sie doch schon für eine ganze Weile Holz gehabt hatte? Da kam mir der Gedanke, dass die Maria vielleicht gar nicht verschwunden worden war, sondern dass sie sich selbst verschwunden hatte. Das heißt, dass sie entflohen war, wie wir hier sagen.

Als ich das begriffen hatte, schlug ich den richtigen Weg nach Entre Cerros ein und legte mich nach einem Kaffee bei meiner Gevatterin Eulogia zum Schlafen in die Maiskammer. Ich konnte nicht einschlafen. Bei dem Regengeprassel und den Sorgen wollte mein Schlaf einfach nicht kommen. Wenn mein Schlaf nicht kommt, denk ich viel. Die Sara schimpft mich, weil ich so viel denk. Ich sag ihr, dass ich nicht anders kann, dass sie mich so gemacht haben. Ich hab also viel darüber gedacht. Dass wenn die Maria nicht dahingeschieden ist, wohin sie dann gegangen ist, und dass wenn sie sich selbst verschwunden hat, dann weil sie nicht wollte, dass man sie wieder auftauchen lässt, dass sie also vielleicht irgendwo war, wo niemand sie auftauchen lassen kann.

Am Morgen regnete es immer noch, also hab ich mir von meinem Gevatter Humberto ein Plastik verliehen. Ich ließ ihm das beladene Maultier da und machte mich zum *Caracol* von La Realidad auf. Beim Ankommen fragte ich um ein Gespräch mit der Junta der Guten Regierung.* Sie schickten mich zuerst zur Wachkommission. Da waren der Mister und der Brusli. Ich sagte ihnen, dass ich als Ermittlungskommission unterwegs sei und dass ich mit der Junta der Guten Regierung sprechen wolle. Sie haben mich gleich weitergeschickt. Die Junta fragte ich, ob sie Informationen über die Frauenkollektive in den Dörfern haben. Sie gaben mir eine Liste. Ich brauchte eine gute Weile. Nix auf der Liste passte mir in den Kram. Ich gab sie ihnen zurück.

»Was suchst du eigentlich?«, fragten sie mich.

»Ich weiß nicht«, sagte ich ihnen, weil es die echte Wahrheit war, dieweil ich selbst wirklich nicht wusste, was ich suchte, ich wusste bloß, dass ich es wissen würde, wenn ich es finde.

»Deine Gedanken sind ganz schön wirr«, sagten mir die von der Junta.

»Ohnehin«, sagte ich ihnen.

»Also hast du nicht gefunden, was du gesucht hast?«, fragten sie mich.

»Tja, nein«, antwortete ich ihnen.

»Tja, in dieser Liste sind alle Frauenkollektive drin«, sagte mir einer von der Junta.

»Ja, alle ... bis auf eins, was grad erst gegründet wird«, sagte ein anderer.

»Ach stimmt! Aber das ist in einer neuen Region, die gerade erst am sich entstehen ist, sie haben noch nicht mal eine autonome Gemeinde, aber die Frauen organisieren sich schon als Kollektiv«, sagte der Erste.

»Na ja, wir Frauen sind ohnehin die Ersten, die sich organi-

---

* Im Jahr 2003 wurden in fünf aufständischen Regionen von Chiapas »Juntas der Guten Regierung« als Ausdruck der Selbstverwaltung der zapatistischen Bewegung gebildet. Ihren Sitz haben sie in den *Caracoles* (Schneckenhäusern), den lokalen Kommunikationszentren der organisierten Gemeinden.

sieren. Wenn wir im Kampf hinten dran sind, ist das bloß wegen den Männern, die nur sehr kleine Gedanken haben«, sagte die einzige Compañera, die es in der Junta gab. Wir Männer schwiegen dazu.

Ich hatte ein Gefühl, dass ich kurz davor war, genau das zu finden, von dem ich gar nicht wusste, dass ich es suchte, also fragte ich:

»Wo genau ist denn dieses Kollektiv, das sich gerade gründet?«

»Es ist in der Region Ceiba, im Dorf Tres Cruces, da bei der Straße nach Comitán«, sagte die Compañera.

Ich hab mir seine Stute vom Brusli angeliehen und hab Kurs auf Tres Cruces genommen. Auf dem Weg kam die Nacht und die Stute erschreckte sich bei jedem Schatten, sodass ich sie in einem Weiler den Leuten anvertraute und auf den eigenen Hufen weiter bin. Der zweite Tag ging schon zu Ende, also zerrannte ich mich fast. Ich kam im Dorf an, als der Mond schon mehr als die Hälfte von seinem Weg zurückgelegt hatte. Ich ging zum örtlichen Verantwortlichen und stellte mich vor. Er ging eine Weile weg. Ich denk mir, er hat über Funk geprüft, ob ich auch war, wer ich gesagt hatte, dass ich war, weil kurz nachher kam er ganz froh wieder und bot mir sogar Abendessen an. Wir genehmigten uns Kaffee und Bananen. Wo wir fertig waren, fragte ich ihn nach den Arbeiten, und er sagte mir, sie würden gerade so ein bisschen gut laufen, das Kollektiv würde manchmal die Lust verlieren, aber nach einer politischen Diskussionsrunde würden sie dann noch mal auf die Füße kommen, und so.

»Was ein bisschen besser läuft ist das Frauenkollektiv, aber das liegt da dran, dass Abril da viel dafür macht«, sagte der Verantwortliche.

»Abril? Und was ist das für einer?«, fragte ich ihn.

»Das ist kein einer, sondern eine«, antwortete er mir.

Ich nahm noch einen Schluck vom Kaffee und wartete. Der Verantwortliche redete weiter.

»Die Abril ist eine Compañera, die vor ungefähr drei Wochen hier angekommen ist, sie hat gesagt, sie sei Frauenkommission. Wir haben sie bei der Doña Lucha untergebracht, die allein lebt, seit der Aram zu den Verstorbenen gegangen ist. Da lebt diese

Abril, und ich glaube, dass sie gute Gedanken hat, weil die Frauen vom Dorf sie sehr gern haben. Jede Woche versammeln sie sich für die Politik und für die Arbeiten. Und ich glaub, sie haben sogar beantragt, dass ihr Kollektiv bei der Junta der Guten Regierung registriert wird.«

Ich verabschiedete mich von dem Verantwortlichen und sagte ihm, dass ich in der Kirche meine Herberge für die Nacht einrichten würde. Wie beiläufig fragte ich ihn, wo genau denn diese Doña Lucha wohne. Er sagte mir, an dem Dorfrand, der zum Berg hin zeigt. Ich ging, aber anstatt zur Kirche zu gehen, setzte ich meinen Weg noch weiter fort. Es gab nur eine Hütte auf der Seite zum Berg hin, also nahm ich an, dass das das Haus von Doña Lucha sein würde. Ich wartete eine Weile. Nicht lange. Die Tür ging auf, und was zuerst nur ein Schatten war, verwandelte sich im Vollmondlicht in eine Frau.

»Guten Abend, Maria«, sagte ich zu ihr, während ich von hinter dem Wassertank hervorkam.

Sie blieb wie versteinert stehen. Einen Augenblick später bückte sie sich, um einen Stein aufzuheben, und sah mir geradeaus ins Gesicht, während sie sagte:

»Ich heiß mitnichten Maria, ich heiß Abril.« Ich schaute sie schweigend an und dachte, jede andere hätte sich erschreckt und hätte geschrien oder wär davongerannt, oder beides. Sie dagegen war entschlossen, sich mit einem Fremden anzulegen. So eine Frau bleibt nicht still, wenn ihr etwas nicht passt. Sie lebt auch nicht mit jemand zusammen, der sie misshandelt.

Ohne den Blick von der Hand mit dem Stein abzuwenden, sprach ich besänftigend zu ihr: »Ich heiß Elías und ich bin Ermittlungskommission. Ich bin am versuchen herauszufinden, was mit einer Frau namens Maria passiert ist, die aus dem Dorf Entre Cerros verschwunden ist, weil ihr Ehemann in großer Sorge ist.«

Sie darauf, ohne den Stein loszulassen:

»Ich kenn das Dorf Entre Cerros mitnichten, auch nicht diese Maria, und auch nicht ihren Mann Genaro.«

Da warf ich ihr gleich hin:

»Ich hab gar nicht gesagt, dass der Mann Genaro heißt.«

Ich nehm an, dass sie blass wurde, weil die echte Wahrheit ist, dass ich zwar ihr Gesicht erkennen, aber nicht genau feststellen konnte, ob es seine Farbe veränderte. Nach einem langen Schweigen sagte sie entschieden, während sie jetzt mit der freien Hand nach einem Stock griff: »Ich werd nicht zulassen, dass ich mit Gewalt fortgeschleppt werde.«

»Ich komm nicht, um irgendjemand fortzuschleppen, nicht mit und auch nicht ohne Gewalt. Ich find nur heraus«, sagte ich ihr und drehte mich um, um mich zurückzuziehen.

Nach wenigen Schritten hörte ich ihre Stimme: »Willst du nicht reinkommen und was essen? Doña Lucha hat Tamales gemacht …«

Nach dem Essen, während Maria-Abril oder Abril-Maria mir ihre Geschichte erzählte, bot Doña Lucha mir einen

Kaffee

an.

»Der Sub wartet sowieso schon auf dich«, sagte mir der aufständische Compañero, der am Eingang zur Kommandantur Wache schob.

Und ja, gleich da wo man die Pferde anbindet, war der Sub und rauchte seine Pfeife. Er umarmte mich, bot mir einen Kaffee an, und wir setzten uns auf einen Baumstamm. Auch der Oberstleutnant José war da.

Ich hab sie insgesamt informiert. Weil es nämlich so war, dass die Maria, das heißt die Abril – also ihr Ehemann, der Genaro, der misshandelte sie arg und ließ sie bei nichts mitmachen, und er war sehr eifersüchtig. Und dass der Genaro, also der Ehemann, als er rausgekriegt hat, dass sie sie zur Vorsitzenden des Frauenkollektivs wählen wollten, hat er sie sogar geschlagen. Dass sie den Problem in der Dorfversammlung vorgebracht hat, aber dass es keine Einigung darüber gegeben hat und die Sachen genauso weitergegangen sind. Dass ihre Kinder schon groß sind und sie nicht mehr brauchen. Dass das revolutionäre Frauengesetz sagt, dass sie das Recht hat, vorwärts zu gehen. Dass Doña Lucha ab und an, während sie ihr beim Reden zuhörte, den Kopf bewegt hat, so als sei sie einverstanden, und die Fäuste geballt hat, so als sei sie sehr wütend. Dass die Abril, das heißt die Maria, es einfach leid war, dass sie sie wie einen Hund behandelten. Dass sie, bevor sie sich selbst verschwunden hat, dem Genaro noch eine ordentliche Ladung Brennholz dagelassen hat, bloß damit er sieht, dass sie nicht aus Faulheit weggegangen ist. Dass sie sich selbst verschwunden hat, weil sie es einfach nicht mehr ausgehalten hat. Dass im revolutionären Frauengesetz drinsteht, dass sie sich ihren Partner aussuchen darf, und auch ob sie einen Partner hat oder keinen. Dass sie nach Tres Cruces gegangen ist, weil sie bei einer Frauenversammlung schon mal Doña Lucha kennen gelernt hatte und weil sie wusste, dass die sie unterstützen würde. Dass sie zugibt, dass es ein ihr Vergehen ist, dass sie die Leute damit verlogen hat, dass sie angeblich Frauenkommission ist, aber dass es ihr eben so eingefallen war, damit sie sie ins Dorf reinlassen. Dass sie ihren Namen geändert und sich Abril genannt hat, weil so der Monat der kämpfenden Frauen heißt. Dass ich ihr nicht gesagt hab, dass der Monat der kämpfenden Frauen der März und nicht der April ist, weil sie alle beide sehr wütend waren. Dass ihr das besser jemand anders sagen soll, wenn sie erst mal beruhigter sind. Dass die Abril ihre Strafe auf sich nimmt für das Verlügen damit, dass sie Frauenkommission ist, aber dass sie nicht zurückgehen wird, um wieder misshandelt zu werden. Dass sie Zapatistin ist und dass sie sich wie eine Zapatistin verhält.

Der Sub und der Oberstleutnant haben mir schweigend zugehört, der Sub stopfte nur alle Weile seine Pfeife neu und zündete sie an. Als ich mit dem Informieren fertig war, sagte er mir:

»Na, das ist eine Überraschung. Diesen Compañero Genaro hab ich bei einer Versammlung der Verantwortlichen kennen gelernt. Er konnte gut reden und schien sehr zapatistisch zu sein.«

Ich sagte ihm:

»Hört mal, Sub, kennt Ihr vielleicht jemand, der es nicht schafft, für eine Weile Zapatist zu sein?«

Er wackelte mit dem Kopf, als würde er nachdenken.

»Wie lange braucht man also, um Zapatist zu werden?«, fragte er mich, während er mir half, das Maultier zu satteln.

»Manchmal dauert es länger als 500 Jahre«, sagte ich ihm und beeilte mich, auf den Weg zu kommen, weil mein Dorf ohnehin ganz schön abgelegen ist.

Hoch oben verschwand die Sonne, als würde ihr etwas

fehlen.

Der Himmel reißt kleine Bisse aus der Dunkelheit, die in den Baumwipfeln schon aufblüht. Mit den Augen einer dahinziehenden Wolke folgend, kaut der Sub auf seiner schon erloschenen Pfeife herum.

»In der Frauenfrage fehlt noch viel«, sagt der Oberstleutnant.

»Allerdings«, sagt der Sub und steckt die Papiere über den Fall in eine überquellende Mappe, auf der geschrieben steht: »Elías. Ermittlungskommission.«

An einem anderen Ort, weit weg von hier, bekommt jemand einen verschlossenen Umschlag ausgehändigt, auf dem als Absender steht:

Aus den Bergen des mexikanischen Südostens
Subcomandante Insurgente Marcos
Mexiko, November 2004.

Kapitel 2

»Wir hinterlassen eine Erinnerung«

Waren es mehr Antennen oder weniger? Es waren wesentlich mehr, sagte er sich. Wesentlich mehr Fernsehantennen. Wesentlich mehr als wann? Als früher natürlich. Er ließ dieses Früher noch etwas nachklingen. Immer häufiger kam in seinen Gesprächen, oder in den Bildern, die ihm durch den Kopf gingen, ein solches »Früher« vor – er entwickelte sich allmählich zum Frührentner. Aber bei den Antennen war er sich tatsächlich recht sicher. Es waren wesentlich mehr als früher, und zweifellos bildeten sie zusammen das Dach eines Urwalds. Des Fernsehantennendschungels von Mexiko-Stadt, eines Dschungels aus Antennen, Strommasten und Pfeilern – Antennen, die mit Baumstämmen verschmolzen, Antennen, die von Dachterrassen aufragten, Antennen, die an Wäscheleinen hingen oder auf Besenstielen gehisst worden waren, glanzvoll und arrogant. Das war der Dschungel von Mexiko-Stadt, mitsamt seinen Bergen, den verdreckten Anhöhen des Ajusco.

Der Nachmittag verblich allmählich, Belascoarán zündete sich eine letzte Zigarette an und gönnte sich noch die sieben Minuten, die sie in Anspruch nehmen würde, bevor er seinen Beobachtungsposten verließ. In den letzten Monaten hatte er eine Vorliebe dafür entwickelt, Mexiko-Stadt von oben zu betrachten. Von den höchsten Dächern, Dachterrassen, Brücken aus, die er finden konnte. So wirkte sie weniger bösartig, und städtischer – aus einem Guss, so weit das Auge reichte. Sie gefiel ihm, sie gefiel ihm immer noch.

Als er bei der fünfeinhalbten Minute seiner Zigarette angelangt war, tauchte sein Büropartner, der Polsterer Carlos Vargas, pfeifend in der Metalltür auf, die zur Dachterrasse führte. Er Pfiff *Begin the beguine*, jenes Lied, dem das Orchester von Glenn Miller zu seinem Ruhm verholfen hatte, und in Mexiko-City die Tanzpartys der gerade 15-Jährigen in den 60er Jahren. Er pfiff es erstaunlich präzise, ohne einen falschen Ton.

»Chef, ich habe ja so langsam den Verdacht, dass dieses Verschwinden auf die Dachterrasse bei Ihnen damit zusammenhängt, dass Sie angefangen haben, heimlich Dope zu rauchen. Sie sind zum Kiffer geworden, zum Gunjah-Mann, zum Tütendreher.«

»Probier doch selber, du wirst schon sehen, was du davon hast«, sagte Belascoarán und bot ihm den Rest seiner Delicado mit Filter an, von der fast nur noch ein feuchter Stummel übrig geblieben war.

Carlos lehnte mit einem Kopfschütteln ab.

»Da ist so ein fortschrittlicher Beamter, der nach Ihnen verlangt.«

»Und wie sind die so?«

»Genauso wie die anderen, außer dass sie keine Schmiergelder annehmen. Dieser trägt eine Krawatte mit Schokoladenfleck und hat einen humpelnden Hund dabei.«

Héctor Belascoarán Shayne, unabhängiger Detektiv, der absurde Rätsel gewohnt war, weil er in der auf wunderbare Weise absurdesten Stadt der Welt lebte, fragte sich, während er die sieben Stockwerke hinunterging, was wohl in der rätselhaften Sprache des Polsterers mit »einem humpelnden Hund« gemeint sein könnte – nur um dann festzustellen, dass ein »humpelnder Hund« ganz schlicht ein humpelnder Hund war, mit einer geschienten rechten Vorderpfote, einem leidenden Gesichtsausdruck und langen Ohren, die bis auf den Boden hingen. Der Hund lag friedlich und traurig zu Füßen des »fortschrittlichen Beamten«. Carlos ignorierte die beiden und begab sich direkt in seine Ecke des Büros, wo er an den Innereien eines nahezu rosafarbenen Plüschsessels werkelte.

Belascoarán ließ sich auf seinen Schreibtischstuhl plumpsen, der elegant wegrollte, bis er gegen die Wand stieß. Er sah dem fortschrittlichen Beamten geradewegs ins Gesicht und zog die Augenbrauen hoch, das heißt, er zog eine Augenbraue hoch, da die andere, seitdem er einäugig war, einiges an Beweglichkeit eingebüßt hatte.

»Sind Sie ein Mann der Linken?«, fragte der Beamte. Aus irgendeinem Grund wunderte sich Belascoarán nicht über diesen Gesprächseinstieg, in Zeiten wie diesen, wo die Nonnen der Inquisition auf ihren Besen ein Comeback feierten, den Beschwörungsformeln der Regierung eines gewissen Fox folgend, der von einem Fuchs nicht einmal das Fell hatte.

Er holte Luft:

»Mein Bruder sagt, dass ich zwar von Haus aus links stehe, es mir aber leider an Bewusstsein mangele«, antwortete Héctor lächelnd. »Das heißt, irgendwie links, aber ohne mit sechzehn Marx gelesen zu haben, ohne auf genügend Demonstrationen gewesen zu sein und ohne dass bei mir zu Hause ein Che-Guevara-Poster hängt. Kurz gesagt, jawohl, ein Linker, ich.«

Die Darlegung schien den Mann überzeugt zu haben.

»Können Sie mir garantieren, dass dieses Gespräch vertraulich behandelt wird?«

»Hilf dir selbst, so hilft dir Gott«, sagte Héctor, der schon seit langem nichts mehr garantierte.

»Sind Sie etwa gläubig?«, fragte der Fortschrittliche entsetzt.

»Ein Freund von mir sagt, dass er der katholischen Religion aus zwei Gründen den Rücken gekehrt habe. Einmal weil ihm das mit den Schatzkammern des Vatikans in einer Welt voller Armut wie eine Verarschung vorkam und dann weil in Kirchen Rauchverbot herrscht. Und das trifft vermutlich auf alle Religionen zu. Dem schließe ich mich an. Der Gedanke an Gott langweilt mich«, schloss Héctor voller Ernst.

Die entstandene Pause nutzend, beobachtete er den »fortschrittlichen Beamten«, der anders als Carlos Vargas ihm berichtet hatte keine Krawatte trug, allerdings war da sehr wohl ein Schokoladenfleck auf dem gelben Hemd, dazu ein recht ungepflegter Bart und eine Brille mit starken Gläsern. Der Mann war groß, sehr groß. Wenn er nervös wurde, bewegte er den Kopf von einer Seite zur anderen, als würde er etwas verneinen. Er schien eine ehrliche Haut zu sein, das, was seine Mutter »einen guten Menschen« nannte, womit sie immer Arbeiter, Milchmänner, Klempner, Gärtner oder Lotterieverkäufer meinte. Héctor konnte sich nicht erinnern, dass sie jemals einen Bürger, weder einen groß- noch kleinbürgerlichen, einen »guten Menschen« genannt hätte. Sie hatte bestimmt ihre Gründe.

»Mich ruft ein Toter an«, sagte der Mann, die Betrachtungen über ihn und die eigene Vergangenheit unterbrechend, die Héctor gerade anstellte.

Héctor beschloss zu schweigen. Vor ein paar Monaten hatte er sich in einem Videoclub die von der BBC produzierte Le-Carré-Serie *Dame, König, As, Spion* mit Alec Guinness ausgeliehen, und sechs Stunden am Stück hatte er fasziniert zugesehen, wie Smiley-Guinness die effektivste Verhörmethode der Welt anwandte: Er setzte sein Idiotengesicht auf (wenn es sich nicht um einen Engländer handelte, würde Héctor die Behauptung wagen, es sei das beste Idiotengesicht, dass er im Leben gesehen hatte) und sah die Leute einfach nur an matt, als sei er nicht sonderlich interessiert, eher gelangweilt, als würde er ihnen damit einen Gefallen tun, und die Leute redeten und redeten, während er nur zuweilen, eher selten, eine Frage einstreute, gleichsam widerstrebend, ganz so, als müsse er eben irgendetwas tun.

Die Methode brachte auch jetzt das gewünschte Ergebnis.

»Seit einer Woche höre ich auf meinem Anrufbeantworter Nachrichten von einem Kumpel, aber dieser Kumpel ist 1969 gestorben. Er wurde ermordet. Und jetzt spricht er mit mir, er hinterlässt mir Nachrichten. Er erzählt mir Geschichten. Aber ich weiß nicht, was er will. Und ich glaube, dass er nur anruft, wenn er sich sicher ist, dass ich nicht zu Hause bin, damit alles aufgezeichnet wird ... Vielleicht ist es ein Scherz. Aber wenn es ein Scherz ist, dann ein ziemlich geschmackloser.«

Héctor behielt seine Alec-Guinness-Miene bei.

»Ich heiße Héctor«, sagte der Mann.

»Ich auch«, antwortete Belascoarán in entschuldigendem Tonfall.

»Héctor Monteverde.«

»Und der Tote?«

»Der Tote heißt Jesús María Alvarado. Er war ein prima Kerl.«

Héctor verfiel wieder in Schweigen.

»Wie viel verlangen Sie denn so?«

»Wenig«, sagte Belascoarán. Der Typ schien sich damit zufrieden zu geben. Der Hund ebenfalls.

»Hier sind die Tonbänder. Sie können sich das ja mal in fünf Minuten anhören, sich entscheiden, und wir sehen uns später.«

»Ich habe in diesem Büro keinen Anrufbeantworter. Wenn Sie sie mir leihen, dann morgen ...«

»Nein, nicht morgen. Heute noch. Ich lasse Ihnen meine Adresse da«, sagte Monteverde und hielt ihm einen Zettel hin, den er schon vorbereitet hatte. »Und hier noch ein paar Notizen darüber, wie ich den Toten kennen gelernt habe. Ich warte dann zu Hause ... Ich schlafe nicht.«

»Ich auch nicht«, sagte Héctor.

Und er sah, wie sein Namensvetter Monteverde aufstand und gefolgt von seinem humpelnden Hund das Büro verließ.

»Was für eine schräge Geschichte!«, sagte Carlos Vargas, den Mund voller Polsternägel, während er seinen lausigen Hammer auf den rosa Sessel niedersausen ließ.

»Mir fällt dazu gerade dieser Satz ein, dass die Wirklichkeit allmählich ganz schön unwirklich wird«, antwortete Belascoarán.

Stunden später hörte Héctor bei sich zu Hause die Tonbandstimme des Toten.

»Hallo, hier ist Jesús María Alvarado. Ich ruf dich später noch mal an, Alter.«

Die Stimme kam ihm nicht bekannt vor, sie klang, als sei der Mann heiser, aber nicht sonderlich aufgeregt, auch nicht so, als stünde er unter Druck, nichts dergleichen lag in dieser belegten Stimme, die diesen Namen sagte. Sie klang erst recht nicht wie aus einer Gruft, man hatte ihr keine Spezialeffekte beigemischt, sie gab nicht vor, die Stimme eines Toten zu sein. Wie wohl die Stimmen von Toten klangen? Mit Toten sprechen ...

Aber Jesús María Alvarado war tot, wenn er auch nicht 1969 umgekommen war, wie der fortschrittliche Beamte behauptet hatte, sondern 1971. Das gehörte schon zur Vor- und Frühgeschichte, es war 34 Jahre her. Man hatte ihn ermordet, als er aus dem Gefängnis kam. Ein Genickschuss für den ersten politischen Gefangenen, der nach der 68-er Bewegung aus dem Knast kam. *Ley fuga*. Ohne offizielle Erklärungen.

Monteverde und Alvarado hatten sich auf einem Gymnasium kennen gelernt, wo sie beide Literatur unterrichteten. Sie kannten sich flüchtig, von weitem. Hatten ein paar Kaffees miteinander getrunken, hatten zusammen die Versammlungen des Lehrerkollegiums besucht. Die Versammlungen von 1968, die Gründung des Lehrerbündnisses zur Unterstützung der Studentenbewegung. Monteverde war damals zerstreut, liebesbedürftig und schüchtern gewesen, der Sohn eines Bestattungsunternehmers, der sein Geld mit dem Luxus des Todes verdient hatte, ein Umstand, der Héctor Monteverde – alles den Notizen zufolge, die recht intelligent verfasst waren – nicht nur unmoralisch vorkam, sondern geradezu beschämend, weshalb er ihn im Jahr der Bewegung tunlichst verschwiegen hatte. Die Weltliteratur wurde für ihn das Gegengift zum Bestattungsgeschäft. Alvarado dagegen war, als Sohn einer Bauernfamilie aus Puebla, aus einem unerklärlichen Patriotismus heraus zur Literatur gekommen, indem er immer wieder *Süßes Vaterland* rezitiert und Verse von Díaz Mirón, Gutiérrez Najera und Sor Juana auswendig gelernt hatte, um sie in seinem Dorf vorzutragen. Er war grundsätzlich abgebrannt, hatte am Monatsende nicht einmal mehr einen Pfennig, um seine Wäsche zu waschen, hatte immer Schulden im Eckladen und ein aufbrausendes Wesen.

Offenbar hatte Héctor Monteverde in jenen ebenso magischen wie schrecklichen Jahren den Werdegang und die Spuren von Alvarado von weitem verfolgt, bis der Mann schließlich ermordet wurde.

Héctor fand, man müsse die ganze Angelegenheit in Ruhe durchdenken. Er schob den Anrufbeantworter, die Notizen und den Pfirsichsaft beiseite, den er gerade trank, und stieg mit dem Bündel Briefe, die er im Briefkasten gefunden hatte, auf die Dachterrasse seines Hauses. Voller Hingabe machte er sich daran, Papierflieger zu falten, die er auf der Brüstung des vierten Stocks deponierte. Von unten drang der Lärm herauf, der neuerdings charakteristisch für die Colonia Condesa war, Motorräder, Jugendliche in Feierlaune.

Es wehte nur ein leichter Wind, aber hin und wieder schafften es die Papierflugzeuge abzuheben und zogen wunderbare Kreise in der Luft. Zuweilen segelte eines in der Brise ganz davon. Als alle weg waren, kehrte er in sein Zimmer zurück. Er hatte alle Lampen brennen lassen – es ist immer noch das beste Mittel gegen Einsamkeit, die eigene Wohnung in einen verdammten Weihnachtsbaum zu verwandeln. Er spulte die Kassette zurück. Er hatte richtig gehört, die Stimme sagte erneut: »Hallo, hier ist Jesús María Alvarado. Ich ruf dich später noch mal an, Alter.«

Ein anderer Jesús María Alvarado, der Sohn von Jesús María Alvarado, das Gespenst von Jesús María Alvarado, das gleichnamige *alter ego* von Jesús María Alvarado, ein *table dancer*, der auf sich aufmerksam machen wollte, das Innenministerium, das Monteverde aus welchem undurchsichtigen Grund auch immer in den Wahnsinn treiben wollte, resümierte er.

Der zweite Anruf war schon besser.

»Hey, Alter, hier spricht Jesús María Alvarado. Ich hoffe, dass dein Band eine Weile läuft, weil ich dir nämlich eine Geschichte erzählen werde, die mir passiert ist. Eine ziemlich bescheuerte, ziemlich abgefahrene Geschichte. Ich war in Ciudad Juárez in einer Kneipe, und weil alle Tische besetzt waren, hab ich im Stehen vor der blöden Glotze ein Bier getrunken. Es war höllisch laut und man konnte nichts verstehen, aber da war der Bin Laden mit seinem bierernsten Gesicht in einem dieser Kommuniqués, die er übers Fernsehen verbreitet; mir geht dieser Typ ziemlich auf den Sender, also hab ich nicht sonderlich auf ihn geachtet, als hinter mir so Kerle anfingen rumzuschreien, in etwa so: Der Juancho, der olle Juancho! Ich hab mich umgedreht, um zu sehen, was denn los ist mit dem Ollenjuancho. Und da sah ich zwei muskulöse und halb besoffene Dummbeutel, die immer wieder dieselbe Litanei wiederholten: Der Juancho, der olle Juancho!, während sie auf den Fernseher zeigten. Ich hab mich wieder umgedreht, um zu schauen, ob ich nicht was falsch verstehe, wie man das eben so macht, aber da war immer noch der Bin Laden, machte schon was her, mit einer MP in der Hand und dem Riesenturban und dem einfältigen Gesicht. Ich hab mich wieder zu den Typen gedreht, die den Juancho so lautstark begrüßt hatten, und hab sie mir vorgeknöpft. ›Na, was ist Sache mit dem Juancho?‹, will ich von ihnen wissen, und da sagen sie mir, halb lallend vom Suff, dass das ihr Kumpel Juancho sei, ja, genau der, und schau doch mal, als was er sich verkleidet hat, die olle Schwuchtel. Ich konnte noch so halbwegs rausfinden, dass Juancho ein Freund von den beiden war, ein Taco-Verkäufer in Juárez, der das schlechte Leben irgendwann satt gehabt hatte und vor etwa drei Jahren illegal rübergemacht hatte, um in Burbank, Kalifornien, eine Fleischerei aufzumachen. Ich bin aus dem Staunen gar nicht mehr rausgekommen und hab mich wieder zur Glotze umgedreht, und ja, da war immer noch der beknackte Bin Laden, und wie ich mich zurückdrehe, um die beiden Schwachköpfe zu fragen, ob sie sich denn wirklich sicher seien, dass er es ist und wann der Juancho sich wohl so einen Ziegenbart hat wachsen lassen, hatten die beiden verfluchten Suffköppe schon die Fliege gemacht. Und so sehr ich sie auch in der Kneipe und sogar am Ausgang gesucht hab, ich hab sie nicht mehr finden können. Da sag ich mir: Was für ein blöder Zufall, das *alter ego* von Bin Laden ist ein Taco-Verkäufer aus Juárez. Aber dann hab ich zwei und zwei zusammengezählt und mir gedacht: Alvarado, was weißt du über Burbank? Und schau an, ein bisschen was weiß ich durchaus, weil Burbank nämlich die Hauptstadt des Pornofilms in den USA ist, ein Kaff in der Nähe von Los Angeles, voller Motels und Triple-X-Unternehmen, wo ununterbrochen gevögelt und gefilmt wird, es lebe der wildwuchernde Kapitalismus. Und ich füge das alles zusammen und sage mir: Machen diese Arschlöcher von Bush und Co. am Ende die Kommuniqués von Bin Laden selber, die Botschaften des Teufels, und zwar in einem Pornofilmstudio in Burbank, Kalifornien, wo es passenderweise auch noch eine Wüste gibt? Ist das alles am Ende bloß eine Montage aus der Scheiß-Traumfabrik, mit einem ehemaligen mexikanischen Taco-Verkäufer namens Juancho in der Hauptrolle? Ich hab es ehrlich gesagt nicht geschluckt, hab mir gedacht: Wie kannst du nur so was glauben? Aber – ist es nicht 'ne hübsche Geschichte?«

Héctor schaltete den Anrufbeantworter aus. Er ging ins Bad, sah in den Spiegel und wusch sich das Gesicht mit kaltem Wasser. Wie alle Leute, die alleine leben, hatte er es sich zur Gewohnheit gemacht, sich mit seinem eigenen Spiegelbild zu unterhalten, aber gerade fiel ihm nichts ein, was er hätte sagen können. Er ging alles noch einmal durch und begann schallend zu lachen. Kafka in Unterhosen in Xochimilco. Bin Laden Juancho in Burbank. Klar doch, in seiner Freizeit zwischen den Kommuniqués würde Juancho, wie Alvarado sagte, sich dem Vögeln widmen und sich dabei filmen lassen. Tausendundeine Nacht, Version Taquería aus Ciudad Juárez, geil, aber sympathisch, der dümmste Schwanz der Grenzregion.

Das dritte Band begann wie immer: »Hier spricht Jesús María Alvarado«, als ginge es jedes Mal aufs Neue darum, klarzustellen, dass der Tote aus dem Reich der Schatten zurückgekehrt war. Nach dem Namen folgte eine Pause. Dann ein kryptischer Satz: »Ich wäre besser nicht zurückgekommen«, dann ein langes Schweigen und das Klicken, das den Anruf beendete.

Es gab einen vierten Anruf, der mit dem üblichen »Hier spricht Jesús María Alvarado« begann, um dann ohne Umschweife Verse aufzusagen:

»Wo ich nur Erinnerung
Sein soll eines unter Nesseln begrabenen Steins,
Über dem der Wind seiner Schlaflosigkeit entflieht.«

Das war's. Das Gedicht kam ihm bekannt vor, aber er kam nicht darauf, woher oder von wem.

Der fortschrittliche Monteverde lebte in der Colonia Roma Sur, etwa zwölf Häuserblocks von seiner eigenen Wohnung entfernt, sodass Héctor Belascoarán sich einen Spaziergang gönnte und über den grünen Mittelstreifen der Alfonso Reyes lief, der ab der Straße Juanacatlán besser wurde und wo lauter gewerkschaftlich organisierte Huren herumstanden – oder solche, die es versuchten. Er machte in einer der Taquerías Halt, um zwei Tacos mit Käse und viel grüner Soße zu essen, und ging dann weiter, Fremde anlächelnd, ab und zu einen guten Abend wünschend, aus bloßer Freude daran, zu sehen, wie die gebildeten Hauptstadtmexikaner ihre gute Kinderstube wiederfanden und seinen Gruß erwiderten.

Offensichtlich lebte der Mann allein. Nur mit dem Hund mit der geschienten Pfote zusammen, der, als Belascoarán durch die Tür trat, näher kam, um ihm die Hand zu lecken, als Zeichen des Wiedererkennens oder einfach aus Solidarität unter Hinkebeinen. Es gab keinen Hinweis auf Kinder in der Wohnung, keine Fotos, an den Wänden hingen nur Reproduktionen von Landschafts- und Vulkanbildern, von einem Velasco bis zu Paricutín von Atl, neben sehr guten Fotos des Mount Everest im *National-Geographic*-Stil.

Monteverde trug dasselbe Hemd mit Schokoladenfleck wie ein paar Stunden zuvor. Héctor bat ihn um Erlaubnis, auf die Toilette zu gehen. Sie war blitzsauber und blank. Monteverde musste in seiner Freizeit Putzmittel- und Glasrein-Fanatiker sein. Es gab in all der klinischen Reinheit einen humorvollen Touch, der ihn rührte. Auf einer der Wände besagte ein Schild: »Verstopfung fördert die Lektüre.« Er beschloss, den gleichen Spruch bei sich zu Hause aufzuhängen. Die Idee war nicht neu, und in seinem Fall traf sie nicht zu, aber sie lieferte einen weiteren Vorwand, um auf dem Klo zu lesen.

Der Gang war voller Bücher, die mangels Regalen mit dem

Buchrücken nach oben auf dem Boden aufgereiht waren, so dass man sich nur bücken musste, um eines auszusuchen. Er erkannte viel von seinem eigenen Lesestoff wieder: Remarque, Fast, Haefs, Ross Thomas, Neruda, Hemingway, den ganzen Cortázar.

»Ist das etwa nicht oberseltsam, Namensvetter?«

Ohne zu antworten, gelangte Belascoarán zu dem Schluss, dass er sich die Alec-Guinness-Methode wohl noch etwas aufsparen musste. Der Zeitpunkt für Fragen war gekommen. Er ließ sich in einen mausgrauen Sessel fallen und fragte, ohne abzuwarten, bis Monteverde ihm zuvorkam:

»Erkennen Sie die Stimme wieder?«

»Nein, das heißt, keine Ahnung. Es liegen so viele Jahre dazwischen.«

»Waren Sie eng befreundet? So eng, dass wenn er am Leben wäre ...«

»Ich war auf seiner Beerdigung, er ist tot. Ich habe ihn tot im Sarg liegen sehen, mit einem Pflaster, das an der Stelle des Hinterkopfs zum Vorschein kam, wo die Kugel eingedrungen war«, unterbrach Monteverde.

»Und waren Sie eng befreundet?«

»Na ja, Freunde eben. Er war in allem ein Draufgänger, ich war schüchtern, aber wir waren eben beide in der Bewegung und haben in den Abschlussklassen Literatur unterrichtet, und wir hatten so halb dieselbe Freundin, zuerst er und dann ich, und wir aßen auf der Straße zusammen zu Mittag, das billigste Essen.«

Das mit dem Literaturunterricht in den Abschlussklassen brachte Belascoarán wieder auf das Gedicht:

»Wo ich nur Erinnerung
Sein soll eines unter Nesseln begrabenen Steins,
Über dem der Wind seiner Schlaflosigkeit entflieht ...«
»Wo das Vergessen wohnt,
In den unermesslichen Gärten ohne Frührot,
Wo ich nur Erinnerung
Sein soll ...«

»Klar, Cernuda, *Wo das Vergessen wohnt*, es kam mir bekannt vor, aber ich kam nicht drauf ...«, sagte Belascoarán, der aus Freude über sein wiedererlangtes Gedächtnis in die Hände klatschte.

»Ein wunderbares Gedicht«, sagte Monteverde und ergänzte:

»Wo Leiden und Glück nichts weiter als Namen sind,
Himmel und Erde heimatlich um ein Erinnern kreisen;
Wo am Ende ich frei bleiben soll, ohne es selbst zu merken,
Im Nebel aufgelöst, Abwesenheit,
Abwesenheit, leicht wie Fleisch eines Kindes.«
»Dort, dort im Fernen;
Wo das Vergessen wohnt«, beendeten sie im Chor.

Ein großes Gedicht, eins von denen, die dich an den Eiern packen und sanft zudrücken, bis der Schmerz sich in eine Idee verwandelt. Ein großer Dichter, dieser alte Spanier, der in Mexiko im Exil lebte. Héctor zündete eine Zigarette an und nutzte die entstandene Pause, um seine Gedanken zu sortieren. Der Hund, der ein äußerst pingeliger Nichtraucher sein musste, entfernte sich humpelnd aus der Raucherzone.

»Diese hat mich mehr erschreckt als die anderen Botschaften, es war das Lieblingsgedicht von Jesús María, er sagte es bei jeder Gelegenheit seinen Schülern auf, wegen ihm habe ich angefangen, es selbst zu rezitieren.«

Héctor zündete sich mit der Kippe der vorherigen eine neue Zigarette an, der Hund hatte es aufgegeben, zu protestieren.

»Aus welchem Grund könnte Alvarado, das Gespenst von Alvarado oder jemand, der sich als er ausgibt, Ihnen diese Botschaften schicken? Wer sind Sie, Monteverde? Was machen Sie denn so im Leben?«

»Ich arbeite für die Regierung von Mexiko-Stadt, ich bin Sonderermittler der Rechnungsprüfstelle. Eine etwas heikle Arbeit, gerade in diesen Zeiten, deswegen hat mich das aufgeschreckt. Ansonsten hätte ich gedacht, es ist ein Witz. Aber wissen Sie, in letzter Zeit sind die Dinge so undurchsichtig ...«

»Und woran arbeiten Sie zur Zeit?«

»Ich bedaure, aber das ist vertraulich, und außerdem scheint es mir nichts mit den Telefonanrufen des Toten zu tun zu haben. Ich wirke wie ein pedantischer Polizist«, sagte Monteverde. »Stimmt's? Aber das ist eben eine heikle Sache, bei der ganzen beschissenen Korruption, die es während der PRI-Ära gegeben hat und die diese Ärsche uns jetzt vererbt haben.«

»Und Sie, sind Sie nicht korrupt? Verzeihen Sie, dass ich frage, aber da wir uns nicht kennen ...«

Monteverde setzte ein trauriges Lächeln auf.

»Man kann nur den kaufen, der sich feilbietet. Ich bin aus Stahl, mein Freund, rostfrei, unkorrumpierbar, ein bisschen blöd und ziemlich weit links. Ich halte meine Toten in Ehren.«

Der traurige Blick veränderte sich, seine Augen funkelten jetzt. Sogar der Hund wurde munter und hob den Kopf.

»Und Sie, bieten Sie sich zum Kauf an?«, fragte er den Detektiv.

»An den Tagen, die mir noch verbleiben, mein Freund, würde ich ungern jeden Morgen mit einem Typen aufwachen, der nach Verwesung stinkt. Nur dass ich sehr wohl Rost ansetze, wenn ich mich auch nicht durchhängen lasse«, antwortete Belascoarán und fasste sich an das Bein, in dem ein Stahlnagel steckte, der an Flughäfen die Metalldetektoren durchdrehen ließ.

»Wem haben Sie von dieser Geschichte erzählt?«

»Tobias«, sagte Monteverde und zeigte auf den Hund.

»Und diese Geschichte mit Bin Laden, glauben Sie die?«

»Nein, aber sie ist 'ne Wucht. Ich hätte sie gern selbst erzählt.«

Belascoarán verfiel wieder in seinen schweigsamen Alec Guinness, aber diesmal klappte es nicht, Monteverde blieb nachdenklich, er dachte an irgendetwas weit Entferntes.

»Und Sie, zu welchem Zeitpunkt sind Sie unter die Schlaflosen gegangen?«, fragte der Detektiv schließlich.

»Als wir 1988 die Wahlen verloren haben, an dem Tag, an dem das Computersystem zusammengebrochen ist und den Wahlbetrug* ermöglichte. Ich weiß nicht, warum mir der Gedanke in den Kopf kam, dass sie uns in der Nacht holen würden, dass sie uns alle umbringen würden ... Und Sie?«

»Vor ein paar Monaten, in einer Nacht, als die Frau, die manchmal kam, um mit mir zu schlafen, nicht erschien, ich blieb wach und wartete auf sie, und jetzt kann ich nachts nicht mehr einschlafen«, sagte der Detektiv etwas beschämt. Seine Geschichte erschien ihm armselig neben der von Monteverde, seine Schlaflosigkeit aus Liebeskummer war neben der historisch bedeutsamen

---

* Cuauhtémoc Cárdenas der Kandidat der Linkspartei PRD, wurde 1988 durch einen offensichtlichen Wahlbetrug um seinen Sieg bei den Präsidentschaftswahlen gebracht. An seiner Stelle wurde Carlos Salinas de Gortari (PRI) zum Staatspräsidenten gekürt.

Schlaflosigkeit des Literaturlehrers, der fortschrittlicher Beamter geworden war, kaum von Belang.

»Wer hat Ihnen meine Adresse gegeben? Wer hat Ihnen geraten, mit mir zu sprechen?«

»Im Büro von Cuauhtémoc Cárdenas arbeitet ein gemeinsamer Bekannter. Mario Marrufo Larea. Ich habe ihm erzählt, dass mir etwas sehr Seltsames passiert, und er hat mir gesagt, Sie wären Spezialist für seltsame Begebenheiten.«

»In Mexiko bin ich da nicht der Einzige.«

Um das zu feiern, tranken sie zwei Coca-Colas mit Zitrone, Belascoarán die seine ohne Eis.

Zu behaupten, man sei mit dieser Stadt wie durch eine Nabelschnur verbunden, in einer Art Hassliebe, ist schon zum Gemeinplatz geworden. Der schlaflose Belascoarán betrachtet die neonerleuchtete Nacht durch sein Fenster und lässt seine eigenen Worte noch einmal Revue passieren. Er fühlt sich wie der letzte Mohikaner. Er stellt fest, bestätigt sich: Hass ist da keiner. Nur ein riesiges, unendliches Gefühl von Liebe für diese mutierende Stadt, die er bewohnt und die ihn bewohnt, die er träumt und die ihn träumt. Ein Wille zur Liebe, die sich weniger durch Raserei oder Besitzdenken oder Begehren ausdrückt, sondern vielmehr in Zärtlichkeit auflöst. Es müssen die Demonstrationen sein, die goldene Farbe des Lichts am Zócalo, die Bücherstände, die Tacos mit gegrilltem Schweinefleisch, die Ströme tief empfundener Solidarität, die Freunde von der Autowerkstatt gegenüber, die ihn beim Vorübergehen grüßen. Oder es ist dieser wunderbare Wintermond. Oder.

Héctor setzte sich zum Rauchen in einen Sessel. Er verbrachte die Nacht rauchend und horchte auf die Geräusche der Straße. Ohne zu wissen, warum, hatte er das Bild des hinkenden Hundes von Monteverde vor Augen. Als der Morgen graute, schlief er ein.

Aus Mexiko-Stadt
Paco Ignacio Taibo II
Mexiko, Dezember 2004.

Kapitel 3

Das ein bisschen recht lang geraten ist,

Weil es in einem Atemzug über den Klub des kaputten Kalenders berichtet, Einzelheiten darüber preisgibt, wie Elías den Fall mit dem Specht löst, vor den Gefahren warnt, die damit verbunden sind, die Sitten und Gebräuche nicht zu kennen, darauf hinweist, dass Tote keine Gesellschaft haben, außerdem die Reise des Elías nach Mexiko-Stadt und seine Ankunft dortselbst erzählt, inklusive der wunderbaren Abenteuer, die ihm zugestoßen sind, und schließlich über das Böse und den Bösen reflektiert.

Ich bin nicht der Mörder.

Ein Streichholz flammt auf und erleuchtet die Zigarette und das Gesicht, das dadurch Gestalt annimmt: ein Haarschnitt wie ein Skinhead, ein Gesicht mit glänzenden Augen, silberne Ringe, unrasierte Wangen.

Ich stelle das lieber von vorneherein klar, um keine Verwirrung zu stiften.

Ich bin auch nicht der Hausmeister. Ich sage das bloß zur Sicherheit vorneweg, weil ihr wisst ja, dass in Krimis der Hausmeister immer der Mörder ist ... oder andersrum. Ich dagegen bin so was Ähnliches wie Pförtner gewesen. Allerdings habe ich keine Türen bewacht, sondern Tore. Ich war einige Male Torwart bei den Fußballspielen im Caracol *La Garrucha. Die ersten paar Mal hab ich nicht verstanden, worum es ging, aber jeden Sonntag gab es nach dem Gebet in der Kirche einen Auflauf unter den Kindern, und die Erwachsenen begannen ganz aufgeregt auf Tzeltal zu palavern. Ich verstand bloß den Teil, in dem von* campamenteros *und* zapatistas *die Rede war, und dann liefen alle zum Fußballplatz. Also, der Fußballplatz ist gar nicht wirklich ein Fußballplatz. Von Montag bis Samstag ist es eine Weide, aber an den Sonntagen verwandelt sie sich in einen Fußballplatz. Die Kühe verlassen die Weide, als würden sie genau Bescheid wissen, dass Sonntag ist, und hinterlassen ein Minenfeld von Kuhfladen. Dann tragen ein paar Leute aus dem Dorf die Kirchenbänke und die Schulbänke herbei und improvisieren eine Art Zuschauertribüne. Das Stück Land, das als Fußballplatz genutzt wird, liegt am Fuß eines Berges, sodass ein Tor höher steht als das andere, was dem Team, das »oben« spielt, eindeutig Vorteile verschafft. Aber der Wechsel nach der Halbzeit sorgt für Ausgleich. Oder zumindest wird davon ausgegangen. Als nächstes werden dann die Mannschaften zusammengestellt, und* ein Dorfbewohner macht den Schiedsrichter – es ist immer einer, der im Dorf ein Amt bekleidet. Wie ich schon sagte, war ich manchmal der Torwart für die Mannschaft der *campamenteros*, wie sie hier im Dorf sagen, oder der *campamentistas*, wie wir *campamenteros* uns selbst nennen. Das heißt, wir Männer und Frauen aus aller Herren Länder, die wir gerade im Friedenscamp sind, tun uns zu einer Fußballmannschaft zusammen und treten gegen die Teams der zapatistischen Dörfer an.

Wenn ich mitgespielt habe, haben wir meistens verloren. Aber glaubt bloß nicht, dass das daran liegt, dass sich die Zapatisten beim Spielen geschickter anstellen, nein, nein. Es lag eher an einem Kommunikationsproblem. Wir – unser Team war stets gemischt, es bestand aus Männern und Frauen – riefen uns gegenseitig Anweisungen auf Französisch, Euskerra, Italienisch, Englisch, Deutsch, Türkisch, Dänisch, Schwedisch und Aymara zu. Niemand verstand auch nur ein Wort, und es war, wie die Leute hier sagen, eine Mordsschau, aber der Ball flog eben immer dahin, wo er gerade nicht hin sollte.

Durch die Fußballspiele habe ich ein bisschen von dem verstanden, was diese Zapatisten »den Widerstand« nennen. Zumindest bilde ich mir das ein. An einem dieser Sonntage spielten nämlich auf unserer Seite zwei beeindruckende Däninnen, etwa zwei Meter groß und mit einem erstaunlichen Talent fürs Kicken. Ihre Körpergröße, ihre Sprünge und die Länge ihrer Schritte ließen die Zapatisten ziemlich schlecht aussehen, die – das muss wohl kaum betont werden – recht klein sind und kurze Schritte machen. Bereits die ersten Ballwechsel ließen erkennen, dass es nicht lange dauern würde, bis unsere Überlegenheit sich auch im Ergebnis niederschlagen würde. Und tatsächlich lagen wir nach den ersten zehn Minuten schon zwei zu null in Führung. Und dann ist es ganz einfach passiert. Ich habe es mitbekommen, weil ich im Tor stand, aber auch, weil ich hier gelernt habe, aufmerksam zu beobachten und Dinge zu sehen, die nicht offensichtlich sind. Es gab keinerlei konkrete Anweisung, keine Versammlung, keinen Wortwechsel, keinen Austausch von Zeichen oder Blicken bei den Zapatisten. Dennoch glaube ich, dass sie ihre eigene Art zu kommunizieren haben, weil sich nämlich nach unserem zweiten Tor alle Zapatisten auf den hinteren Teil des Platzes zurückzogen, um ihr Tor zu verteidigen. Sie überließen unseren glänzenden Däninnen das gesamte Spielfeld, die selig von einer Seite *zur anderen rannten. Natürlich verwandelte der zapatistische Teil des Spielfeldes sich in einen Schlammpfuhl, bei so vielen Leuten, die sich dort aufhielten. Der Ball blieb stecken, als wäre er festzementiert, und es bedurfte jeweils mehrerer internationalistischer Tritte, um ihn wieder ins Rollen zu bringen.*

»Sie fügen sich«, dachte ich, »und sie spielen nur noch darum, nicht völlig eingemacht zu werden.« Ich begann also, mir das Spiel wie ein einfacher Zuschauer anzusehen, da der Ball ohnehin in der anderen Hälfte des Spielfelds blieb. Es verstrichen einige Minuten, und dann geschah es. Unsere Mannschaft, die andauernd von einer Seite zur anderen rannte, begann Ermüdungserscheinungen zu zeigen. Es wurde klar, dass wir für die zweite Halbzeit so gut wie lahm gelegt sein würden. Unsere dänischen Stars japsten verzweifelt nach Luft und mussten alle zwei, drei Schritte stehen bleiben. Und siehe da, tzosch! – auch diesmal, ohne dass es irgendein erkennbares Zeichen gegeben hätte – fällt doch plötzlich die gesamte zapatistische Mannschaft über mich her. Sie schossen in zwanzig Minuten sieben Tore, zum großen Vergnügen des Publikums, das natürlich voll und ganz auf der Seite des einheimischen Teams stand. Das Spiel endete mit einem sieben zu zwei, und die Hälfte unserer Mannschaft brauchte eine gute Stunde, um sich zu erholen, und drei Wochen, um wieder normal gehen zu können.

Ich war also Torwart, aber ich bin weder der Hausmeister noch der Mörder. Wie ihr bestimmt längst erraten habt, bin ich ein campamentista, *ein Menschenrechtsbeobachter, und komme aus einem anderen Land. Ich war bereits in Friedenscamps in allen fünf* Caracoles, *schon bevor sie in* Caracoles *umgetauft wurden, und noch in ein paar anderen Gemeinden, die Probleme mit dem Militär oder den Paramilitärs hatten. Ihr fragt euch sicherlich, was ein ausländischer* campamentista *in diesem Kriminalroman zu suchen hat. Tja, ich stelle mir dieselbe Frage, weshalb ich euch hiermit keine große Hilfe sein kann. Während wir abwarten, wohin die Geschichte sich entwickelt, werde ich euch ein wenig über mich erzählen. Vielleicht entdecken wir ja auf diese Weise gemeinsam, was zum Teufel ich in diesem Roman treibe.*

Der Klub des kaputten Kalenders

Ich komme von den Philippinen und heiße Juli@, mein Nachname lautet Isileko. Wie man mir gesagt hat, bedeutet »Isileko« auf Euskerra »Geheimnis«. Ich arbeite in einer Autowerkstatt in Barcelona als Mechaniker und schreibe meinen Namen mit @: Juli@. Ich tue das, weil ... Muss ich denn wirklich noch ausführen, dass ich schwul bin? Also gut, ich bin schwul, homosexuell, eine Schwuchtel, ein warmer Bruder, eine Tunte ... oder wie auch immer das in euren ganzen Welten heißt. Aber nein, ich glaube nicht, dass es Not tut, das zu betonen, es ist auch nicht angebracht, weil wie ihr wisst wird »homosexuell« gern mit »kriminell« gleichgesetzt. Also lassen wir die sexuellen Vorlieben einmal beiseite und bleiben dabei, dass ich ein Filipino mit einem baskischen Nachnamen bin, von Beruf Automechaniker in Barcelona, im spanischen Staat, und Amateurtorwart in Chiapas, Mexiko. Im Dorf nennen die Leute mich »Julio«.

Hier eine genauere Personenbeschreibung: Ich rasiere mein Kopfhaar und habe einige Tätowierungen am Körper. Auf dem Rücken, zwischen den Schulterblättern, habe ich mir in gotischer Schrift ein Schild mit der Aufschrift »diese Seite nach hinten« eingravieren lassen, auf der Brust eines, das besagt »diese Seite nach vorn«. Für den Fall, dass ich gevierteilt werde. Ein weiteres Tattoo trage ich unterhalb des Bauchnabels, es lautet »Vorsicht, zerbrechlich!« und weist mit einem Pfeil auf mein Geschlecht. Noch eines befindet sich auf meinem Gesäß, welches verkündet: »Umtausch ausgeschlossen«. Ich bin auch beringt oder gepierct, wie man in Spanien sagt, aber nicht allzu stark: Ein Ring in der linken Augenbraue, zwei im rechten Ohr, drei im linken Ohr, einer in der Nase, einer in jeder Brustwarze, und das war's.

Ich bin hierher ins zapatistische Gebiet gekommen, weil ich es satt hatte, Kommuniqués zu lesen. Ich hatte durch die Lektüre eines Buchs von Manuel Vázquez Montalbán angefangen, mich für die zapatistische Bewegung zu interessieren. Nicht, dass ich den Schriftsteller etwa persönlich gekannt hätte, aber eines Tages fand ich beim Reparieren eines Autos das Buch auf dem Rücksitz. Nachdem ich es gelesen hatte, fragte ich einen Arbeitskollegen, ob er etwas über die Zapatisten in Chiapas wüsste. Er verneinte, sagte aber, in der Nähe seiner Wohnung gäbe es einen Ort, an dem sich junge Leute versammelten, so ähnlich Beringte wie ich, die diese Zapatisten unterstützen wollten. Da ging ich hin. Ich besorgte mir weitere Bücher und ein paar Internetadressen, wo man die Kommuniqués nachlesen kann. Ich habe sie alle gelesen, das heißt, alle bis zu dem Zeitpunkt, als ich nach Chiapas aufbrach. Irgendwann hatte ich das Lesen satt, weil ich spürte, dass in den Texten nur Bruchstücke einer Geschichte sichtbar wurden, die eigentlich viel größer war, ganz so, als würden die Schriften mir nur ein paar Teile eines Puzzles in die Hand geben und mir die anderen, die wichtigsten, vorenthalten. Ja, ich war wütend auf den Sub, ohne ihn überhaupt zu kennen. Ich begann, zu hinterfragen, warum von manchen Dingen gesprochen wurde, von anderen aber nicht. Mit welchem Recht zeigt mir dieser Wollmützenheini ein paar Dinge und verbirgt wiederum andere vor mir? Ich muss dorthin, dachte ich. Ich beschloss, nicht mehr zu den Fußballspielen der Profiliga zu gehen. Der FC Barcelona war sowieso gerade nicht sonderlich auf der Höhe. So konnte ich ein bisschen Geld sparen und kam hierher. Ich hatte gleichzeitig Recht und Unrecht gehabt. Inzwischen habe ich gelernt, dass es zutrifft, dass die zapatistischen Botschaften manche Dinge sichtbar machen und andere verbergen, die größten, die schrecklichsten, die wunderbarsten. Aber ich habe auch verstanden, dass sie nicht die Absicht verfolgen, uns zu betrügen, sondern uns einzuladen.

Einen Moment mal. Wartet kurz auf mich.

Also, mir wurde soeben mitgeteilt, dass ich in diesem Roman überhaupt nicht vorkomme, es muss sich also um einen bedauerlichen Irrtum halten, den, wie mir gesagt wurde, die Leute in der Zeitungsredaktion oder im Verlag, der das Buch herausbringen wird, klären werden. Nachdem das aber vermutlich noch ein Weilchen dauern wird, nutze ich inzwischen die Gelegenheit, um euch ein bisschen von ein paar Leutchen zu erzählen, mit denen ich im Friedenscamp von La Realidad war, und davon, wie ich Elías kennen gelernt habe.

Eine neue Flamme zündet eine weitere Zigarette an.

Wollt ihr eine? Ihr raucht nicht? In diesem Roman rauchen alle. Belascoarán raucht, Elías raucht, ich rauche, ganz zu schweigen vom Sub. Sie sollten jedem Exemplar einen Feuerlöscher beilegen und auf den Umschlag so eine Vignette mit der Aufschrift »Rauchen schadet Ihrer Gesundheit« drucken, oder »Rauchen während der Schwangerschaft erhöht das Risiko einer Fehlgeburt und bleibender Schäden beim Neugeborenen«, oder einen von diesen Sprüchen, die sie jetzt auf die Zigarettenschachteln schreiben und die kein Mensch liest. So würde der Roman, wenn er schon keinen Literaturpreis gewinnt, wenigsten vom Verein aktiver Nichtraucher ausgezeichnet werden, insofern so etwas existiert.

Also, ich mache mal weiter. In den Friedenscamps habe ich Leute aus allen möglichen Ländern kennen gelernt, wenn auch nicht viele aus Mexiko. Einige bleiben nur kurz, andere jahrelang. Natürlich sind manche auch mit Unterbrechungen da, wie der Juanita Dot Com, von dem ich weder weiß, aus welchem Land er kommt, noch ob er wirklich so heißt, wie er sagt, dass er heißt, aber auf jeden Fall hat er eine eigene Website. Jedes Mal, wenn er kommt, bringt er einen Haufen Zeitschriften und Zeitungen mit, und wenn er wieder geht, trägt er nichts weiter als ein Lächeln auf den Lippen. Jedenfalls, auch wenn wir aus verschiedenen Ländern kommen und verschiedene Sprachen sprechen und obwohl wir in unseren Ansichten über die Zapatisten meist nicht einer Meinung sind, knüpfen wir campamentistas normalerweise mehr oder weniger feste Freundschaftsbande. In La Realidad hatte ich eine enge und brüderliche Beziehung mit drei anderen campamenteros. Mit ihnen zusammen haben wir die Gruppe aufgezogen, die wir »Klub des kaputten Kalenders« getauft haben. Obwohl das eigentlich ein guter Titel für einen Krimi wäre, oder ein guter Name für eine esoterische Geheimgesellschaft oder für eine Gruppe von Bunnys, die sich aus den Mittelseiten des Playboy davongemacht haben, handelt es sich ganz schlicht um die Bezeichnung für eine Gruppe von Leuten, die sich aus Gründen, die ich im Folgenden erklären werde, so genannt haben:

Im »Klub des kaputten Kalenders« gibt es eine Deutsche. Sie hat ein Jahr lang mit dem Mofa Pizzas ausgefahren, um das Geld für die Reise hierher zusammenzubekommen. Es tut nicht Not, hier besonders hervorzuheben, dass sie lesbisch ist, aus den bereits genannten Gründen, aber dafür werde ich euch sagen, dass sie Dana Mai heißt und ihr Nachname Bi Mat lautet – ein vietnamesischer Nachname, der »klandestin« bedeutet. Dana Mai spielt in unserem Fußballteam in der Abwehr und ist mit ihrer Freundin zu einer Art Hochzeitsreise ins zapatistische Gebiet gekommen. Die Freundin ist Doktorin der Mathematik, und sie ist jetzt gerade nicht hier, weil sie nämlich nach Berlin zurückgereist ist, um Geld zu besorgen und ihren Aufenthalt *in Chiapas verlängern zu können. Dana Mai wird im Dorf einfach nur Mayo genannt, Mai.*

Dann haben wir da eine Französin, eine Lehrerin aus Toulouse, die Juin Hélène heißt und den serbokroatischen Nachnamen Protuzakonitost trägt, der »illegal« bedeutet. Juin Hélène liebt Jazz, sie sagt, das Leben sei wie ein Stück von Miles Davis, und sie ist nach eigenen Worten gekommen, um zu lernen, wie das mit der Autonomie funktioniert, weil sie bei ihrer Rückkehr nach Frankreich gemeinsam mit ihren SchülerInnen eine autonome Gemeinde im Widerstand gründen will, die den Namen »Charlie Parker« tragen soll. Juin spielt in unserer Mannschaft vor allem, um den Gegner zu verwirren – wegen der Tritte, die sie austeilt, nicht gegen den Ball, sondern gegen die Schienbeine der gegnerischen Mannschaft – und im Dorf nennen sie sie »die Blonde« oder die Franzmännin.

Das vierte Mitglied ist ein Italiener, von Beruf Koch, der Vittorio Francesco Augusto Luigi Nidalote heißt, sein Nachname bedeutet auf Albanisch »verboten«. Er glaubt fest an die Existenz von Außerirdischen, und wie er uns während der langen Nächte im chiapanekischen Urwald gebeichtet hat, ist er der Überzeugung, dass es gute und böse Außerirdische gibt. Die Bösen, sagt er, sind bereits vor einiger Zeit in Washington, London, Rom, Madrid, Moskau und Mexiko-Stadt gelandet, haben die Macht an sich gerissen und die Fastfood-Masche eingeführt. Und die Guten – na ja, die Guten sind noch nicht gelandet, aber wenn sie das an irgendeinem Ort dieser Welt tun werden, dann wird es im zapatistischen Gebiet sein. Und sie werden nicht kommen, um uns zu erobern oder uns ihre Hochtechnologie beizubringen, sondern um zu lernen, wie man die Bösen besiegen kann. Vittorio Francesco Augusto Luigi nimmt an, dass die guten Außerirdischen einen Koch benötigen werden, und deshalb ist er hier. Vittorio Francesco Augusto Luigi spielt in unserer Mannschaft Linksaußen – weil er der Ansicht ist, man müsse seiner politischen Position sogar im Spiel treu bleiben – und im Dorf wird er Panchito genannt, wofür sowohl er selbst als auch wir anderen alle recht dankbar sind.

Ihr seht also, wir sind eine gewissermaßen originelle Gruppe, und wenn wir unsere Namen in zapatistischer Manier umkrempeln würden, würden klandestiner Mai, illegaler Juni, geheimer Juli und verbotener August dabei herauskommen. Das heißt, wir hätten allesamt Namen, die eines Porno-Romans oder meinetwegen eines pornographisch gefärbten Spionageromans würdig wären, die aber nicht in einen Krimi passen. Und selbst wenn wir die Abril aus dem ersten Kapitel noch dazu nähmen, wäre der Kalender nach wie vor unvollständig, kaputt.

Gebt nicht allzu viel auf das, was ich sage, aber vielleicht hat der Sub uns ja aus purer Gemeinheit in diesen Roman gesteckt, weil die Zapatisten ja bekanntlich behaupten, es gebe nicht nur eine Welt, sondern viele Welten, und deshalb werfen sie einen schwulen Mechaniker von den Philippinen, eine lesbische deutsche Mofa-Pizzalieferantin, eine jazzfanatische französische Lehrerin und einen italienischen Koch, der an Außerirdische glaubt, in den Roman. Das heißt, es gibt nicht einfach nur Männer und Frauen. Demzufolge ist es gut möglich, dass später noch weitere »seltsame« Figuren auftauchen.

Wenngleich ich persönlich der Meinung bin, dass der italienische Koch hier lediglich auftritt, weil es in den Krimis häufig so ist, dass die Detektive einen Hang zum Kulinarischen haben. Neulich beispielsweise habe ich Vittorio Francesco Augusto Luigi – den verbotenen August aus unserem kaputten Kalender – dabei ertappt, wie er gerade ein Rezept ausprobierte, das ihm angeblich der Sub gegeben hatte. Es heißt »Marcos Special« und ich gebe es genau so an euch weiter, wie ich es gehört habe: Eine Portion Rindfleisch nach Belieben in Stückchen schneiden und braten; ein Döschen Salsa Mexicana und Käse zugeben; das Ganze pürieren und heiß servieren. Als der verbotene August mit dem Kochen fertig war, sagte ich zu ihm: »Das sieht aus wie Säuferkotze.« Er hat probiert und hinzugefügt: »Und es schmeckt, wie es aussieht.« Aber August gehört zu den Leuten, die glauben, dass die Zapatisten nicht einmal dann danebenliegen können, wenn sie definitiv danebenliegen, und diesmal hat er als Grund angegeben, dass die Soße von der Firma Herdez war, während der Sub ihm gesagt hatte, sie müsse von La Costeña sein.

Wie auch immer, in diesem Roman wird nicht besonders gut gegessen werden, was Pepe Carvalho und Manuel Vázquez Montalbán uns hoffentlich nachsehen werden.

Und wo wir gerade vom Essen sprechen, ich komme gleich wieder, ich muss mal auf die Latrine ...

Elías und der Fall mit dem Specht

Der Vogel war nicht nur ein Specht, sondern er war auch noch etwas plemplem, wie ihr gleich sehen werdet, wenn ich es euch erzähl. Jedenfalls wurde ich als Ermittlungskommission ins Caracol von Morelia geschickt, in die Tzotz-Choj-Zone. Die Sache oder der Fall ging um einen Christenmenschen, den Leute verstorben hatten, die behaupteten, sie hätten ihn mitnichten getötet. Die Junta der Guten Regierung aus dieser Gegend hatte eine Bitte um Unterstützung an die Generalkommandantur der EZLN geschickt. Der Sub war nicht da, sodass sie ihm über Funk Bescheid sagten, und wie mir gesagt wurde, soll er gesagt haben, dass sie mich hinschicken sollten. In La Realidad gab der lokale Verantwortliche mir Geld für die Reise, ein paar trockene Tortillas, einen Klumpen Pozol und ein paar Papiere. Auf einem dieser Papiere las ich:

Niederschrift einer Anzeige

Weiler Nich Teel, Teil der autonomen zapatistischen Gemeinde im Widerstand Olga Isabel, Chiapas, 25. Juni 2004. Der Bürger Pedro Sántis Estrada, von der Ehren- und Gerechtigkeitskommission der autonomen Gemeinde, beschreibt um 21.25 Uhr die Bergung des Leichnams wie folgt:

1. Der Verstorbene: Francisco Hernández Solís, 38 Jahre alt, in wilder Ehe lebend, Vater von 9 Kindern.

2. Am 25. Juni des Jahres 2004 ging er um 6 Uhr früh zur Arbeit auf sein Maisfeld im so bezeichneten Ba Witz, das 5 km von seinem Wohnhaus entfernt liegt.

3. Um 13.00 Uhr (ein Uhr nachmittags) machte er sich gemeinsam mit seinem jüngeren Bruder namens Santiago Hernández Solís, 21 Jahre alt, sowie in Begleitung seines 10-jährigen Sohnes namens Pedro Hernández, auf den Heimweg. Als sie das Maisfeld etwa 300 Meter hinter sich gelassen hatten, kamen sie in einen Hinterhalt, der Schuss gegen Francisco Hernández Solís wurde aus einer Entfernung von zwei Metern abgegeben auf dem Weg, auf dem aus einer automatischen Waffe Kaliber 22 insgesamt vier Schüsse abgefeuert wurden.

4. Zwei Schüsse durchbohrten dasselbe Loch in der rechten Brust, ein weiterer drang in die Mitte der Brust und einer in die rechte Gesäßhälfte.

5. An dem Ort, wo er in den Hinterhalt geriet, rannte er 48 Meter weit und schrie denen, die auf ihn schossen, ihren Namen zu, dann zeigte er seinem Begleiter noch die Stellen seines Körpers, an denen die Kugeln eingedrungen waren, und dann fiel er tot um: Mit dem Gesicht nach oben, mit offenen Augen nach Süden blickend, die rechte Hand an der Brust und die linke an der Hosennaht, die Füße ordentlich aneinander.

Persönliche Daten:

Der verstorbene Francisco Hernández Solís trug einen halben Sack Mais bei sich, sowie eine Machete und einen Schleifstein in seinem Gürtel, zudem einen Beutel, ein weißes Hemd mit Streifen, eine weiße Hose, einen schwarzen Ledergürtel und Gummistiefel. Er hat schwarzes, glattes Haar, dichte Augenbrauen, schwarze Augen, eine große Nase mit schwarzem Schnurrbart, einen normalen Mund, ein rundes, dunkelhäutiges Gesicht, große Ohren, seine Körpergröße beträgt 1,60 Meter.

HIERMIT ENDET DIE VORLIEGENDE ANZEIGENNIEDERSCHRIFT AM SELBEN TAG UND DATUM, AN DEM SIE BEGANN. ICH BEGLAUBIGE.

Pedro Sántis Estrada
Ehren- und Gerechtigkeitskommission

Ich begab mich also zur Gemeinde Moisés Gandhi, wo ich die Leute von der Junta der Guten Regierung der Tzotz-Choj-Region traf. Als wir in der Gemeinde Morelia ankamen, wo das Caracol seinen Amtssitz hat, setzte ich mich mit den Ratsmitgliedern der autonomen zapatistischen Gemeinden im Widerstand Ernesto Che Guevara und Olga Isabel zusammen.

Ihren Worten zufolge waren noch am selben Tag des Mordes zwei Leute festgenommen worden, die Schwierigkeiten mit dem Dahingeschiedenen gehabt hatten. Dass diese Schwierigkeiten mit Ansprüchen auf Land, mit Kaffeefeldern und mit Brennholz zu tun gehabt hatten. Dass sie schon vor einiger Zeit begonnen hatten. Dass die beiden Verhafteten und mutmaßlichen Angeklagten Sebastian Pérez Moreno und Fausto Pérez Gómez heißen.

Dass das ohnehin die Namen sind, die der Dahingeschiedene gesagt hat, als er noch nicht dahingeschieden war. Dass sie erklärt haben, dass sie es nicht waren, dass die verhafteten mutmaßlichen Angeklagten also erklärt haben, dass sie den Dahingeschiedenen nicht umgebracht haben. Dass sie lediglich auf ihr eigenes Kaffeefeld gegangen sind, um zu arbeiten. Dass sie eine Jagdflinte dabei hatten für den Fall, dass sie auf ein Tier stoßen würden. Dass sie in einer Brache einen Specht entdeckten. Dass sie viermal auf ihn schossen, ihn aber verfehlten. Dass sie sich nachher gleich schon auf den Rückweg zu ihren Häusern gemacht haben, wegen der Hitze. Dass sie erst dort von dem Toten erfahren haben.

Ich bat, dass man mich zu dem Ort führen solle, wo sich alles zugetragen hatte. Sie brachten mich hin, aber es war schon recht spät, sodass wir nur noch Kaffee tranken und ein bisschen Brot aßen. Sie brachten mich in der Gemeindeschule unter. Frühmorgens am nächsten Tag gingen wir zu dem Ort. Ich schritt das Gelände rund um die Stelle ab, wo der Dahingeschiedene verstorben worden war. Das heißt, ich erkundete die Gegend. Auf der einen Seite war es reine Brache, auf der anderen Seite reine Weide. Nur ein klein bisschen Wald, also ein paar wenige hohe Bäume, die jedoch schon weiter bei den Kaffeefeldern standen. Ich folgte den Schritten des Dahingeschiedenen bis zu dem Ort, wo er gänzlich gestorben war. Ich lief auch da entlang, wo die verhafteten mutmaßlichen Angeklagten gesagt hatten, dass sie dort gelaufen waren.

Irgendetwas schmeckte mir nicht, doch wusste ich nicht, wonach ich suchte. Das passiert mir öfters. Ich suchte weiter, ohne zu wissen, wonach, aber ich dachte mir, dass ich es in dem Moment wüsste, wo ich es finden würde. Es war schon spät, als wir Pozol tranken. Ich fragte die Leute, die mich begleiteten, ob es an dem besagten Unglückstag geregnet hätte. Dass ja. Dass ziemlich sehr sogar. Dass den ganzen lieben langen Tag lang. Dass es bis in die Nacht nicht aufgeklart hatte. Ich dachte darüber nach. Eine ganze Weile. Plötzlich wusste ich, dass ich das, was ich suchte, nicht finden würde und dass es genau das war, was ich gesucht hatte – das heißt, ich hatte die Gewissheit gesucht, dass ich das, was ich suchte, nicht finden würde. Diejenigen, die mit mir unterwegs waren, sagten mir, dass meine Gedanken sehr wirr seien. Ich sagte ihnen, ohnehin. Wir kehrten zurück. Ich ging zu den Ratsmitgliedern und sagte ihnen, dass ich das, wonach ich gesucht hatte, nicht gefunden hätte und dass deshalb die Angeklagten schuldig seien. Auch die Ratsmitglieder sagten mir, meine Gedanken seien sehr wirr. Ich dachte, dass ich wohl in meinem Beutel einen Haufen Zettel dabeihaben sollte, auf denen stand »ohnehin«, um mich nicht andauernd rechtfertigen zu müssen.

Weil ich aber die Zettel, auf denen »ohnehin« stand, nicht dabeihatte, sagte ich den Ratsmitgliedern, dass ohnehin, aber dass der eigentliche Problem sei, dass ich den Specht nicht gefunden hatte. Na und, sagten die Ratsmitglieder. Dass er sicher auch verstorben sei, genau wie der Dahingeschiedene. Ich sagte ihnen, dass der Specht entweder sehr bescheuert war und bei strömendem Regen herausflog, um nach Nahrung zu hacken, noch dazu in einer Brachfläche, in der es nicht einmal Bäume gab, und dann flog er auch noch einfach so weiter, obwohl vier Mal auf ihn geschossen wurde – oder es hatte ganz einfach nie einen Specht gegeben. Was, wenn es gar keinen Specht gegeben hat, sagten die Ratsmitglieder. Na, was wohl, sagte ich. Dass wenn wir davon ausgehen – ohne es zuzugestehen –, dass es keinen Specht gegeben hat, worauf haben die Angeklagten dann wohl geschossen, sagten die Ratsmitglieder. Dass ich genau dasselbe sage, nur ohne wie ein Anwalt zu sprechen, sagte ich ihnen. Dass es klar auf der Hand liege, dass sie uns verlügen, sagte ich erneut. Und was, wenn noch jemand anders in die Sache verwickelt ist, sagte ich noch hinterher. Dass sie das schon herausfinden werden, sagten die Ratsmitglieder. Dass ich jetzt mal zum Fluss gehe, baden, weil ich mir in der Brache und auf der Weide viele Zecken eingefangen hab, sagte ich. Dass die Mistzecken hinkrabbeln, wo sie wollen, sagte ich nicht, aber ich dachte es. Ich ging zur Ladenkooperative, um ein paar Zigaretten zu kaufen. Dass was für welche denn, fragte der Compa. Dass *Gratos*, sagte ich ihm. Dass mit Menthol, fragte der Compa. Dass ich eine Zigarette will und kein Bonbon, sagte ich. Als es schon dunkel war, kamen sie, um mir mitzuteilen, dass die Ratsmitglieder schon eine weitere Person namens Pascual Pérez Silvano festgenommen hatten, 16 Jahre alt, ledig, der bei seinen Eltern lebt. Dass er Klartext gesprochen habe über die Vorfälle. Dass sie bereits dabei seien, die Aussagen der Angeklagten aufzunehmen. Dass sie mir etwas später die Öffentliche Vorab-Erklärung bringen würden.

Öffentliche Vorab-Erklärung

Pascual Pérez Silvano macht klare Aussagen darüber, wie seine Wege im Verhältnis zu den drei Personen waren. Dass sie an der Wegkreuzung mit Fausto und Sebastián zusammentrafen, welche 22er-Schusswaffen bei sich trugen, ein automatisches M 16, und dass sie ihn zum Jagen einluden; dass er zunächst ablehnen wollte, weil er seinen Mais holen wollte, dann aber einwilligte, sie zu begleiten. »Wir gingen diesen Weg nach Corostik, nahmen dann den Pfad nach Mustajá und bogen in den nach Xaxajatik ein, ich war schon müde und wir haben nichts gefunden; ich hab ihnen gesagt, dass ich nicht mehr weitergehen kann, und Sebastián sagt zu mir, dass ich ein Weib bin, wenn ich nicht weiterkann, und so sind wir weitergelaufen, bis wir dorthin kamen, wo es schon keinen Weg mehr gibt, und ich beschloss, dort zu bleiben; da sagte er plötzlich zu mir, wenn du ihn warnst, dann schieß ich zuerst auf dich – also blieb ich etwa 15 Meter zurück, und sie kamen zum Weg, der zum Maisfeld führt, ich hab nicht gesehen, wie sie einbogen und anfingen ihre Waffen abzufeuern; ich bin weggelaufen, weil ich Angst hatte, weil ich nicht wusste, was sie vorhatten, es waren mehrere Schüsse. Wenn sie es mir gesagt hätten, wär ich nicht mit ihnen mitgegangen. Ich bin also allein geflüchtet und hab mich versteckt und bin auf demselben Weg zurückgegangen, den wir gefunden hatten, aber ich hab Fausto und Sebastián nicht mehr getroffen; ich musste noch ein paar Runden drehen, bis ich den kleinen Weg, der zu meinem Maisfeld führt, finden konnte, um den Mais zu ernten; vor lauter Angst konnte ich meinen Sack gar nicht mehr voll machen und bin schnell nach Hause, aber zu meiner Familie hab ich nichts gesagt. Erst nach einer Weile, als sie anfingen, zu erzählen, dass auf dem Weg jemand ermordet worden war und dass es der Herr Francisco Hernández Solís war, hab ich gedacht, das sind sie, die da auf dem Weg geschossen haben, weil ich wusste es nicht, ich hatte ja nicht gesehen, auf was sie schossen. Die Leute begannen zusammenzulaufen, um ihn zu sehen, soviel ich weiß, hatte er nichts getan.«

Fausto und Sebastián konnten nichts sagen, sie schauten ihrem Compañero bloß in die Augen, wegen der Aussage, die der Pascual Pérez Silvano machte. Am Ende sagten sie, dass sie es waren, sie bekannten sich schuldig des Mordes an Francisco Hernández Solís.

DA ES NICHTS WEITER HINZUZUFÜGEN GIBT, WIRD DIESE VORERMITTLUNGSAKTE HIERMIT FÜR GESCHLOSSEN ERKLÄRT, AM SELBEN TAG UND DATUM, AN DEM SIE ERÖFFNET WURDE. ICH BEGLAUBIGE.

Pedro Sántis Estrada
Ehren- und Gerechtigkeitskommission

Am nächsten Tag wurde mir gesagt, ich solle nach La Realidad zurückgehen. Sie dankten mir, gaben mir Reisegeld und ein paar geröstete Tortillas und Pozol als Wegzehrung. Es regnete. Die ganzen Zigaretten wurden nass. In Cuxuljá nahm ich einen Bus nach Altamirano, und von dort nach Las Margaritas. Ich kam erst spät in La Realidad an, bei Dunkelheit. Im Haus vom Max gab es Tamales, Kaffee und Bananen. Der Max gab mir neue Zigaretten. Es regnete wieder. Ich richtete mich für die Nacht in dem Laden ein, der »Don Durito« heißt. Ich hab nicht besonders geschlafen. Die Zecken hatten sich bis in meine Seele vorgearbeitet.

Elías und der Klub des kaputten Kalenders

Also, jetzt erzähle ich euch, wie sich die Begegnung zwischen Elías und dem »Klub des kaputten Kalenders« zugetragen hat.

Eines Abends gab es einen kleinen Aufruhr in der Hütte, wo die campamenteros *schlafen. Juin Hélène, die Französin, leidet nämlich unter Schlaflosigkeit, und sie sah von ihrer Hängematte aus, dass sich unter dem Dach etwas bewegte. Sie leuchtete mit ihrer Taschenlampe darauf, und siehe da, es war eine Schlange, oder Otter, oder Giftnatter. Natürlich fing Juin Hélène an zu schreien, und natürlich wachten wir alle davon auf. Was folgte, war eine allgemeine Panik, allerdings als Öko-Diskussion Schrägstrich Gruppentherapie getarnt. Zuerst diskutierten wir darüber, ob wir sie töten sollten oder nicht. Die Schlange, nicht Juin Hélène. Dana Mai äußerte naturschütze-*

rische Argumente gegen eine Tötung und warnte vor der Gefahr, die Biodiversität durcheinander zu bringen; Vittorio Francesco Augusto Luigi beabsichtigte, das Tier zu töten, und führte gastronomische Gründe an, indem er sich über die kulinarischen Eigenarten von Schlangen ausließ, da er in einem Kommuniqué des Sub gelesen hatte, gegrillte Schlange schmecke wie Fisch. Juin Hélène war dafür, das ökologische Gleichgewicht zu stören, indem man die Schlange tötete, und ich esse sehr gern Fisch, also wurde mit erdrückender Mehrheit dafür votiert, die Schlange zum Tode zu verurteilen. Natürlich bestand die erste Schwierigkeit darin, sie vom Dach herunterzubekommen, und die zweite darin, sie zu töten. Dana Mai schlug vor, einen Stuhl zu besorgen, und Vittorio Francesco Augusto Luigi solle darauf klettern und sie mit einem Schlag mit der Schöpfkelle für die Nudelsuppe herunterholen. Panchito sagte darauf mit erstaunlich mexikanischem Akzent, ni madres, *nie und nimmer werde er das tun. Damit hielten wir uns gerade auf, als Elías dazukam, er hatte schnell überblickt, worum es ging, ging hinaus, kam mit einem langen Stock zurück, schlug damit auf die Schlange, die zu Boden fiel, und hieb ihr mit der Machete den Kopf ab.*

»Es war eine Nauyaca«, sagte er und nahm die beiden Teile wer weiß wohin mit.

Nach einer Weile kehrte er zurück und fragte uns, ob wir abreisen würden und wann. Wir sagten ja, am Sonntag. Dana Mai musste zur Bank, um Geld abzuheben, Juin Hélène würde nach Frankreich zurückkehren, Vittorio Francesco Augusto Luigi wollte ein paar Sachen kaufen, und ich musste mein Touristenvisum erneuern. Wir würden alle nach Mexiko-Stadt fahren müssen.

Elías fragte uns, ob er mitkommen könne. Wir sagten, ja, selbstverständlich, natürlich, es sei uns eine Ehre, und so weiter.

»Is gut«, sagte er.

Wir fragten ihn, wohin er denn reise und aus welchem Grund.

»Ich fahre nach Mexiko-Stadt, um ein Medikament zu besorgen. Aber erzählt das bloß nicht weiter«, antwortete er und verlor sich in der nächtlichen Dunkelheit.

Nach dem Schreck mit der Nauyaca dachte niemand mehr ans Schlafen, also wurde eine außerordentliche Sitzung des Klubs des kaputten Kalenders einberufen. Das Thema? Die Reise des Elías.

Illegaler Juni bestand darauf, dass das mit dem Medikament eine

Lüge sei, dass Elías bestimmt nach Mexiko-Stadt führe, um Karten für das Jazz-Festival zu kaufen, zu dem dann der Sub als Saxophon verkleidet reisen würde, und danach würde er in einer Ladies-only-Table-Dance-Bar arbeiten gehen, um Geld für den Kampf zu verdienen. Klandestiner Mai führte an, dass dem nicht so sei, dass Elías die Adresse eines Krankenhauses herausfinden müsse, das chirurgische Eingriffe zur Geschlechtsumwandlung vornimmt, weil der Sub eigentlich lesbisch sei, das heißt, er liebe Frauen, habe aber keinen Erfolg bei ihnen, also würde er sich zur Frau machen lassen, damit sie ihn endlich mögen würden. Ich, das heißt Geheimer Juli, sagte, dass Elías fahre, um herauszufinden, wann die Gay-Pride-Demonstration stattfinden würde, bei der der Sub gleichzeitig sein Coming-out aus dem Dschungel und als Tunte haben würde. Verbotener August hörte uns schweigend zu, und erst, als wir anderen der Diskussion bereits müde waren, griff er ein:

»Ihr habt keine Ahnung«, meinte er abschätzig. »Der Sub ist ein größerer Macho als Pedro Infante und Lando Buzzanca zusammen, und er hört gern Son und Huapango. Außerdem wüsstet ihr, wenn ihr Zeitung lesen würdet, längst, dass Elías zu der Sache mit dem Wal Mart in Teotihuacán fährt.«

Wir sahen ihn alle an, ohne auch nur ein Wort verstanden zu haben. August seufzte, bevor er sich zu einer Erklärung herabließ:

»Es ist so, dass der Wal-Mart-Konzern eine Supermarktfiliale in Teotihuacán gebaut hat, um sich die Sonnen- und die Mondpyramide unter den Nagel zu reißen. Sie werden sie Stück für Stück stehlen. Jedes Stück, das sie abbauen, werden sie durch ein identisches ersetzen, allerdings aus Pappmaché. Die Originalteile verpacken sie in die leeren Warenkartons. Deshalb geben sie dir, wenn du dort um Kartons für einen Umzug bittest oder um Bücher, Kleidung, Schallplatten oder Altkleider zu verwahren, nicht einen einzigen. Sie werden zuerst die Mondpyramide stehlen, damit am 21. März das Original der Sonnenpyramide noch steht und sie noch ein ganzes Jahr Zeit haben, um sie zu demontieren, ohne dass es jemand merkt.«

Wir sahen ihn immer noch an und verstanden immer noch nichts. Illegaler Juni fragte ihn, warum der Wal-Mart-Konzern wohl die Mond- und die Sonnenpyramide aus Teotihuacán stehlen sollte. Verbotener August antwortete ihr ganz im Tonfall von »Elementar, mein lieber Watson«:

»Na, damit die guten Außerirdischen den Ort für ihre Landung nicht finden. Die guten Außerirdischen warten darauf, dass die Zapatisten ihr Einflussgebiet ausdehnen und in Teotihuacán ein Caracol *gründen, und dann werden sie bei den Pyramiden herunterkommen und schwupp, ist es vorbei mit McDonald's und Pizza Hut. Aber wenn die Pyramiden gar nicht die Pyramiden sind, dann kommen die guten Außerirdischen nicht, und dann werden wir Bush, Blair, Berlusconi, Aznar und den Internationalen Währungsfonds forever haben. Ci siamo capiti?«*

Klandestiner Mai fragte, wohin denn der Wall-Mart-Konzert die Pyramiden von Teotihuacán verschleppen würde. Geheimer Juli, das heißt ich, schloss sich der Frage an. Illegaler Juni war bereits wieder am Einschlafen.

»Das ist es ja, was Elías herausfinden soll«, antwortete Verbotener August.

Wir waren uns alle einig, dass wir genug hatten von Nauyacas, Pyramiden, Fast-Food-Ketten und Außerirdischen und dass wir schlafen gehen sollten.

Als ich schon in der Hängematte lag und vor mich hin dämmerte, brachte ich alles durcheinander. Weil ich nämlich im Unterschied zu den anderen Monaten unseres kaputten Kalenders bereits die Kapitel eins und zwei dieses Romans, Unbequeme Tote, *gelesen hatte und obwohl fehlt, was fehlt, schon wusste, in welcher Absicht Elías nach Mexiko-Stadt reiste.*

Und ich hatte Angst. Große Angst. Allerdings keine Angst vor dem Unbekannten. Es war Angst vor dem Bekannten. Angst vor der langen Geschichte von Niederlagen. Angst vor der Gewöhnung und Resignation, die jene Rechnung in uns auslöst, in der wir immer nur unter »minus« und »geteilt durch« vorkommen, aber niemals unter »plus« und »mal«. Ich hatte Angst davor, dass Elías und der Belascoarán verlieren könnten und dass wir, wir alle, mit ihnen verlieren würden. Denn bekanntlich kehrt der Mörder ja immer an den Ort des Verbrechens zurück. Aber nehmen wir einmal an, dass Elías und der Belascoarán nicht hinter irgendeinem Mörder her sind, sondern hinter dem Mörder schlechthin. Wenn er der ist, den ich mir vorstelle, dann wird der Mörder nicht zum Ort des Verbrechens zurückkehren, sondern er ist *ganz einfach der Ort des Verbrechens selbst. Der Mörder ist das System. Ja, das System. Wenn es ein Verbrechen gibt, muss man oben nach dem Schuldigen suchen, nicht unten. Das BÖSE ist das System, und die BÖSEN sind diejenigen, die dem System zu Diensten sind.*

Aber das BÖSE ist keine eigenständige Größe, kein perverser, verhängnisvoller Dämon auf der Suche nach Leibern, die er besitzen und als Werkzeuge für seine Schlechtigkeiten, Verbrechen und Morde einsetzen kann, für seine Wirtschaftsprogramme, Betrugsmanöver, Konzentrationslager, Heiligen Kriege, Gesetze, Gerichte, Verbrennungsöfen und Fernsehsender.

Nein, das BÖSE ist ein Verhältnis, es ist eine Haltung gegenüber dem Anderen. Es ist auch eine Entscheidung. Das BÖSE ist, sich für das BÖSE zu entscheiden. Die Wahl zu treffen, der BÖSE zu sein gegenüber dem Anderen. Sich aus freiem Willen in einen Henker zu verwandeln. Den Anderen zum Opfer zu machen.

Teufel auch. Campamenteros *sollten keine metaphysischen Überlegungen anstellen.* Campamentistas *sollen Panzer und Soldaten zählen, sie sollen das Essen nicht vertragen, sie sollen sich untereinander über Lappalien streiten, sie sollen Fußball spielen und gegen die zapatistischen Mannschaften verlieren, sie sollen bei Finanzanträgen helfen, sie sollen Radio Insurgente hören, sie sollen den Sub kritisieren, weil er nicht so ist, wie sie möchten, und nicht das tut, was sie möchten, sie sollen Pläne schmieden, wie man den Zapatismus in ihre jeweiligen Länder exportieren kann, sie sollen sich die meiste Zeit über langweilen. All das und noch viel mehr, aber sie sollen definitiv keine metaphysischen Überlegungen anstellen. Sie sollen sich auch nicht wie illegale Flüchtlinge (niemand hat die Leute vom kaputten Kalender je nach ihren Pässen gefragt) in Kriminalromane einschleichen, und schon gar nicht, wenn es ein mit vier Händen, zwanzig Fingern, acht Extremitäten, zwei Köpfen und in vielen Welten verfasster Roman ist.*

Diese Zapatisten, da ziehen sie mithilfe eines Detektivs und eines Chinesen in den Kampf gegen ein Ungeheuer. Bestimmt taucht gleich auch noch ein Russe auf. Und garantiert ist dieser Chinese Trotzkist und der Russe Maoist. Verfluchter Mist. Verfluchter Wall-Mart-Konzern. Verfluchte Nauyaca. Verfluchte Pyramiden. Verfluchtes Fastfood. Und verflucht ich selber, denn genauso wie es gute und schlechte Außerirdische gibt, gibt es auch gute und schlechte Schwule, und ich gehöre zu den Guten. Und zwar gehöre ich zu den Guten, weil ich mich dafür entschieden habe, nicht zu den Bösen zu gehören. Scheiß Hängematte. Mist, verdammter. Ich kann nicht schlafen. Bei meiner Mutter, nie wieder esse ich abends Pozol mit Bohnen. Und dann schlief ich ein.

Elías und die Sitten und Gebräuche

Lasst mich eine Zigarette rauchen, und ich erzähle euch weiter von den Dingen, die passiert sind, bevor ich den Belascoarán am Revolutionsdenkmal in der Hauptstadt getroffen habe. Ich rauche *Gratos*. Oder *Alas*. Das ist das, was es hier zum Rauchen gibt, na ja, und nachher hab ich mich dran gewöhnt. Das heißt, auch wenn es was Anderes gibt, rauch ich halt *Ungrade* oder *Allahs*, wie wir sie hier nennen, um ein bisschen witzig zu sein. Also, ich erzähl euch von den Tagen, bevor ich in die Hauptstadt gefahren bin, um die Art von der Stadt anzunehmen. Ich bin zur Kommandantur, wo der Sub mir noch ein paar Sachen geben wollte, und dann würde ich schon gleich losfahren in die Stadt. Ich ging mit dem Major Moisés, und nachdem wir den Wachposten passiert hatten, trafen wir auf eine Gruppe von Aufständischen.

Der Hauptmann Noé spielte Gitarre und sang dazu ein Lied auf die Melodie von El Venadito, ihr wisst schon, das geht so: »Ich bin ein armes Rehlein, das in den Bergen lebt«, nur dass der Hauptmann sang: *»Ich bin ein armer Hauptmann, der ganz alleine lebt. Ich bin ein armer Hauptmann, der ganz alleine lebt. Und wenn ich nicht verheirat' bin, so bin ich lang noch nicht entmannt, weshalb du mir gefällst, meine dunkle Schöne, du mein Leben mein. Gern wär ich deine Bluse, um immerfort bei dir zu sein. Gern wär ich deine Bluse, um immerfort bei dir zu sein. Um deine Brüstchen zu berührn und deine Taille zu umführn. Die Erstren weil so klein, die Zweitre weil so reif will spürn.«*

Der Sub war nicht direkt in der Kommandantur, sondern etwas vom Hauptquartier entfernt. Er war zusammen mit Comandante Tacho in einer Hütte, die zwar Wände hatte, aber kein Dach und deren Dachstuhl erst halb fertig gebaut war. Wir grüßten sie, und sie grüßten uns.

»Schau, Elías«, sagte mir der Sub, »wir können uns gerade nicht einigen, Tacho und ich. Wir bauen hier gerade eine Hütte für die

Sanität, und Tacho meint, dass für das Dach hier ein Querbalken hingehört, so.« Und der Sub zeigte auf das Dach, das noch gar kein Dach war, sondern bloß ein Holzgerüst.

Der Sub holte seine Pfeife raus, zündete sie an und sagte: »Also frag ich den Tacho, warum dieser Querbalken da hingehört, ob das wissenschaftlich erwiesen ist oder einfach bloß der Brauch. Weil wenn es nämlich wissenschaftlich erwiesen ist, bedeutet das, dass es einen Grund dafür gibt, um diesen Querbalken dorthin zu setzen, und dann frage ich ihn, welcher Grund das also ist, und er sagt mir, dass er es nicht weiß, dass er das so gelernt hat, weil ansonsten das Dach einstürzt.«

Comandante Tacho kam währenddessen aus dem Lachen gar nicht mehr raus. Auch Major Moisés fing an zu lachen. Man konnte sehen, dass sie diese Debatte schon öfter geführt hatten.

Der Sub redete weiter, während er auf den Dachstuhl kletterte. »Ich werde jetzt mal die wissenschaftliche Methode anwenden, um herauszufinden, ob hier ein Querbalken hinmuss oder nicht. Das heißt, ich werde die *Trial-and-Error*-Methode anwenden, was bedeutet, dass man etwas ausprobiert, und wenn es schief geht, dann war es falsch, und wenn es gut geht, dann war es richtig. Also, wenn ich jetzt auf diesen Balken steige und der Dachstuhl einstürzt, heißt das, das er das Gewicht des Dachs sowieso nicht gehalten hätte.«

Da saß der Sub auch schon auf dem Balken, als sei er ein Pferd. Also, als sei der Balken ein Pferd. Während der Sub da oben balancierte, fragte er mich: »Und du, Elías? Was sagst du dazu? Ist es wissenschaftlich erwiesen oder bloß ein Brauch?«

Ich sprang unter dem Dachstuhl weg und konnte gerade noch sagen: »Es ist ein Br...« – da knirschte es im Gebälk, der Balken brach durch und der Sub fiel herunter und blieb auf dem Rücken liegen. Ich ergänzte: »...auch«.

Comandante Tacho krümmte sich vor Lachen. Major Moisés konnte vor lauter Lachen gar nichts mehr sagen. Da kam die Hauptmännin Aurora dahin gerannt, wo der Sub lag, und fragte ein bisschen besorgt: »Sind Sie gestürzt, Compañero Subcomandante?«

»Nein, ich tue nur so, als ob, um zu testen, wie lange die zapatistische Sanität braucht, um an einen Unfallort zu kommen«, sagte der Sub, ohne aufzustehen. Die Hauptmännin ging lachend davon. Der Sub lag immer noch am Boden, suchte nach seiner Pfeife und nach dem Feuerzeug, als eine Aufständische ankam:

»Compañero Subcomandante Insurgente Marcos«, sagte sie und salutierte.

»Compañera Insurgenta Erika«, sagte der Sub und grüßte vom Boden aus zurück.

»Compañero Subcomandante, ich möchte mit dir sprechen«, sagte die Erika, während sie ein Halstuch zwischen ihren Fingern wand.

»Sprechen Sie mit mir, Compañera Insurgenta Erika«, sagte der Sub und machte es sich am Boden bequem, indem er sich ein Stück von dem kaputten Balken als Kopfkissen heranzog und seine Pfeife anzündete.

»Ich weiß nicht, was du dazu sagen wirst, aber der Hauptmann Noé tätschelt mit mir«, sagte die Erika. Der Sub verschluckte sich am Pfeifenrauch und fragte hustend: »Er tut *was* mit dir?«

»Er täschelt mit mir, das heißt, er macht mit seinem Auge so«, sagte die Erika und drückte ein Auge zu, um zu zwinkern.

»Ach so! Man sagt nicht tätscheln, sondern techteln«, sagte der Sub, der nun wieder normal atmete und erneut die Pfeife anzündete. »Soll ich ihn zurechtweisen?«

»Nein«, sagte die Erika. »Ich frage nur nach, um zu wissen, ob er eine Erlaubnis hat, weil wenn er eine Erlaubnis hat, dann ist es gut. Und wenn nicht, dann soll er sich zuerst eine Erlaubnis holen, und danach soll er mit mir tätscheln.«

»Techteln, man sagt techteln«, klärte der Sub sie auf.

»Genau«, sagte die Erika.

»Ist gut, ich werde mich erkundigen, und dann geb ich dir Bescheid«, sagte der Sub, der am Boden liegend rauchte.

»Das ist alles, Compañero Subcomandante Insurgente Marcos«, sagte die Erika. Sie grüßte und ging.

Der Sub blieb nachdenklich liegen und biss auf seiner Pfeife herum. Man hörte es knacken, dann zog er die Pfeife aus seinem Mund und spuckte einen Teil des Mundstücks aus.

»Verdammter Mist, ich glaube, ich werde langsam zu alt für diesen Job«, sagte der Sub, und wer weiß, ob er es wegen dem gebrochenen Balken gesagt hat oder weil er heruntergefallen und am

Boden liegen geblieben war oder weil die Pfeife ihm andauernd ausging oder weil die Erika tätscheln statt techteln sagte oder weil er schon wieder eine Pfeife mit den Zähnen zerstört hatte oder ganz einfach wegen seiner Sitten und Gebräuche vom Sub.

»Ich fahr jetzt dann los«, sagte ich ihm.

»Hast du denn jemanden, mit dem du fährst?«, fragte er mich.

»Ja«, sagte ich. »Ich fahre mit ein paar *campamenteros*, die ohnehin in die Hauptstadt fahren.«

»Ins Monstrum, denk dran, dass wir Mexiko-Stadt ›das Monstrum‹ nennen«, sagte der Sub zu mir.

»Genau«, sagte ich ihm. Ich erzählte ihm nicht, dass ich den *campamenteros* erzählt hatte, ich würde nach Mexiko fahren, also ins Monstrum, um ein Medikament zu besorgen. Ich weiß nicht, ob sie mir das abgenommen haben, aber der Sub hatte mir gesagt, dass ich das so erzählen soll. Er hatte mir gesagt, dass seine Oma ihm beigebracht hatte, dass, wenn er etwas, was er tat, nicht erzählen konnte, er eine Geschichte erfinden sollte – irgendeine, die ihm gerade in den Sinn kam –, aber dass er sie so erzählen sollte, als sei es ein großes Geheimnis und dass man sie auf keinen Fall weitererzählen solle. So würde man ihm glauben. Das erzählte der Sub von seiner Oma, dass sie ihm das beigebracht hätte. Wer hätte das gedacht. Ich hatte immer geglaubt, der Sub hätte gar keine Oma.

»Ist gut«, sagte der Sub, und dann drehte er sich zum Major Moisés um und sagte ihm: »Gib Elías die Umschläge mit den Briefen.«

Der Major Moisés gab mir ein paar Briefumschläge. Ich schob sie in meinen Beutel. Es begann schon zu regnen, als ich fragte:

»Hör mal, Sub, willst du irgendwas haben?«

»Ja«, sagte der Sub, »verschiedene Dinge ... Zunächst einmal hätte ich gern, dass du mir diese Plastiktüte da rüberreichst.«

Ich reichte ihm die Tüte, und der Sub, der immer noch am Boden lag, zog die Tüte über die Pfeife, damit ihm der glimmende Tabak nicht nass geregnet wurde.

»Und dann hätte ich gern, dass du mir aus dem Monstrum eine Limonade mitbringst, die *Chaparritas El Naranjo* heißt, und zwar mit Traubengeschmack. Und noch was, sag dem Belascoarán, dass er, wenn er dir nicht beibringt, wie man in Zweierteams Domino spielt, ein Vollidiot ist. Nein, Vollidiot nicht, das ist eine zu starke Beleidigung. Sag ihm besser, dass er dann ein Blödmann ist, das ist nicht so stark und das wird er verstehen.«

»Und wofür soll das gut sein?«, fragte ich den Sub, weil ich nicht weiß, was Domino ist.

»Neben Demonstrationen und Erdbeben-Aufräumarbeiten ist Domino das, was bei den Leuten aus der Stadt der Gemeinschaftsarbeit noch am nächsten kommt. Lern das mal, und wenn du wiederkommst, bringst du es uns bei, weil vielleicht brauchen wir das ja irgendwann mal, damit sie uns nicht die Doppelsechs versperren, oder?« Und er drehte sich zu Tacho und Moy um, die lachten. Sie werden schon gewusst haben, worüber.

»Domino? Nicht Schach?«, fragte ich ihn, weil ich immer sehe, dass den Leuten in den Dörfern das Schachspiel gut gefällt und sie es viel mit den *campamenteros* spielen.

»Nein, diese Geschichte, dass militärische Führer und Detektive immerzu Schach spielen, ist ein Mythos. Die militärischen Führer spielen Karten, sie legen Patiencen, um genauer zu sein, und Puzzle. Und die Detektive spielen Domino.«

»Is gut«, sagte ich ihm.

Der Major Moisés verabschiedete sich von mir, weil er woandershin musste. Er umarmte mich und wünschte mir alles Gute. Ich umarmte auch den Sub und den Comandante Tacho. Auch die beiden wünschten mir alles Gute und meinten, ich solle auf mich aufpassen. Dass ich nicht vergessen solle, was er mir erklärt hat. Dass er mir über die Kommuniqués mitteilen wird, wie. Ich ging los, als der Sub gerade auf den Teil vom Dachstuhl kletterte, der nicht eingestürzt war, und zum Comandante Tacho sagte:

»Also los, Tachito, jetzt testen wir den anderen Balken. Welche Methode nehmen wir? Die wissenschaftliche oder die der Sitten und Gebräuche?«

Als ich am Wachposten vorbeiging, hörte ich immer noch sehr deutlich das Gelächter vom Comandante Tacho. Auf dem Weg steckte ich die Briefumschläge in eine Plastiktüte, damit sie nicht nass würden.

Die Reise des Elías, erzählt vom Klub des kaputten Kalenders

Am Sonntagmorgen brachen wir sehr früh auf. Wir kletterten alle fünf auf einen Dreitonner: Mai, Juni, Juli, August und Elías. Wir kamen rechtzeitig an, um den Bus nach Mexiko-Stadt noch zu erwischen, Juni setzte sich neben Elías und überließ ihm den Fensterplatz, für den Fall, dass ihm schlecht würde. Ich saß neben Mai, und August in der Reihe hinter uns. Als wir nach La Ventosa kamen, hielt der Bus an einem Kontrollposten der Migrationspolizei. Ein Offizier stieg ein und ging an Mai und mir vorbei, uns kaum eines Blickes würdigend. August tat so, als würde er tief schlafen, und schnarchte entsprechend. Auf dem Weg zurück blieb der Offizier neben Juni und Elías stehen, der in einem Exemplar der französischen Ausgabe von Le Monde Diplomatique *blätterte.*

»Ihren Ausweis, bitte«, sagte er. Juni begann, ihren Pass hervorzukramen.

»Nicht Sie, der Herr«, sagte er und zeigte auf Elías.

Elías, ohne auch nur aufzusehen und ganz in seine Zeitungslektüre vertieft, sagte einfach nur:

»American citizen.«

Obwohl Elías den Akzent eines espalda mojada *hatte, eines illegalen Migranten, geriet der Migrationsoffizier ins Wanken. Nach einigen Sekunden, die ewig zu dauern schienen und die, wie ich annehme, genau lange genug gedauert haben, um den Spannungsbogen aufrechtzuerhalten, den jeder Kriminalroman braucht, drehte er sich um und ging hinaus. Der Bus fuhr wieder los. Juni drehte, ohne ein Wort zu sagen, die Zeitung um, die Elías »las«, weil er sie verkehrt herum hielt.*

»Ach so! Deshalb hab ich den Sportteil nicht finden können«, sagte Elías und schlief bald darauf ein.

Diese Nacht und die ganze Fahrt über okkupierte der »Klub des kaputten Kalenders« die Bustoilette. Ohne uns abgesprochen zu haben, gaben wir alle dem Pozol vom Vorabend die Schuld an dem Durchfall. Als wir am Busbahnhof ankamen, verabschiedeten wir uns von Elías. Er ging seiner Wege. Wir auch.

Als ich nach La Realidad zurückkam, überbrachte ich dem Verantwortlichen des Caracol *die Botschaft, die Elías mir aufgetragen hatte: »Der mit dem großen Auge ist schon beim Arzt.«*

Als ich am nächsten Tag den Sub am Bach traf, fragte ich ihn, ob wir denn Elías im Roman Gesellschaft leisten würden. Er verneinte, wir würden lediglich in einem Kapitel vorkommen. Ich fragte, warum, und er antwortete: »Weil Tote keine Gesellschaft haben.«

Also kommen wir genau bis hierhin und nicht weiter. Jetzt werden wir erst die folgenden Kapitel des Romans lesen müssen, um herauszufinden, was passiert. Mist, verdammter! Ich weiß ja nicht, wie es euch geht, aber ich bin diese Kriminalromane, in denen immer alle sehr intelligent und gebildet sind und der einzige unwissende Dummkopf der Leser ist, jedenfalls leid. Ich weiß nicht, ob wir dumm sind, aber unwissend sind wir hier doch allesamt. Weil eben immer fehlt, was fehlt.

Die Reise des Elías erzählt von Elías

Genau. Ich bin also ins Monstrum gefahren. Ich bin aufgewacht, als wir gerade einen ziemlich steilen Berg herunterfuhren. Die *campamenteros* schliefen fest. Da hab ich die Stadt gesehen. Da war sie einfach, ruhig, weil sie noch weit weg war.

Und es stimmt, was nachher der Belascoarán gesagt hat, sie hat einen Haufen Antennen, wie schmale Hüte, die auf den Köpfen der Häuser sitzen. Als wir schon näher dran waren, hab ich gesehn, dass die Stadt außer Antennen auch Leute hat, viele Leute. Ich hab nicht gezählt, aber mir scheint, es gab mehr Leute als Antennen. Obwohl es genau so viele Autos wie Antennen gab. Weiß der Teufel.

Hier kann ich feststellen, wo dieses oder jenes Dorf liegt, indem ich mir die Bäume anschaue. Ich dachte, die Leute von der Stadt haben bestimmt auch ihre Art, und dass sie, indem sie die Antennen anschauen, feststellen, wo dieses oder jenes Haus liegt. Später hab ich herausgefunden, dass das nicht stimmt, dass sie Straßen mit Namen und Nummern haben, und nachher gibt es auch noch hohe Häuser, sehr hohe, als ob sie noch über die Antennen drüberschauen wollten, und in dem Fall geben sie auch noch jedem einzelnen Stück Haus eine Extranummer.

Am Busbahnhof warteten Andrés und Marta auf mich, zwei Leute aus der Stadt, das heißt, Compañeros aus der Stadt, aber im Unterschied zu mir sind sie beide noch am Leben. Ich hab sie schon von weitem gesehen und hab mich schnell von den *campamenteros* verabschiedet, damit sie den Andrés und die Marta nicht entdecken.

Ich fand, dass die vier *campamenteros* sehr bleich aussahen, aber ich glaube, dass das ohnehin ihre Farbe ist, in ihrer Welt, aus der sie kommen.

»Da bin ich schon«, begrüßte ich Marta und Andrés.

Andrés fragte mich, ob ich einen Koffer dabeihätte. Ich sagte ihm, nur meinen Rucksack. Er sagte mir, gehen wir. Ich sagte ihm, gehen wir. Wir stiegen in das, was sie die Metro nennen.

Dass wie es mir ergangen sei, fragte mich die Marta. Dass keine besonderen Ereignisse, antwortete ich ihr. Andrés sagte mir, dass wir eine Stunde brauchen würden, bis wir ankommen würden, wegen des Verkehrs, und dass es davon abhänge, ob gerade Fußballspiel sei. Dass er es immer mit den *Pumas* von der UNAM gehalten hat, dass er aber, als er herausgefunden hat, dass auch die Rosario Robles und ein Fernsehmoderator von Televisa für die *Pumas* sind, lieber die Mannschaft gewechselt hat, und dass er es jetzt mit den *Jaguares* aus Chiapas hält, aber dass die geschmacklose Trikots haben. Dass mit welcher Mannschaft ich es denn halte. Ich sagte ihm, dass mit der von den ewigen Verlierern. Da hat er nichts mehr über Fußball gesagt.

Wir sind zu ihrem Zuhause gekommen, das oben in einem Hochhaus liegt. Ich gab ihnen ihren Brief, den der Sub ihnen schickte. Sie lasen ihn und fragten, wie lange ich denn bei ihnen sein würde. Ich sagte ihnen, so was wie sechs Monate, um die Art von der Stadt anzunehmen und ein paar Arbeiten zu machen. Dass es so weitergehen würde, bis das Kommuniqué vom Sub erscheinen würde, in dem er von der dahingeschiedenen Digna Ochoa und vom dahingeschiedenen Pável González spricht.*

»Ah! Noch mehr unbequeme Tote!«, sagte Andrés.

»Ja«, sagte die Marta, »die Toten von unten halten nie still.«

»Ohnehin«, sagte ich.

---

* Digna Ochoa, eine engagierte Rechtsanwältin und Menschenrechtsaktivistin, wurde im Oktober 2001 erschossen. Im Jahr 2004 wurde der Student Pável González gefoltert und ermordet. Kurz darauf erhielten weitere der EZLN nahe stehende Personen und Organisationen Drohbriefe von einer rechtsradikalen Geheimorganisation namens *El Yunque* (Der Amboss).

Das war im Juli oder August, ich erinnere mich nicht sehr, aber es war, bevor die Kommuniqués mit den Jahresberichten der Juntas der Guten Regierung erschienen. Wir hatten noch nicht damit angefangen, das größte Dreckschwein aller Dreckschweine zu suchen, das heißt, diesen Morales, der war, als ob das Böse und der Böse sich verheiratet und zusammen ein Kind gemacht hätten, eben diesen Morales.

Das heißt, es ist schon einige Zeit vergangen seitdem. Ich hatte nicht mehr daran gedacht, bis ich einen Brief vom Sub bekam, der endete mit den Worten

Subcomandante Insurgente Marcos
Mexiko, Dezember 2004
Aus den Bergen des mexikanischen Südostens.

Kapitel 4

»Wo das Vergessen wohnt«

Der *Palacio Negro de Lecumberri*, das historische Gefängnis von Mexiko-Stadt und eine tragende Säule der finsteren Geschichte des guten alten Bundesdistrikts, war vor einigen Jahren zum Generalarchiv der Nation umgewandelt worden. Doch hatte es diese Umwidmung, ein Akt politischer Vertuschung, nicht vermocht, dem riesigen Gebäude seine bedrohliche Aura zu nehmen, die an einem frühen Wintertag wie diesem, an dem Mexiko-Stadt zu Grautönen neigt, noch deutlicher hervortrat. Düstere Wolken und Smog hingen in der Luft, es wehte eine kalte Brise. Aus irgendeinem Grund, der mit seiner Geschichte zusammenhängen mochte, standen genau über dem Gebäude ein paar Wolken, die noch schwärzer waren als die übrigen.

Er sah zu, wie Fritz vom Haupteingang des *Palacio* aus die Straße überquerte, sich zwischen den Autos hindurchschlängelte und dabei versuchte, nicht überfahren zu werden. Gleichzeitig zündete er sich eine Zigarette an. Sie setzten sich in den Park, vor das Standbild von Heberto Castillo.

»Es ist eine Ewigkeit her, Mensch, dass ich etwas von dir gehört habe. Und bestimmt werde ich in Zukunft wieder nichts von dir hören, ich wette, du willst mich nur sehen, damit ich dir irgendeinen Blödsinn erzähle.«

Belascoarán lächelte. Fritz Glockner hatte aus historischen, politischen und persönlichen Gründen die letzten vier Jahre damit zugebracht, in der Geschichte des schmutzigen Krieges herumzuwühlen, die Akten der Geheimpolizeien des alten Regimes zu durchforsten. Akten, die aus reinem Zufall im Nationalarchiv gelandet waren, dem ehemaligen Knast. Ein wunderbarer Zufall: Irgendjemand hatte sie im Zuge des Zusammenbruchs des PRI-Systems mit den Papieren der Kommission zur Pflege der Bundesgewässer oder so etwas in der Art verwechselt.

»Was weißt du über Jesús María Alvarado?«

Fritz sah Belascoarán eine Weile ernst an, bevor er antwortete – nicht umsonst kam er trotz seines österreichischen Namens aus Puebla und war dementsprechend misstrauisch.

»Er ist tot. Sie haben ihn 71 umgebracht, wie meinen Vater. Genickschuss.«

Ein kalter Windstoß blies zwischen den beiden hindurch. Héctor hielt seine Augen starr auf die Silhouette des *Palacio* gerichtet, in dem Alvarado die letzten Tage seines Lebens gefristet hatte. Ein gedrungenes, sehr altes Gebäude von riesenhafter Ausdehnung. Es sah aus wie ein großes Mädcheninternat, geführt von Nonnen, die sich bemühten, den Mädels das Leben erträglich zu gestalten.

»Warum haben sie ihn getötet?«

»Weiß der Henker, damals wurde zuerst geschossen und erst dann nach den Gründen gefragt. Sie werden geglaubt haben, dass er gewisse Kontakte hatte oder dass er der zentrale Verbindungsmann von irgendeiner der bewaffneten Widerstandsgruppen war, die sich nach 68 gebildet hatten. Oder er hatte vorher einer dieser Gruppen angehört und wollte sie wiederbeleben, als er rauskam ... So was in dem Stil, oder ein individueller Racheakt der Gefängnisverwaltung. Weil er im Hungerstreik von 69 einer der Rädelsführer war.«

»Hast du ihn gekannt?«

»Ich habe ihn ein paar Mal gesehen, von weitem.«

»Hatte er Kinder?«

»Als ich meinen Vater besuchen ging, besuchte ihn eine Frau, die schon recht alt war, und ja, die hielt einen Jungen an der Hand, der ein bisschen jünger war als ich; das heißt, wenn ich jetzt 42 bin, dann wird dieser Junge heute so um die 38 sein. Aber ich weiß nicht, ob das sein Sohn war, ich erinnere mich nicht, jemals eine junge Frau zusammen mit dem Kind gesehen zu haben. Vielleicht war es sein Neffe oder ein kleiner Bruder. Ich erinnere mich an den Jungen, weil er während der Besuchszeiten immer an einem der Brunnen, die es in den Innenhöfen gab, mit einem Jojo spielte.«

»Und ist bei euren Nachforschungen herausgekommen, wer ihn umgebracht hat? Steht in den Papieren, die ihr durchgesehen habt, etwas über seinen Tod, darüber, wer für die ganze Sache verantwortlich war?«

»Lass mich mal nachschauen und die Maulwürfe befragen, die ihre Nasen in diesen Akten stecken haben. Wenn was dabei herauskommt, rufe ich dich an.«

Sie umarmten sich, und Fritz machte sich erneut an die selbstmörderische Überquerung der Avenida. Plötzlich blieb er stehen und drehte sich inmitten der Autos, die ihn anhupten, um:

»Warum gehst du nicht zum Chinesen? Der war sein Zellengenosse.«

»Was für ein Chinese?«

»Fuang Chu, der einzige Chinese der 68er-Bewegung. Es gab da nur ihn und die Poster von Mao Tse-tung. Ich glaube, er lebt inzwischen in Guadalajara.«

Das Büro des Privatdetektivs Héctor Belascoarán befindet sich in der Calle Donato Guerra, fast Ecke Bucareli, im Herzen des innersten Herzens von Mexiko-Stadt. Ein Herz, das sich, wie in jenem Lied von Juan Luis Guerra, nicht bewusst ist, dass es ein Herz ist, das wenig Ruhm einheimst, dafür aber umso mehr Lärm. Am Morgen nehmen die Zeitungsverkäufer diese Ecke in Beschlag, sorgen für Aufruhr und machen Krach, am Nachmittag sind es die CD-Verkaufsstände und Imbissbuden.

Der Aufzug funktionierte nicht, also humpelte er die drei Treppen zu Fuß hoch. Die Kälte verstärkte sein Hinken noch, sie kroch ihm in die Knochen. Können Knochen schmerzen? »Nur, wenn es kalt ist«, sagte er sich. Carlos Vargas kam ihm in der Eingangstür entgegen.

»Ihr fortschrittlicher Beamter erwartet Sie, Chef.«

Aber es war der Hund Tobias, der ihn als Erster empfing. Er humpelte natürlich, schleifte die geschiente Pfote hinter sich her. Es war bestimmt eher wegen der Kälte als wegen der gebrochenen Pfote. Er schaute Héctor geradewegs ins Gesicht und schleckte ihn ab, wobei er die filterlose Delicado nass machte, die der Detektiv gerade aus der Schachtel zog. Héctor gab dem Hund die Zigarette, der sie gierig verschluckte.

»Das schmeckt ihm. Er mag es zwar nicht, wenn ich rauche, aber er selbst raucht gern«, sagte Monteverde.

Wenn man es sich genau überlegte, hatten beide gleichermaßen, der Köter wie sein Besitzer, den Gesichtsausdruck eines traurigen Hundes. Wer da wohl wen adoptiert hatte?

Héctor wies seinem Namensvetter ein schwarzes Ledersofa zu, ging zu dem Safe, der immer offen stand, holte zwei Coca-Colas und eine automatische Pistole heraus und legte alles auf den Tisch. Mit einer Handbewegung bot er Monteverde eine Zigarette an.

»Ich habe zwei neue Nachrichten«, sagte dieser, während er die Zigarette mit einem Ronson-Imitat, das allzu golden glänzte und das er bestimmt auf irgendeinem Straßenmarkt erstanden hatte, anzündete.

Héctor hebelte mit dem Visier seiner Pistole die Kronkorken von den Colaflaschen und bot seinem geheimnisvollen Informanten eine davon an. Er räumte die Waffe wieder in den Safe und setzte sich. Erneut setzte er seine Alec-Guinness-Miene auf, diesmal allerdings nur, weil er nichts zu sagen wusste.

»Wo kriegen Sie denn die Colas mit Kronkorken her? In meinem Viertel gibt es nur noch Plastikflaschen.«

»Hier unten, in einem kleinen Laden. Sie sind bestimmt uralt, deswegen gibt es sie da noch«, sagte Héctor.

Es entstand eine Pause.

Monteverde hielt ihm eine neue Kassette hin, sah ihn an und zuckte mit den Schultern, als wolle er sich für die Unannehmlichkeit entschuldigen. Dann blies er den Rauch in Richtung Decke und wartete ebenfalls ab.

So verbrachten sie ein paar Minuten, rauchend. Durch die Wände des Gebäudes drangen die Klänge eines Merengue von der Straße herauf, sie schienen sich mit irgendetwas entfernt Tex-Mex-Artigem zu vermischen. Das Resultat war grauenhaft. Vielleicht brach Belascoarán deshalb das Schweigen.

»Weiß sonst noch jemand von diesen Nachrichten?«

»Nein, wo denken Sie hin. Ich lebe allein, und bei der Arbeit würde ich mich nicht trauen, das zu erzählen, die Leute würden sicher denken, ich sei durchgedreht … Außerdem habe ich keinen Schimmer, was mir Alvarado eigentlich mitteilen will. Ich verstehe nicht, was er da erzählt.«

»Ist es denn Alvarado?«

»Jesús María Alvarado oder wer auch immer. Was macht das schon? Sein verdammtes Gespenst. Und warum gerade mir? Ich meine, wir waren Kumpel, aber eben auch bloß Kumpel, oder? Nichts weiter. Und das ist schon viele Jahre her.«

»Und warum gerade Ihnen?«

Monteverde stand auf. Er war nicht nur groß, sondern wirkte zudem irgendwie schlotterig. Auch der Hund Tobias stand auf und humpelte zu seinem Herrchen.

»Ich schwöre Ihnen, dass ich mir darüber schon den Kopf zerbrochen habe, ohne es herauszufinden.«

»Und warum gerade ich?«

Monteverde sah ihn verwundert an.

»Na, weil solche Dinge Ihr Beruf sind, oder?«

Waren »solche Dinge« sein Beruf?

Er schlenderte durch die Calle Victoria, um sich ein Aufnahmegerät zu kaufen, mit dem er die kleinen Kassetten des Anrufbeantworters abspielen konnte. »Solche Dinge.« Tote, die sprechen – in einem Land, wo nicht einmal die Lebenden viel zu sagen haben, oder aber sie reden gleich zu viel. »Solche Dinge.« Als er die Straßenverkäufer sah, die von rosa Lämpchen umkränzte Jungfrauen von Guadalupe verkauften, wurde er sich bewusst, dass der 12. Dezember vor der Tür stand. Ein Monat vor seinem Geburtstag.

»Das ist eine von Jesús María Alvarado erzählte Geschichte, die dich sicherlich interessiert, Alter. Eines Tages haben sie in Burbank Juancho, der Bin Laden spielte, verboten, im Motel mit den Schauspielerinnen der Filme herumzuvögeln, die im Studio nebenan gedreht wurden – angeblich aus Sicherheitsgründen. Obwohl Juancho sich, wenn er von seinem eigenen Hotel zu dem gegenüber ging, den peinlichen Bart abnahm, den sie ihm für die Kommuniqués anklebten, und sich als der Lucha-Libre-Kämpfer *El Horrible* verkleidete, mit einer grünen Maske mit Hörnchen drauf, und nur noch Grunzlaute von sich gab. Aber seine Agenten wurden böse, weil die vom Hotel gegenüber, dem Studio *Lux Cal XXX*, Juancho sogar eine feste Rolle angeboten hatten, obwohl sie sich darüber beklagten, dass er meist zu früh ejakulierte. Und das alles mitten im Wahlkampf von Bush, was sagst du dazu? Juancho drehte den ganzen Tag rauf und runter Probeaufnahmen, und jetzt mal die Kalaschnikow hierhin, und jetzt mal mit einem Gläschen Tee, und jetzt mal mit gezupften Augenbrauen, aber seine Agenten wollten ihn ganztags haben und sagten ihm: *Mister Juancho, no more fucki fucki.* Und Juancho grunzte ihnen zwar ein wenig ins Gesicht, aber letztlich stand er stramm, weil sie ihn in bar bezahlten, eine Bedingung, die er gleich zu Anfang gestellt hatte als guter Taquería-Besitzer, der nichts auf Pump herausgibt und nicht an die Banken glaubt, nicht einmal an Schweizer Nummernkonten – weil wir Mexikaner seit der Amtszeit von Präsident Salinas daran zweifeln, dass die so genannte Schweiz überhaupt existiert. Und er hatte unter seinem Bett im Schlafzimmer einen Koffer mit 100-Dollar-Scheinen, die er abends gern herausnahm und auf dem Bett ausbreitete. Kurz und gut, er ging zwar zum Schein auf den Handel ein, aber am nächsten Morgen entdeckte der Polizist, der vor seiner Tür Wache hielt, als er ihm gerade ein paar *hot cakes* zum Frühstück bringen wollte, dass Juancho verschwunden war. Na, was sagst du dazu? Der Bin Laden war ihnen getürmt? Aber ein Bin Laden, der glaubte, dass er Werbespots für Turbane oder für Zelte drehte. Ein verdammter Bin Laden, der nicht einmal wusste, dass er Bin Laden war. Na, wie findest du das? Und die ganze Ausstattung hat er gleich mitgenommen, der Kerl.«

Danach das Besetztzeichen. Héctor schaltete den Rekorder aus, führte seine Hände zum Kopf und strich sich durchs Haar. Er trug es in letzter Zeit sehr kurz und hatte schon einige graue Strähnen. Jetzt würden ihm sicher noch mehr graue Haare wachsen. Er beugte sich zum Fenster hinaus und kicherte leise in sich hinein, als würde er einen richtigen Lachanfall nicht wagen. Er zündete sich in aller Ruhe eine Zigarette an, ohne dabei aufzuhören, amüsiert in sich hineinzukichern.

Héctor Belascoarán Shayne war Mexikaner, also konnten ihn Absurditäten nicht schrecken. Er war Mexikaner und obendrein einäugig, sodass er zwar nur halb so viel sah wie die übrigen Mexikaner, das dafür aber umso schärfer. In den letzten Jahren hatte er in einem Grenzbereich gelebt, in seltsamen Gefilden, in denen Inkohärenz, Irrationalität und Extravaganz eine Rolle spielten, aber auch Tragik, Dummheit, kollektiv erlittenes Unrecht, Straflosigkeit, Angst und Lächerlichkeit. Gefilde, die alles andere als harmlos waren, in denen man plötzlich eines Auges verlustig gehen konnte, wo ein Freund starb oder in denen sie dir mit der Flinte einen aufbrennen, wenn du nur aus dem Haus gehst, um Schokoladen-Donuts zu kaufen. Gefilde, die eine Herausforderung für den Verstand waren, aber dennoch voll düsterer Kausalitäten. Insgesamt war das Land ein einziger großer Reibach, ein Territorium, das von lausigen apokalyptischen Reitern, die halb in der Drogenmafia hingen, in ein Beutestück verwandelt worden war; ein Supermarkt, dessen Geschäftsführer ein sturzbetrunkener Friedrich Nietzsche war, in dem nichts so war, wie es schien. Es war wie in einer venezolanischen Telenovela, mit Ali Baba in einer Nebenrolle und den 40 Räubern als Stars.

Aber das – das war nun wirklich zu viel. Bin Laden Juancho war mehr, als Héctor ertragen konnte. Es war ein Komplott planetaren Ausmaßes, ganz so als ob Mexiko sich ungerührt der Aufgabe widmen würde, die Fußballweltmeisterschaften, die Olympiade und den Davis Cup gleichzeitig zu gewinnen. Es war, als ob – und zwar ohne das »Als Ob« – ein mexikanischer Taco-Verkäufer sich direkt in die weltweit ausgestrahlten Nachrichtensendungen von CNN einklinken würde.

Die zweite Geschichte, mit der Alvarado dem Anrufbeantworter des fortschrittlichen Monteverde aufwartete, schien sich auf einer anderen Wirklichkeitsebene abzuspielen, ohne zu den bis dahin erzählten Geschichten in irgendeiner Beziehung zu stehen.

»Hör mal, Alter, hier spricht Jesús María Alvarado«, sagte die raue Stimme und kam ohne Umschweife zur Sache.

»Weißt du, wie Morales zu seinem Geld gekommen ist? Er hat sieben ehemalige Bundespolizisten angeheuert, die gefeuert worden waren, weil sie die falsche Person gefoltert hatten, einen reichen Geschäftsmann, den Cousin eines PRI-Abgeordneten. Dann hat er sich eine Metallschranke gekauft, weißt du, so ein Ding, mit dem die Reichenviertel abgesperrt werden, um den Verkehr aufzuhalten, und hat sie am oberen Ende eines Feldwegs platziert, eines Gemeindewegs, der fast das ganze Jahr über tief verschlammt und aufgewühlt ist, aber immer ein paar Monate lang für den Abtransport des Kaffees aus den anliegenden Gemeinden genutzt wird. Genau dort, wo der Kaffee durchkam, hatte er seine Schranke und seine Pistoleros mit ihren Knarren aufgestellt und ließ niemanden durch. Dort hielt er diejenigen auf, die mit einer Last auf dem Rücken oder auf einem Esel den Berg herunterkamen, und sagte ihnen: So und so viel, und er kaufte den Kaffee auf, aber er kaufte ihn für die Hälfte des ohnehin schon miserablen Preises, den die Zwischenhändler 20 oder 30 Kilometer weiter bergab gezahlt hätten.

Das hat er gemacht, das hat er ein paar Jahre lang durchgezogen, einfach abgezockt – allerdings, das muss man ihm lassen, auf moderne Art und Weise, mit einer Metallschranke von der Art, wie sie in den Straßen der Reichen benutzt werden, mit so einem Schild, wo ›Privat‹ draufsteht. Das hat er getan. Das ist der allermieseste unter den miesen Neoliberalismen, eine Gemeindestraße zu privatisieren, einen Feldweg, und die Armen auszunehmen.«

Héctor wählte langsam die acht Ziffern.

»Hören Sie mal, Monteverde, glauben Sie diese Geschichte von Juancho Bin Laden?«

»Nie und nimmer. Das scheint mir der absolute Schwachsinn zu sein. Obwohl, wenn man bedenkt, was die Nordamerikaner so treiben …«

»Und hatten Sie vorher schon mal was von diesem Morales gehört?«

»Nie im Leben.«

»Und was denken Sie von der ganzen Geschichte?«

»Ich denke gar nichts mehr. Ich nehme den Redeschwall nur entgegen und leite ihn an Sie weiter. Der Deal ist doch, dass Sie derjenige sind, der denkt. Also los, was denken Sie?«

»Dass wenn der Verstorbene Jesús María Alvarado uns eine Botschaft überbringen wollte, er sich die komplizierteste Form ausgesucht hat, das zu tun«, sagte Belascoarán.

»Gut, aber wenn er unsere Aufmerksamkeit wecken wollte, ist ihm das auf jeden Fall gelungen«, antwortete Monteverde.

»Die Wirklichkeit wird ganz schön seltsam.«

»Wie bitte?«

»Nein, nichts, ein Satz von einem Schriftsteller, mit dem ich befreundet bin«, antwortete der Detektiv und legte auf.

Er stellte sich den Bergpfad vor, den Feldweg, die Metallschranke, die Pistoleros mit ihren Knarren. In welchen Bergen das wohl gewesen sein mochte? In welchem Bundesstaat? Um welche Gemeinden mit Kaffeeanbau ging es? In welchem Jahr? Wie hatte er die Metallschranke hinaufgebracht bis …? Das Klingeln des Telefons unterbrach seine Fragerunde und die dazu gehörigen Bilder im Kopf. Es war Fritz.

»Belas, du wolltest doch mit dem Chinesen sprechen, mit Fuang Chu, oder?«

»Dem Genossen von Alvarado.«

»Wenn du heute Abend zum Bestattungsinstitut Gayosso von Félix Cuevas gehst, wirst du ihn ziemlich sicher dort antreffen. Nach zehn. Er wird fast sicher an der Totenwache von Samuel teilnehmen, zumindest wurde mir das so gesagt. Ich ruf dich morgen noch mal an, weil ich ein paar Sachen über Alvarado herausgefunden habe.«

»Welcher Samuel?«, fragte Héctor, aber Fritz hatte schon aufgelegt.

Er aß gegenüber von seinem Büro ein paar Schweinefleisch-Tacos, die halb vertrocknet waren, und es gab auch keine Soße dazu, um sie leichter herunterzubringen. Er kehrte ins Büro zurück und verplemperte seine Zeit damit, die zwölftausend Morales, die es im Telefonbuch von Mexiko-Stadt gab, durchzusehen, als ob ein Name, eine Adresse und eine Nummer ihm irgendeinen Hinweis geben könnten. Er bat eine Freundin, die halb Hackerin, halb krank vor Neugier war – also das, was in den 60ern als Tratschtante bezeichnet worden wäre –, für ihn im Internet nachzusehen, wie viele Morales es dort noch gab und welche die Seltsamsten darunter waren. Eine halbe Stunde später sank ihm das Herz in die Hose, als sie ihm berichtete:

»Belascoarán, Süßer, Google gibt mir 3.700.000 Hits für Morales. Kannst du dich nicht etwas genauer ausdrücken? Gedichte von Lolo Morales? Kochrezepte von Lola Morales? Senecas *epistulae morales*?«

»Versuch es mal mit einem mexikanischen Morales.«

»Warte«, sagte Cristina Adler, und fast konnte er sie durch die Leitung tippen hören. »Jetzt sind wir gerade mal auf 870.000 runter. Die Hacienda der Familie Morales? Martirio Morales, die Tante von jemandem, der ihr ein Bild geschenkt hat?«

»Kannst du ihn mit 1971 verknüpfen?«

»Kann ich, Belasquinchen. Kann ich.«

Schweigen, Hüsteln.

»Nur noch 64.000 Hits. Ist dein Morales Mexikaner?«

»Ja.«

»Lass mich die Suche auf Nachrichten aus Mexiko einschränken.«

Héctor wartete und versuchte, keine Geräusche am Telefonhörer zu machen, um Cristina nicht abzulenken.

»Na ja, 9.510, wir kommen voran. Warte, ich werde ein Restaurant, die Morales-Hacienda und alle Morales in Kleinbuchstaben ausschließen. Externe Gutachter, Charros, sieh an, Elba Ester heißt Elba Ester Gordillo Morales. Ein Fußballer mit der Nummer sieben auf dem Trikot, eine Druckerei in Chihuahua ...«

»Das bringt's nicht«, sagte Héctor, vor allem, weil er gar nicht wusste, wonach er eigentlich suchte.

»Die Hauptstadt, lass es mich auf die Hauptstadt eingrenzen. 815 Hits. Das ist doch eine vernünftige Menge, mit der man umgehen kann. Lass mich noch die Adresse Insurgentes Sur herausnehmen, das ist ein Büro, das hier sehr oft vorkommt. Gut ...«

»Wie, gut?«

»671 Hits.«

»Such mal nach Polizist«, sagte Héctor, der allmählich verzweifelte. Informationen im Überfluss wirkten sich ähnlich aus wie Mangel an Informationen, ja allzu ähnlich.

»Okay«, sagte Cristina am Telefonhörer. »171. Sehr ordentlich. Was suchst du?«

»Ich weiß es nicht.«

»Ich lese vor: Veterinärpolizei, ein Fotograf, da gibt es die Brüder Morales in der Brigade für Strafaktionen der *Partei der Armen* von Lucio Cabañas* ... Was ist denn das bitteschön? Belasquelchen, ich war doch 1971 noch gar nicht geboren. Ein Unteroffizier der Verkehrspolizei, der mit zweitem Nachnamen Morales heißt, ein Haute-Couture-Atelier, das Polizeiuniformen herstellt ...«

Héctor stieß einen solchen Seufzer aus, dass seiner internautischen Helferin beinahe das Trommelfell wegflog.

»Dieser Typ ist dämlich, er ist ein Idiot und nichts weiter. Wir sind dazu verdammt, von Dieben oder Idioten regiert zu werden, mal das eine, mal das andere, und jetzt ist gerade wieder ein Idiot dran«, sagte der Ingenieur Javier Villareal, mit Spitznamen *El Gallo, Der Hahn*, der Experte für Abwassersysteme und ähnliche unterirdische Angelegenheiten war.

»Ich schließe mit einer Doppelzwei«, sagte Gilberto Gómez Letras, der von Beruf Klempner war, und knallte den Dominostein auf den Tisch.

---

* Der Dorfschullehrer Lucio Cabañas gründete im Jahr 1967 die »Partei der Armen« als bewaffnete Campesino-Organisation im mexikanischen Bundesstaat Guerrero. Die Geschichte dieser 1974 vom Militär niedergeschlagenen Guerilla erzählt der Schriftsteller Carlos Montemayor in seinem Roman *Krieg im Paradies* (Assoziation A, 1998).

»Das Schlimmste ist, wenn sie beides gleichzeitig sind, Diebe und Idioten. Ich passe natürlich.«

»Himmel Arsch«, sagte Carlos Vargas, illustrer Polsterer und legte eine Zwei/Vier an. »Haben wir jetzt nicht schon zwei Idioten hintereinander gehabt?«

Héctor zwinkerte mit dem gesunden Auge und winkte mit seinem linken Arm ab. Er passte. Für Gilberto wäre es ratsam gewesen, es bei seiner Doppelzwei zu belassen.

»Und was ärgert Sie an dem Idioten so sehr?«, fragte er.

»Dass er andauernd behauptet, es gäbe Wachstum, die Wirtschaft würde florieren, und Zahlen nennt, die Sieben, die Fünf, die Dreizehn, und ein Halbes. Wo nimmt er die bloß her? Sie stimmen mit den Zahlen von niemandem sonst überein. Wenn dieser Typ die nationale Lotterie leiten würde, würde kein Mensch jemals den Jackpot knacken. Welche Wirtschaft soll denn hier wachsen? Wahrscheinlich seine eigene, verdammt noch mal«, sagte *El Gallo,* der normalerweise in politischen Fragen nie so heftig wurde, sich aber mit Mathematik recht gut auskannte.

»Wir packen ein, Kollege«, sagte er zu Héctor, bevor er sich an seine Gegner wandte und sie mit einem »Los Leute, zählen wir« bedachte.

Domino ist eine ungenaue Wissenschaft, so wie der Engelssche Marxismus oder der von Plechanow oder Bucharin. Es gibt nur 28 Steine auf dem Spielbrett und sieben Runden, um sie zu legen. Theoretisch müsste man, wenn man die Anfangsbewegungen beobachtet, herausfinden, was jeder Spieler in der Hand hält, ausgehend von den sieben Steinen, die man selbst hat. Das ist aber, genau wie beim Marxismus, reine Theorie. Die soziale Revolution ist nicht im England des 19. Jahrhunderts ausgebrochen, obwohl das Land zum Bersten voll von schrecklichen Fabriken und einer kämpferischen, bierseligen Arbeiterklasse war. Und die Diktatur des Proletariats hat auch niemals das Proletariat vertreten, und zuweilen haben quantitative Sprünge zu qualitativen Rückschritten geführt. Beim Domino kommt genauso wie im wirklichen Leben der Faktor Zufall zum Tragen, und zwar erheblich. Und als reiche das noch nicht, sitzen außerdem noch vier Schlitzohren um den Spieltisch herum, die alle versuchen, sich gegenseitig auszutricksen.

An diesem Freitagabend hatte sich der Club Francisco Villa, dem die vier Büropartner angehörten, einem Neujahrsvorsatz folgend genauso wie an den letzten 45 oder 50 Freitagen getroffen, um Domino zu spielen und über Politik zu reden, beides Faktoren, die zur Allgemeinbildung eines jeden Mexikaners gehören, der etwas auf sich hält.

»Wie steht's denn?«, fragte *El Gallo*.

»Schlecht. Haben Sie nicht eben gesagt, dass man Zahlen nicht trauen kann?«, antwortete Carlos Vargas. »62 zu 42. Gerade Zahlen, ohne dass der Präsident sich eingemischt hätte. Wir verlieren.«

»Heulen Sie nicht rum, Ingenieur, und mischen Sie neu«.

Villareal begann, die Steine auf dem Tisch in langsamen Kreisbewegungen zu mischen.

»Sie haben gut lachen, weil das Freihandelsabkommen sich nicht auf Klempner auswirkt.«

»Wenn Sie es sagen – aber ich arbeite schon seit einem Jahr nur noch mit halber Kraft. Wenn den Deppen da draußen der Wasserhahn kaputt geht, dann rufen sie keinen Fachmann, sondern sie flicken ihn mit Tesafilm und Gummibändern zusammen ...«

»Da fällt mir ein, wofür Bejarano die Gummibänder wollte – um die Leitungen in seinem Haus wieder zusammenzuflicken!«, sagte Belascoarán, auf einen berühmten Korruptionsfall anspielend, in dem ein Leitungsmitglied der PRD gefilmt worden war, während er Tausende von Dollar Schmiergeld entgegennahm, um sich am Ende sogar noch die Gummibänder einzustecken, die die Geldbündel zusammengehalten hatten.

Sie hatten verloren, und zwar die beiden letzten Spiele. Carlos und der Ingenieur Villareal hatten sie zur Ader gelassen, ja gedemütigt. Deshalb war er fast dankbar, dass er losmusste, um seinen Chinesen aufzutreiben, und trat hinaus in die kühle Nachtluft des Zentrums von Mexiko-Stadt. Er nahm ein Taxi bis zum Bestattungsinstitut in der Colonia El Valle. Es war immer noch bewölkt und der Verkehr war infernalisch. Wer weiß, ob es mehr Fernsehantennen geworden waren, aber ganz sicher waren es mehr Autos als früher. Was taten die Hauptstädter jetzt, wenn sie nichts Besseres vorhatten? Los, Alter, wir gehen mal nachschauen, was der Verkehr so macht, oder, wie sie es im Radio so schön blumig ausdrückten, das »Fahrzeugaufkommen«. Héctor machte einen Feldversuch mit dem Taxifahrer:

»Na, was macht das Fahrzeugaufkommen denn so?«

»Fahrzeugaufkommen, leck mich, das ist die behämmerte Mittelschicht der Hauptstadt, die, weil sie kein Geld mehr hat, um im Dezember einkaufen zu gehen, jetzt losfährt, um Einkäufe zu simulieren. Früher sind sie ins Kino gegangen, jetzt fahren sie auf den Supermarkt-Parkplatz, und dann fahren sie brav wieder zurück in ihre beknackten Häuser«, antwortete der Taxifahrer, womit er eine beeindruckende soziologische Beobachtungsgabe unter Beweis stellte.

»Aber sie geben ihr Geld für Benzin und für Parkuhren aus und für Trinkgelder an die Ichpassdraufaufs, die Parkinows und die Weiterweiters«, sagte Héctor, der zeigen wollte, dass er sich in Sachen soziologischer Beobachtungsgabe nicht die Butter vom Brot nehmen ließ und dass er die neuen Spezies der Hauptstadt genau katalogisiert hatte.

Die Ichpassdraufaufs waren in den letzten Jahren aufgetaucht. Man parkte seinen Wagen in einer einsamen Straße, und plötzlich tauchte aus dem Nichts ein Typ mit rotem Flanell-Lappen auf der Schulter auf, der lächelnd vorschlug: »Soll ich drauf aufpassen, Chef?« Mit der impliziten Drohung, dass alle talmudischen Flüche und alle Erdbeben des Bundesdistrikts gleichzeitig auf dein Auto niedergehen werden, wenn du ablehnst. Die Parkinows waren nicht etwa, wie der Name vermuten lässt, streikende Tänzer aus dem Bolschoi-Ballett, sondern private Einparker für Restaurants. Die Weiterweiters waren eine Abart der Ichpassdraufaufs, sie waren in der Regel jünger und tauchten im Moment des Einparkens auf, wenn man vorsichtig zurücksetzte, und die lächelnde Person, die fast immer eine Baseballmütze trug, stellte sich neben dich und sagte: »Weiter, weiter, noch ein bisschen einschlagen.« Héctor, der Fußgänger oder begeisterter Nutzer öffentlicher Verkehrsmittel war, pflegte zwar keinen beruflichen Umgang mit diesen neuen Söhnen der endemischen Wirtschaftskrise der mexikanischen Hauptstadt, aber er hatte nicht umhin gekonnt, ihr Auftauchen in der Großstadtfauna zu bemerken.

»Bevor die PRI das Benzin der Pemex abzockt, um den Wahlkampf von irgendeinem ihrer Holzköpfe zu finanzieren, soll doch lieber das Tankstellenpersonal abzocken«, schloss der Taxifahrer, der bestimmt schon seit Jahren für Cuauhtémoc Cárdenas stimmte.

Das Bestattungsinstitut Gayosso von der Kette Félix Cuevas war relativ leer. Der Abend war kühl. Wenn in Mexiko-Stadt die Sonne wegbleibt, bekommt man schnell Gliederschmerzen, dachte Héctor. Er suchte und fand in der Liste der Verstorbenen einen Samuel. Daraufhin begab er sich zu einem der Säle. Samuel hatte offenbar nicht allzu viele Freunde gehabt, oder es war noch zu früh, denn rund um den Sarg und an ein paar Tischchen mit Aschenbechern befanden sich lediglich ein halbes Dutzend Männer und Frauen, alle über fünfzig. Er steuerte auf den einzigen anwesenden Chinesen zu. Ein spindeldürrer Mann, runzlig, sehnig, mit rostfarbenem Anzug und schwarzer Krawatte.

»Fuang Chu?«, fragte Héctor, als er auf den Mann zutrat.

»Martínez. Alle nennen mich bei meinem Nachnamen mütterlicherseits. Womit kann ich dienen?«

»Wissen Sie zufällig, ob Jesús María Alvarado vielleicht noch am Leben sein könnte?«

Der Chinese sah ihn eindringlich an.

»Wer sind Sie denn überhaupt?«

»Héctor Belascoarán Shayne, Privatdetektiv«, antwortete Héctor, was ihm, als er den Gesichtsausdruck seines Gegenübers bemerkte, augenblicklich Leid tat.

»Leck mich am Arsch«, stieß der Chinese aus tiefster Seele hervor.

Aus Mexiko-Stadt
Paco Ignacio Taibo II
Mexiko, Dezember 2004.

Kapitel 5

Einige Teile des Puzzles

Es gibt Lebende, und es gibt Tote.
Die Toten sind in der Regel besser als die Lebenden.

Das sagte mir der Sub, als er mir die letzten Ratschläge gab, bevor ich ins Monstrum aufbrach. Das heißt, er erklärte mir die Sache mit den Bunkern, den Bunkern in der Stadt. Es gibt nämlich auch in den Bergen Bunker. In den Bergbunkern werden Medikamente, Nahrungsmittel, Waffen, Kugeln, Ausrüstung und Bücher gelagert. Sie sind dafür gut, dass man nicht alles auf einmal mitschleppen muss, das heißt, sie werden je nach Plan an unterschiedlichen Orten angelegt. Die Bergbunker sind eine heikle Sache, man muss alle naslang dort vorbeischauen, weil sonst nachher der Regen oder die Opossums sie kaputt machen. Das heißt, sie machen sie unbrauchbar. Aber in der Stadt ist das nicht so. Also in der Stadt regnet es zwar auch, und angeblich gibt es da auch Opossums, aber es ist nicht dasselbe. Weil in der Stadt die Bunker nämlich benutzt werden, um Botschaften zu hinterlegen oder um sie abzuholen. Das heißt, die Stadtbunker sind anders als die Bergbunker. Und dann ist es so, dass es tote und lebende Bunker gibt, dort in der Stadt. Tote Bunker sind solche, wo es niemanden gibt, der die Botschaft entgegennimmt oder sie weitergibt, sondern die Botschaft wird einfach nur dort gelassen und jemand kommt sie holen, sodass diejenigen, die die Botschaft hinterlegen, und diejenigen, die sie abholen, sich gar nicht kennen. Das heißt also toter Bunker, wenn es sich nicht um Leute handelt, sondern um Orte, Sachen. Und lebender Bunker ist, wenn ein Christenmensch die Botschaft empfängt oder weitergibt oder beides. Das heißt dann lebender Bunker, weil es einen lebenden Menschen gibt, der die Sachen entgegennimmt, sie ein Weilchen aufhebt und sie nachher dann an jemand anders weitergibt, der kommt und eindeutig das Codewort sagt. Der Sub erklärte mir also das mit den lebenden und den toten Stadtbunkern und dass die toten besser seien. Ich sagte, ohnehin.

Das geschah alles, bevor ich ins Monstrum gefahren bin, also nach Mexiko-Stadt.

Es war ein bisschen ganz schön schwierig. Ich meine, sich im Monstrum zu bewegen. Andauernd fuhr mir der Kleinbus davon, wieder und wieder, also der Kleintransporter oder Mikrobus. Weil ich so zerstreut war, fuhr er mir dreimal hintereinander davon, und ich kam einfach nicht vom Fleck, weil ich mir alles genau anschauen musste auf der Straße, die sehr groß ist. Das heißt, sie heißt Avenida, weil sie ein bisschen dick ist, also sie ist sozusagen doppelt, und die Autos fahren nach der einen und nach der anderen Seite. Und wenn man sich nicht sehr schlau anstellt, dann fahren sie über einen drüber und lassen einen dahinscheiden. Gut, ich bin ja schon dahingeschieden, aber was, wenn die Autos das nicht wussten – das heißt, auch für mich war es besser, zu warten, bis sich ein kleiner Moment auftat, und dann loszurennen, um auf die andere Seite zu kommen. Wenn man mit der Metro fuhr, war es nicht so ein Kampf, weil die Metro unter der Erde fährt und da gibt es keine Autos. Noch nicht.

Gut, ich sagte also, dass ich schon in der Hauptstadt angekommen war, das heißt im Monstrum. Ich glaube, es war der Sub, der gesagt hatte, dass dort die Erde nach oben wächst, aber ich glaube, dass er das nur gesagt hat, weil er dort noch nicht wirklich herumgelaufen ist. Weil in Wirklichkeit wächst die Erde eher nach unten. Das heißt, oben gibt es nichts als Autos, und gut, es gibt auch einen Haufen Antennen, die an ihren Füßen Häuser haben, also an den Füßen von den Antennen. Im Monstrum gibt es kleine Häuser und große Häuser, hohe und niedrige, dicke und dünne, reiche und arme. Das heißt, genau wie die Leute, nur eben ohne Herz. Im Monstrum sind die Autos und die Häuser das Wichtigste, also haben sie die Leute nach unten geschickt, in die Metro. Wenn die Leute oben herumlaufen, werden die Autos irgendwie zornig und wollen die Leute auf die Hörner nehmen, als wären sie männliche Rinder, also Stiere oder Ochsen.

In der Stadt sprechen sie nicht wirklich gut Spanisch, sie sagen *güey* anstelle von *buey,* was Ochse heißt. Immer dann, wenn die Städter nicht wissen, was sie sagen sollen, wie sie sich fühlen oder was sie denken oder ob sie böse oder zufrieden sind oder auch einfach nur so, sagen sie *güey.* Einmal fuhr ich in einem Peso-Bus, das heißt in einem Mikrobus, und da waren zwei Jugendliche, also ein Jugendlicher und eine Jugendliche, die liebten sich. Und da fragt der Jugendliche die Jugendliche, ob sie ihn liebt, und dann sagte die Jugendliche einfach nur *güey,* aber mit viel Gefühl in ihrem Herzen, und man sah im Auge der Jugendlichen, dass *güey* heißen sollte: »Ja, ich liebe dich ein bisschen ganz schön doll«, und dann lutschten sie sich auch schon ab, das heißt sie küssten sich.

Aber an einem anderen Tag im Kombi, also im Peso-Bus, gab es eine ordentliche Vollbremsung, und wir fielen alle nach vorn, und ein Mann sagte zu einem anderen, der ihn mit seinem viereckigen Rucksack, das heißt seinem Koffer, gestoßen hatte, also er sagte ihm »verdammter *güey*«, und man konnte in seinem Auge deutlich sehen, dass er wütend war. Das bedeutet, dass *güey* viele verschiedene Dinge heißen kann. Also haben die Städter auch ganz schön wirre Gedanken. Genau wie ich, Elías Contreras, Ermittlungskommission der EZLN.

Aber gut, ich sagte gerade, dass wenn die Autos Leute sehen, die zu Fuß gehen, solche, die die Städter »Fußgänger« nennen, dann wollen sie die fußgängerischen Leute auf die Hörner nehmen. Wenn man also kein Auto hat, muss man immer rennen, um nicht dahingeschieden zu werden, oder gewieft genug sein, den Peso-Bus zu erwischen, oder gleich in die Erde hinuntergehen und die Metro nehmen. Als ich wieder aus dem Kombi stieg und wieder auf der Straße stand, musste ich gleich unter die Erde gehen, dass heißt zur Metro. Die Metro ist wie ein Haufen Autos, die aneinander hängen, als wären sie mit einem Faden zusammengebunden, und eins zieht die anderen. Wenn die Metro kommt, drängeln sich die Leute, die draußen stehen, sehr, und die Leute drinnen drängeln sich sehr, und dann wollen die einen rein und die anderen raus. Wer am meisten rempelt, gewinnt. Die ersten Male dachte ich, das sei die Art, wie die Städter Sport machen, und ich rempelte freudig drauflos und feuerte alle an, indem ich rief *El pueblo unido jamás será vencido.* Aber dann hab ich gemerkt, dass das gar nicht stimmt, dass sie einfach nur so leben. Also drängelnd. Also die, die zu Fuß gehen. Die, die Auto fahren, beschimpfen sich andauernd. Ich dachte erst, dass sie wütend sind, aber nein, sie leben einfach so. Sich beschimpfend. Neulich hab ich Andrés und Marta gefragt, wovon es mehr gibt, Leute oder Autos. Sie haben gesagt, Leute. Ich hab gedacht, warum sind dann die Autos wichtiger als die Leute? Weil das sieht man ganz deutlich, dass die Stadt für die Autos gemacht ist und für die Antennen, aber für die Leute ist sie nicht gemacht. Und weil die Leute und die Autos und die Antennen nicht alle zusammen hineinpassen, haben sie ein Loch unter der Stadt gegraben, also unter der Erde. Gut, also da unter der Erde gibt es viele Leute. Da gibt es Männer und Frauen und Kinder und Alte und auch Polizisten. Die Leute gibt es in allen Größen, genau wie die Häuser obendrauf. Außer, dass es dort unten keine Reichen gibt.

Einmal bin ich zu einer Metrostation gefahren, die hieß, die hieß ... Wartet mal kurz, ich schau auf der Karte nach, die ich mir als Andenken mitgebracht hab. Also gut, sie heißt »Azcapotzalco«. Als ich dort angekommen bin, hab ich einen Peso-Bus genommen, der eine ganze Weile fährt, und dann kommt man in ein Gebiet, das wie so eine Art Weide aussieht, aber es sind keine wirklichen Weiden. Da gab es etwas, das Zirkus heißt. Im Zirkus hab ich nach dem Haus gesucht, wo die Giraffen wohnen. Giraffen sind wie Kühe, sie haben auch Hörner, aber sie haben einen Hals, der aussieht, als hätte jemand zu stark an ihrem Kopf gezogen, als sie geboren wurden, oder als ob sie sehr weit schauen wollten und deshalb den Hals sehr weit recken, oder als ob sie aussehen wollten wie die Häuser im Monstrum. Das heißt, Giraffen sind eigentlich wie Kühe, aber mit Antenne.

Also gut. Aber ich war nicht hergekommen, um Giraffen zu sehen. Ich war auf der Suche nach einem Compa, der Punkt sieben Uhr abends bei den Giraffen sein und blaue Haare haben sollte. Der Compa, nicht die Giraffen. Der Compa war jung, das heißt, er kam nicht wirklich pünktlich zu dem Treffpunkt, weil so sind die jungen Leute nun mal, aber dann kam er schließlich doch. Im Monstrum ist es so, dass die jungen Leute sich manchmal die Haare in allen möglichen Farben färben. Manchmal rot, oder grün, oder gelb, oder bunt, oder blau. Der junge Mann, der zu spät kam, hatte also blaue Haare. Ich hab mich neben ihn gestellt, aber nicht sehr dicht, weil was, wenn es gar nicht der Richtige war. Und dann sagte ich, ohne ihn anzusehen: »Die Giraffen laufen, als würden sie zu Rockmusik tanzen.« Und der junge Mann sagte, ohne mich anzuschauen: »Die vereinten Giraffen werden niemals eingemacht werden.« Daran konnte ich sehen, dass er tatsächlich der Compa war, und er ließ seinen Brotbeutel neben dem Gitter liegen und ging ohne ein weiteres Wort.

Woher ich wusste, wo ich den jungen Mann mit den blauen Haaren finden würde? Nun, es ist so, dass die verschlüsselten Hinweise im Kommuniqué von der *kaputten Hosentasche*, in der Hommage an Don Manolo Vázquez Montalbán und im Kommuniqué *In (Selbst-)Verteidigung der Giraffen* versteckt waren. Der Sub hatte mir schon erklärt gehabt, dass er mir über die Kommuniqués Bescheid sagen würde, wo ich Botschaften entgegennehmen oder hinterlassen sollte. Manchmal waren es lebende Bunker, manchmal auch tote. Über diese verschlüsselten Nachrichten wusste ich also, wo und wann ich eine Botschaft bekommen würde. Ich überlass euch die Aufgabe, herauszufinden, welches im Einzelnen die Schlüsselworte waren.

Wie auch immer, das war einfach gewesen. Die schwierigsten verschlüsselten Botschaften waren die aus der Serie *Ein Video lesen*. Ich musste an einen ziemlichen fein gepinkelten Ort, das heißt einen sehr eleganten, der Santa Fe heißt, und musste dort hinter einer Latrine nachsehen, das heißt, hinter einer Kloschüssel, in einem Tamales-Imbiss. Dort befand sich eine seine Botschaft vom Sub. Und nachher musste ich wissen, dass ich die Botschaft genau am 8. des Monats abholen musste und meinen Bericht am 15. des Monats dortselbst hinterlegen sollte, das heißt in der Latrine des Tamales-Stands.

Schwierig war es auch, als ich aufgrund des Kommuniqués über *Die Geschwindigkeit der Träume* zur Metrostation Oceanía gefahren bin und ein Schuhgeschäft gesucht hab, auf dessen Tür die Nummer 69 geschrieben stand, und dort hat man mir ein paar Schuhe gegeben, von denen mir der Linke zuerst nicht besonders gut passte, aber dann hab ich verstanden, dass sich dort drin ein Papier befand, das man an mich geschickt hatte, und dass deshalb mein Fuß nicht besonders gut hineinpasste, also hab ich das Papierchen herausgezogen, das heißt die Botschaft. Und schon passte mir der Schuh. Und dann las ich das Zettelchen, das heißt die Botschaft. Und mit dem Kommuniqué über Miguel Enríquez musste ich bis ins Zentrum, in eine Straße, die »República de Chile« heißt, und ein Schild suchen, auf dem »Zu Verkaufen« stand, und an die Rückseite des Schilds klebte ich meinen Bericht, damit ein anderer ihn abholen konnte – das bedeutet, das war ein toter Bunker.

Kurz und gut, am Anfang hatte ich einiges zu kämpfen, aber nachher dann hab ich den Dreh rausgekriegt und dann hat es mir gefallen. Das heißt, Mexiko-Stadt hat mir gefallen. Der Sub hatte mir schon gesagt, dass man, um das Monstrum kennen zu lernen, dort zu Fuß gehen muss. »Durchstreife sie zu Fuß«, meinte er, »und du wirst merken, dass die Leute, die diese Stadt retten können, unten leben.« Und das hab ich getan, ich bin zu Fuß durch die Stadt gelaufen. Überall war ich und überall hab ich Leute getroffen, die wie wir Zapatisten sind, also Leute, die beschissen dran sind, Leute, die kämpferisch sind, das heißt Leute, die nicht aufgeben.

Gut, aber ich wollte gerade sagen, dass der junge Mann mit den blauen Haaren einen Brotbeutel neben dem Giraffen-Gitter im Zirkus namens *Circo Unión* liegen ließ. Ich bin dorthin gegangen und hab mir den Brotbeutel gegriffen, in dem gar kein Brot war, sondern ein sein Brief vom Sub, in dem nichts weiter stand als: »Such Mamá Piedra auf.«

Die Achse Barcelona–La Realidad–Das Monstrum

»Viel Wachsamkeit, viel Bewegung, viel Misstrauen.«

Das waren die letzten allgemeinen Ratschläge, die ich Elías mit auf den Weg gab. Ich wiederholte damit eine Formulierung von Che Guevara aus seinem Buch *Vom Revolutionskrieg,* die jeder von uns zu hören bekam, wenn er sich alleine fortbewegen musste. Ich erzählte ihm auch von Mexiko-Stadt. Oder davon, was ich von Mexiko-Stadt noch in Erinnerung hatte. Und ich meine damit nicht die Stadt, die uns am Ende des Marsches für die Indigene Würde großzügig und aufmerksam empfangen hatte. Nein, ich erzählte ihm von jener Stadt, die ich vor über zwanzig Jahren zurückgelassen hatte, als ich in die Berge ging. Wie ich später erfuhr, hat die Stadt von damals nichts mehr mit der heutigen gemein.

Das mit Elías' Reise begannen wir auszuhecken, nachdem uns Pepe Carvalho einige Papiere aus der Feder von Manuel Vázquez Montalbán gebracht hatte. Diesen Unterlagen hatte sein Sohn eine Notiz beigelegt: »Subcomandante: Als ich den Nachlass meines Vaters durchsah, fand ich diese Aufzeichnungen, die Ihnen, wie ich annehme, irgendetwas sagen werden. Eine Umarmung. Daniel.«

Auf einem der Blätter war eine Art Skizze, auf der in einem Durcheinander von Pfeilen, Linien, Kreisen und Kästen folgende Elemente miteinander in Verbindung gebracht wurden:

»– BARCELONA. Hotel Princesa Sofía. Plaza Pius XII. Nr. 4, Finanzzentrum, Avenida Diagonal. U-Bahn-Station María Cristina Morales.

– DIPLOMATENKOFFER MEXIKO–MADRID–MEXIKO. Flüge zwischen 1994 und 2000 überprüfen. Morales.

– VERSCHWUNDENE – SCHMUTZIGER KRIEG. Morales. Weiße Brigaden.

– ACTEAL. General Renán Castillo. Morales.

– MONTES AZULES. Morales.

– ZEDILLO – CARABIAS – TELLO. Morales.

– BIODIVERSITÄT. TRANSNATIONALE KONZERNE. Morales. Schecks. Beraterverträge?

– EL YUNQUE. Morales. Reaktivierung der Paramilitärs. Neuauflage von EL MURO?«

Auf einem anderen Blatt stand eine Reihe von Fragen:

»1. Was hatte Morales in der Suite des Princesa Sofía zu suchen? Er bewohnte sie allein. Was tat er im Finanzzentrum? Er ging um 21.00 Uhr hin und kam um 22.00 Uhr wieder heraus. Und in der Station María-Cristina? Er betrat sie um 22.30 und verließ sie um 23.00. Dann ging er ins Hotel zurück.

2. Was machte Morales auf seinen ständigen Reisen Mexiko–Madrid–Mexiko? Niemals zweimal hintereinander mit derselben Fluggesellschaft. Ohne ersichtliche Weisung.

3. Was hatte Morales mit Mexikos schmutzigem Krieg zu tun? Weiße Brigaden? Und was mit Acteal?

4. Was hatte Morales mit den Materialien über Montes Azules vor, die er in seinem Köfferchen trug?

5. Was hatte Morales beim Abendessen mit dem Ex-Präsidenten Zedillo, der ehemaligen Umweltministerin Julia Carabias und Carlos Tello Díaz zu suchen?

6. Für wen waren die Koffer voller Euros bestimmt, die Morales in Barcelona vom Finanzzentrum zur U-Bahnstation María Cristina trug?

7. Welche Rolle spielte Morales in der neuen Struktur der rechtsextremen Organisation *El Yunque* in Mexiko?«

Das dritte Dokument war nicht wirklich ein Dokument, sondern eine Papierserviette. Darauf stand zu lesen:

»Barcelona erschöpft. Antworten ... in Mexiko? In Chiapas? Eine Achse Barcelona-La Realidad-Mexiko-Stadt?«

Hatte Manuel Vázquez Montalbán Nachforschungen angestellt oder versucht, ein Puzzle zusammenzusetzen? In beiden Fällen war es notwendig, die einzelnen Teile zu überprüfen. Ich sprach die Compas vom Komitee darauf an. Wir überlegten eine Weile und daraufhin beschlossen wir, Elías ins Monstrum zu schicken. Nachdem Elías abgereist war, entsandte ich noch andere Kommissionen, um Informationen über Montes Azules zu beschaffen, und ich ließ *Deep Throat* bitten, uns über die neuesten Machenschaften von Zedillo und der Carabias zu informieren. Ich schrieb auch einen Brief an Alvaro Delgado, einen Journalisten von der Zeitschrift *Proceso*, dem Spezialisten in Sachen *El Yunque* und der Reaktivierung dieser Organisation unter der Fox-Regierung. Ich bat ihn eindringlich um Informationen über diese ultrarechte Gruppe. Dann schrieb ich noch einen weiteren Brief an die Junta der Guten Regierung im Hochland von Chiapas und bat sie, sich mit dem Menschenrechtszentrum *Fray Bartolomé de las Casas* in Verbindung zu setzen, um alle Daten über das Massaker von Acteal zusammenzutragen. Während ich alle verfügbaren Informationen sammelte, würde Elías Zeit haben, sich in Mexiko-Stadt zurechtzufinden.

Als ich aufgrund der Lektüre von Elías' Berichten zur Ansicht gelangt war, dass er nun so weit war, ließ ich ihm ausrichten, er solle Doña Rosario Ibarra de Piedra aufsuchen. Sie würde wissen, wo und wie man Belascoarán auftreiben konnte, und vielleicht wussten Sie und die Damen von *Eureka* ja auch etwas über den ominösen Morales und seine Rolle im schmutzigen Krieg.

Ein Kärtchen

Ich wusste sehr gut, dass *Mamá Piedra* der Name war, den wir Doña Rosario Ibarra de Piedra gegeben hatten. Und dass sie mit einer Gruppe von Señoras zusammenarbeitet, die wir »die Damen« nennen, die sich organisiert haben, um die Christenmenschen wiederzufinden, welche die schlechte PRI-Regierung hat verschwinden lassen. Und dass all die schlechten Regierungen, also die Partei PAN und die Partei PRD, sich dumm stellen und nicht richtig sagen wollen, wo genau diese Leute verschwunden worden sind. Das waren Kämpfer für die Rechte der Armen, also sie standen auf der Seite der Vergessenen, das heißt auf unserer Seite von uns allen. Diese Gruppe nennt sich *Eureka*, das heißt, sie freuen sich sehr, wenn sie einen Verschwundenen finden, und dann tauchen sie ihn auf und machen ein ihr Fest, das *Eureka* heißt.

Ich suchte also Doña Rosario auf. Ich brauchte ein Weilchen, weil sie nicht im Monstrum war, sondern nach Monterrey gereist war. Aber nachher erschien sie dann und ich ging sie gleich in ihrem Häuschen besuchen. Als sie mich sah, freute sie sich ein bisschen sehr und umarmte mich viel und sagte viel »mein Sohn« zu mir, und sie haute mir andauernd auf den Rücken, aber nicht weil sie böse war, sondern weil das ihre Art ist, weil sie aus dem Norden kommt, und so ist ohnehin ihre Art von denen aus dem Norden. Und sie fragte mich nach dem Sub, und wie es ihm ginge und ob er denn krank sei, und wie schlimm die Kälte denn dort sei, also hier, weil das Dort der Städter nämlich unser Hier ist, und unser Dort ist das Hier der Städter. Da seht ihr mal wieder, warum alle immer sagen, meine Gedanken seien sehr wirr. Also ich kam überhaupt nicht zu Wort, weil es war ein einziges Gefrage und Umarmen von der Mamá Piedra, wie wir sie nennen.

Und als sie dann fertig war mit dem Umarmen, fragte die Doña mich, ob ich hungrig sei, ich sagte ihr dass ein bisschen, ja. Während sie Schweinefleisch in pikanter Schokoladensoße kochte oder sowas in der Art, erzählte ich ihr, was ich wirklich im Monstrum machte und dass ich als Ermittlungskommission unterwegs sei. Als ich den gewissen Morales erwähnte, blieb sie eine Weile still, als würde sie nachdenken. Nachher sagte sie mir, dass das Essen schon fertig sei, und wir haben lecker Schwein in Schokosoße gegessen, glaube ich, und ein bisschen scharf war es schon. Als wir Kaffee tranken, sagte die Doña zu mir, dass sie sich, wenn sie ehrlich sei, nicht an den gewissen Morales erinnern könne, aber dass sie die anderen Doñas fragen würde und auch in der Casa Museo vom Doktor Margil in Monterrey. Ich sagte ihr, gut. Dann sagte ich ihr, ob sie denn nicht wüsste, wo ich einen Herrn namens Belascoarán finden könnte, der dieselbe Arbeit macht wie ich, bloß in der Stadt, und dass der Sub mir gesagt hatte, dass sie vielleicht von diesem Herrn wüsste, und wo er wirklich lebt, also wo er wirklich arbeitet. Sie nahm einen weiteren Schluck vom Kaffee und nachher antwortete sie mir:

»Er arbeitet da im Zentrum. Er hat ein Büro in der Bucareli. Ich such dir gleich die genaue Adresse raus«, und dann fing sie an, in einem Haufen Papiere zu kramen, den sie auf einem ihrem Tischchen liegen hatte.

Sie murmelte immerzu »ein Kärtchen, es muss doch hier irgendwo sein, wo zum Kuckuck hab ich es denn nur hingetan«. Es hat gedauert. Am Ende hat sie es gefunden und mir gegeben, also sie hat mir das Kärtchen gegeben, auf dem stand:

Héctor Belascoarán Shayne Unabhängiger Detektiv Donato Guerra, fast Ecke Bucareli México, D.F.

Bruchstücke des Gesprächs zwischen dem Sub und dem, den sie »Deep Throat« nennen (gemäß den Aufzeichnungen eines Spionageflugzeugs Modell EP-3, die von dort an einen der SIGINT-Satelliten des Echelon-Netzwerks übermittelt und mit dem »Morai«-Code an die Niederlassung für Regionale Sicherheit Medina Annex, 98° O, 29° N, der Naval Security Group Activity NAVSECGRU und der AIA weitergesendet wurden:

»Zedillo und Carabias machen in Montes Azules Geschäfte. Die NGO von Carabias ist lediglich eine Tarnung für die Plünderung von Tierarten, die sie über eine Art internationalen Schwarzmarkt in verschiedene Teile der Welt verkaufen. Dieser Schwarzmarkt mit Papageien, Tapiren, Affen und anderen Tieren, an die ich mich jetzt nicht genau erinnern kann, ist bloß der erste Schritt. In Wahrheit bereiten sie das Eindringen großer Konzerne vor, die hinter dem Holz, dem Uran und dem Wasser her sind. Das Wasser wird für dieses Jahrhundert genauso zentral sein, wie es das Erdöl für das vergangene war. Ich spreche von Geld, viel Geld. Im Fox'schen Kabinett wissen sie über all das Bescheid und stellen sich blind. Dieser Morales ist so etwas wie eine Art Handelsvertreter und reisender Geldeintreiber. Das heißt, das ist er jetzt – weil vorher hat er schon viele andere Sachen gemacht.«

»Und Tello?«

»Ein mittelmäßiger Emporkömmling, genauso mittelmäßig wie sein ganzes Leben. Ich nehme an, dass du schon weißt, dass das Buch, das er angeblich über den zapatistischen Aufstand geschrieben hat, eigentlich vom Militärgeheimdienst verfasst worden ist, auf direkten Auftrag von Zedillo hin. Sie hatten Pérez Gay angeboten, seinen Namen dafür herzugeben – ich weiß nicht mehr genau, ob es Rafael oder José María war –, aber der hat aus ethischen Gründen abgelehnt. Und dann hat Aguilar Camín einen seiner Höflinge empfohlen: Carlos Tello Díaz. Die Aufgabe des besagten Morales war es, ein paar Fakten zusammenzutragen und weitere zu erfinden, indem er die Geschichten von Guerillaorganisationen, die er in den Siebzigern bekämpft oder infiltriert hatte, miteinander vermengte. Der besagte Morales unterstand damals anscheinend Nazar Haro, aber er konnte relativ unabhängig agieren. Als Nazar und Salomón Tanús die Gefangenen folterten, war der besagte Morales derjenige, der sich Notizen über die angeblichen Aussagen der Opfer machte, egal ob erfunden oder wahr. Er fertigte doppelte Berichte an. Einen gab er weiter und den anderen behielt er für sich. Als Nazar bei seinen Vorgesetzten in Ungnade fällt, löst sich der so genannte Morales in Luft auf und verschwindet mit seiner Abschrift der Akten aus dem Geheimarchiv der Nationalen Sicherheitsbehörde. Der eigentlichen Akten, nicht der veröffentlichten. Der besagte Morales taucht für eine Weile ab und taucht jetzt wieder auf. Ich bin zwar kein Fachmann in Sachen schmutziger Krieg, aber ich kann dir sagen, dass die Leute von damals immer noch aktiv sind, oder besser gesagt, sie wurden recycelt. Die so genannte Regierung des Wechsels ist vielmehr eine Regierung des recycelten Übels. Wo früher PRI draufstand, steht jetzt PAN drauf. Jedenfalls hat der besagte Morales das Buch geschrieben, und Tello hat lediglich seinen Namen hergegeben, und damit scheint sich die Beziehung zwischen den beiden auch schon zu erschöpfen. Zedillo war derart zufrieden mit dem Ergebnis des Buches, dass er Tello in seinen Kreis von Vertrauten aufnahm. Während Juan Ramón de la Fuente die First Lady Nilda Patricia vögelte, begann Zedillo eine, sagen wir, sehr intime Beziehung mit Julia Carabias. Die letzten touristischen Reisen von Tello nach Chiapas fanden immer zeitgleich zum Erscheinen von Zedillo und Carabias in der Region statt. Bei nächtlichen Zusammentreffen soll Tello noch etwas mehr als das Abendessen mit den beiden geteilt haben. Tello könnte so etwas darstellen wie die Verbindung zwischen Zedillo-Carabias und den Intellektuellengruppen um die Zeitschriften *Nexos* und *Letras Libres*, aber anscheinend trifft das nicht zu. Ich glaube, Tello ist bloß der Hofnarr von Zedillo, der seinerseits immer noch denselben Sinn für Humor an den Tag legt, für den er schon während seiner Amtszeit berühmt war. Ich glaube nicht, dass Krauze oder Aguilar Camín über Tello irgendeine Karte ausspielen – nicht, dass es sie nicht interessieren würde, Reibach zu machen, aber Tello ist für sie genauso viel wert wie eine Einwegflasche. Obwohl es durchaus denkbar ist, dass Tello zum theoretischen Vordenker für die Öko-Disneyland-Version des lakandonischen Urwalds aufgebaut wird. Plünderung von Naturressourcen hinter einer Umweltschutzfassade mit intellektuellem Anstrich, eine runde Sache.«

»Und hatte der besagte Morales etwas mit Acteal zu tun?«

»Das weiß ich nicht, aber wundern würde es mich nicht.«

»Hast du etwas über *El Yunque* herausgefunden?«

»Das wird in ziemlich hermetischen Zirkeln verhandelt. Ich habe nichts herausbekommen.«

»Hat der besagte Morales Kontakte zum Kabinett Fox?«

»Es scheint so, aber ich bin mir da nicht ganz sicher. Wenn es sie gibt, laufen sie über mehrere Ecken und sind schwer nachzuvollziehen. Als in einer Sitzung sein Name ins Gespräch kam, da haben sich alle zum Innenminister Santiago Creel umgedreht und schnell das Thema gewechselt. Ich glaube, dass Martín Huerta, der Sicherheitsbeauftragte der Regierung, ihn erwähnt hat. Vielleicht interessiert es dich, zu erfahren, dass der besagte Morales in der US-Botschaft nach Belieben ein- und ausgeht. Den mir vorliegenden Informationen zufolge hat man ihn in einem äußerst exklusiven Restaurant mit Botschafter Tony Garza beim Essen gesehen.«

»Hast du denn ein Foto von diesem besagten Morales?«

»Nein. Nur ungefähre Beschreibungen. Zwischen 50 und 60 Jahre alt, ungefähr dasselbe Kaliber wie ich. Sagen wir, er sieht aus wie ein erfolgreicher Banker. Er zieht sich gern gut an und geht gern gut essen.«

»Gut. Ich glaube, das genügt fürs Erste. Hattest du auf dem Weg hierher irgendwelche Schwierigkeiten?«

»Nein, gar nicht. Ich fand es nur angebracht, dir das alles persönlich zu erzählen, weil ich dem schriftlichen Weg misstraute. Und noch was, ihr solltet gut auf euch aufpassen. Die drehen völlig durch wegen der Präsidentennachfolge.«

»Die Amis?«

»Nein, denen ist das egal, weil wer auch immer es werden wird, er wird ihnen aus der Hand fressen. Ich rede von der mexikanischen Scheiße, die du politische Klasse nennst. Es steht viel Geld auf dem Spiel. Für den, der es schafft, Strom und Erdöl zu privatisieren, werden gigantische Summen herausspringen. Da absehbar ist, dass sie das in dieser Amtszeit nicht mehr schaffen, setzen sie auf die nächste. Es wird noch hart auf hart kommen. Sie greifen López Obrador nicht etwa deshalb an, weil sie ihn als Populisten oder als Linken fürchten. Weder noch. In seinen vier Jahren als Bürgermeister von Mexiko-Stadt hat er bisher nichts gemacht, außer sich bei den Oberen einzuschleimen. Das Problem besteht darin, dass er im Rennen um den großen Preis die Nase vorn hat. Heute greifen sie ihn an, morgen wen auch immer, der in den Umfragen vorn liegt. Bei López bereiten sie die Amtsenthebung vor, indem sie ihm nacheinander die Bundesanwaltschaft, das Innenministerium und das Oberste Gericht auf den Hals hetzen. Die Kabinettssitzungen werden nicht genutzt, um Regierungsmaßnahmen abzustimmen, sondern um die Umfragen zu studieren und den nächsten Schlag auszuhecken. Wenn der Rauch sich dann verzogen hat, wird nur noch Martita* gerade stehen. Innerhalb der PRI bekämpfen sie sich bis aufs Messer, nur dass die Medien das wegen der ganzen anderen Skandale nicht mitkriegen.

* Martha Sahagún, Ehefrau des derzeitigen mexikanischen Staatspräsidenten Vicente Fox. Sie hat mehrfach ihren Ehrgeiz bekundet, Nachfolger ihres Mannes bei der Bekleidung des höchsten Staatsamtes zu werden.

Das mit Enrique Salinas war Carlos. Es ist eine klare Botschaft an Raúl, die lautet: »Halt den Mund.«* In der PRD rechnen sie sich gerade aus, ob es das bessere Geschäft ist, den Kopf von López Obrador zu verkaufen oder auf den fahrenden Zug aufzuspringen. Bei dieser Versteigerung gehört Cuauhtémoc Cárdenas zu denen, die am meisten darauf drängen, dass der Kopf vom *Peje* rollt. Am Ende werden auf allen Seiten nur die Schlimmsten übrig bleiben: Martita für die PAN, Madrazo für die PRI und Cárdenas für die PRD.«

»Ich hatte dich um Geheimdienstberichte gebeten, nicht um politische Analysen.«

»Ich weiß, ich weiß. Es ist nur so, dass diese Arschlöcher das Land in eine syphilitische Hure verwandeln. Ein *sorry* an die Huren, aber das macht mich rasend ... Hör mal, sag doch bitte den Compas vom Komitee, dass sie mich da rausholen sollen. Dummheit kann ansteckend sein.«

»Sagtest du nicht, es gibt Vögel, die den Sumpf überfliegen, ohne sich schmutzig zu machen?«

»Nur dass das kein Sumpf ist, es ist eine beschissene Kloake, und die wird demnächst platzen. Wir werden nur so in der Scheiße schwimmen.«

»Werden? Das klingt mir verdammt nach Europäischer Union.«

»Jetzt mach mal 'nen Punkt. Ich stehe schließlich auf dieser Seite hier.«

»Ist ja gut. Reg dich nicht auf. Was fehlt, das fehlt.«

Noch ein Kärtchen

Um ganz ehrlich zu sein, ich beneidete den Belascoarán um sein Kärtchen. Was ich also tat, war, dass ich zu den Druckereien von Santo Domingo ging, da in der Gegend vom Zócalo, und da hab ich mir Karten drucken lassen, auf denen geschrieben steht – ja,

---

* Carlos Salinas de Gortari war von 1988-1994 Staatspräsident von Mexiko. Sein Bruder Raúl soll auf dem Hintergrund eines parteiinternen Machtkampfs für die Ermordung des damaligen PRI-Generalsekretärs Ruiz Massieu im September 1994 verantwortlich sein. Enrique, ein weiterer Bruder des Ex-Präsidenten, wurde im Dezember 2004 erschossen in seinem Wagen aufgefunden.

was denn? Wartet kurz, hier habe ich eine, in meinem Beutelchen. Genau, da ist sie. Schaut her:

Elías Contreras Ermittlungskommission EZLN Berge des mexikanischen Südostens, fast Ecke Guatemala Chiapas, Mexiko

Bloß dass jetzt der Problem ist, dass ich mir noch mehr davon machen lassen muss, mit dem gleichen Text, aber auf Tzeltal, Tzotzil, Chol und Tojolabal. Das heb ich mir fürs nächste Mal auf, wenn ich wieder ins Monstrum reise. Also gut, ich erzählte gerade, dass ich diesen Belascoarán nicht einfach gleich aufsuchen konnte, weil ich erst nachfragen musste, ob ich ihn nun schon aufsuchen soll oder noch nicht. Also hab ich einen meinen Bericht verfasst und ihn an den Sub geschickt und hab ihn gefragt, ob ich diesen Belascoarán jetzt schon aufsuchen soll und ob ich schon mit ihm reden soll oder was auch immer der Sub mir sagt. Recht bald hat er mir geantwortet:

»Such den Limonadenverkäufer noch nicht auf. Warte noch, bis ich dir ein paar Unterlagen schicke. Wenn du die hast, gehst du zu ihm. Triff ihn nicht in seinem Lädchen. Das heißt, an einem anderen Ort, den du dir vorher gut angeschaut hast. Überprüfe, ob er jemanden im Schlepptau hat. Wenn er sauber ist, kontaktierst du ihn. Und ab da siehst du selbst, ob er dir gute Gedanken eingibt, wenn ja, zeigst du ihm die Papiere und sagst ihm, dass wir ihm vorschlagen wollen, zusammenzuarbeiten. Wenn du siehst, dass er ein Dummkopf ist, dann sagst du ihm bloß, dass ich ihn grüßen lasse und sonst nix. Du entscheidest. Sag dann gleich Bescheid. Das ist alles. Eine Umarmung.«

Aus den Bergen des mexikanischen Südostens
Subcomandante Insurgente Marcos
Mexiko, Dezember 2004.

Kapitel 6

»Hat man erst einmal den Geist aufgegeben ...«

Héctor Belascoarán Shayne war in eine Phantom-Frau verliebt. Eine Frau, die verschwunden war. Das war in seinem bisherigen Leben ein recht normaler Vorgang. Nicht die Tatsache, dass er sich in Phantom-Frauen verliebte, sondern dass die Frau, in die er verliebt war, verschwand. In den letzten Jahren war er über lange Zeitspannen hinweg mal mehr, mal weniger in sie verliebt gewesen.

Dem geheimnisvollen Terminkalender des Mädchens mit dem Pferdeschwanz zufolge – die schon seit langem kein Mädchen mehr war und auch schon länger keinen Pferdeschwanz mehr trug, sondern, à la Veronica Lake, über dem einen Auge eine Haarsträhne mit eleganten grauen Einsprengseln, und außerdem Doktorin der Philosophie war und doppelte Tequilas trank –, und zufolge der Zufälle jedenfalls, nach denen sie ihr Leben ausrichtete, war sie gerade nirgendwo.

Und wie üblich hatte sie es nicht einmal für nötig gehalten, sich zu verabschieden. Sie hatte sich schlicht und einfach in Luft aufgelöst. Sie erschien nicht an ihrem Arbeitsplatz, in der Uni waren Ferien, und ihr privates Telefon wurde nicht nur nicht abgenommen, sondern es war gänzlich verstummt. Vor ihrer Wohnungstür türmten sich Werbebriefe, Stromrechnungen, Kontoauszüge und die Ausgaben von *La Jornada* und *Proceso.*

Manchmal konnte Héctor dieses Abtauchen hinnehmen, als Zwangspause in einer Beziehung, die sie nie genau zu definieren vermocht hatten: Eine Dauer-Affäre? Eine flüchtige Liebesbeziehung mit Seitensprüngen? Eine Ehe nach Maori-Art? Liebende aus *Ein Mann und eine Frau,* nur 25 Jahre später? Ein De-facto-Paar mit Anrecht auf Entzweiung?

Aber dieses Mal hätte sie nicht so einfach verschwinden dürfen, weil sie es – vermutlich unfreiwillig – fertig gebracht hatte, dass Héctor traurig und blass aussah, so als hätte man ihn gerade in einem falschen Peso-Bus ausgeraubt, und vermutlich noch etwas älter wirkte als gewöhnlich.

Zu welchem Zeitpunkt hatte er sich bloß so unsterblich in diese Frau verliebt, dass er bereit gewesen wäre, sich für sie freiwillig die Venen aufzuschneiden? Sie war die Verantwortliche für diese plötzlichen Unruhezustände, diese absolut pubertären Sehnsuchtsanfälle, die ihn verfolgten, diese Filmsequenzen von ihrem Antlitz, die vor seinem inneren Auge abliefen, egal, ob er sich gerade das Gesicht wusch, Schweinefleisch-Tacos aß oder Mahler hörte.

Mahler. Was hatte das Mädchen mit dem Pferdeschwanz nur mit diesem begnadeten Juden aus dem frühen 20. Jahrhundert gemein?

Er hatte Gustav Mahler viele Jahre nach dem Mädchen mit dem Pferdeschwanz entdeckt. Sie war zuerst da gewesen. Und was den Musiker und das Mädchen miteinander verband, war nicht das Adagietto aus der fünften Symphonie (es hatte Monate gedauert, bis er begriffen hatte, dass ein Adagietto ein Mini-Adagio ist, ein Adagio, das nicht seine ganze Kraft entfaltet, und ein Adagio an sich eine Komposition, die man getragen spielt), welche viele Leute mit der Verfilmung von *Tod in Venedig* assoziieren, durch die Thomas Manns Erzählung dank Visconti einiges dazugewinnt. Diese anschwellenden Leidenschaften, die schließlich abebben und sich ganz verlieren, wie Wellen im Meer, und es gibt verdammt noch mal niemanden, der sie wieder erstehen lassen kann.

Nein, das war nicht der Mahler, den er mit dem Mädchen mit dem Pferdeschwanz verband, mit ihren grandiosen Auftritten und Abtritten. Eigenartigerweise war es vielmehr eine bombastische, großartige, ja geradezu überwältigende Musik, die er entdeckt hatte, als das Symphonieorchester der Hauptstadt ihn engagiert hatte, um einen Lastwagen voller Instrumente aufzuspüren. Eines Nachmittags hatte Héctor sich mitten in einer Probe dabei ertappt, wie er in einem leeren Theater, das nur von den Musikern und ihren Klängen belebt wurde, weinte – zu einer Musik, die ihn aufrüttelte und bewegte. Und daraufhin hatte er mehr Zeit bei den Proben als mit der Ermittlung verbracht. Es handelte sich um Mahlers Achte. Sie war das Hohelied auf die Großartigkeit des menschlichen Daseins, das für Belascoarán inmitten des ganzen Elends von Mexiko-Stadt eine persönliche Note gewann und mit dem Bild des Mädchens unlösbar verknüpft war. Und hoffentlich fragt dich niemand, warum, Héctor Belascoarán Shayne, einsamer Detektiv in der verrücktesten, verlorensten Stadt des Planeten. Hoffentlich fragt dich keiner, denn du wüsstest keine Antwort.

Er hatte sich also voller Sehnsucht nach dem Ewig-Weiblichen und Mahlerischen auf den Bettrand gesetzt, auf das Bett, dass er in den letzten vierzehn Tagen kein einziges Mal gemacht hatte und das neu bezogen werden musste, Mahlers Achte aufgelegt und die Endlostaste gedrückt, sodass die Platte bis zum Abwinken wiederholt wurde, und nebenbei ging er im Kopf noch einmal sein Gespräch mit dem Chinesen Fuang Chu Martínez durch, während er eine Zigarette rauchte und dann noch eine, und so weiter, bis das ganze Zimmer zugequalmt war.

»Leck mich am Arsch«, hatte der Chinese aus tiefster Seele gesagt.

Héctor fühlte sich nicht verpflichtet, zu erklären, warum er in Mexiko als Detektiv arbeitete, und ließ den Blick des Chinesen, den er nicht beabsichtigte, ernst zu nehmen, stoisch über sich ergehen. Es stand Chinese gegen Einäugiger. Der Einäugige gewann, vielleicht, weil er seine ganze Kraft auf sein einziges Auge konzentrierte.

»Und warum werde ich nach Jesús María Alvarado gefragt?«

»Weil die Person, die mir diesen Auftrag erteilt hat, auf dem Anrufbeantworter Nachrichten von ihm erhält.«

Der Chinese musterte Héctor erneut von Kopf bis Fuß.

»Alvarado ist tot. Damals nahm ich an seiner Beerdigung nicht teil, weil ich im Knast war. Er starb 1971, verdammt lang her ... Und Sie behaupten, unabhängiger Polizist zu sein. Von welcher Abteilung des Innenministeriums denn?«

Belascoarán zündete sich eine Zigarette an. In Bestattungsinstituten durfte man noch rauchen; aus irgendeinem seltsamen Grund hatte die Welle des Anti-Tabak-Puritanismus, die aus den USA herüberschwappend das gesamte Mexiko der Mittelschicht überrollte, sie ausgespart.

Wie konnte er Fuang Chu Martínez seine letzten 30 Jahre erklären? Wie konnte er seine undurchsichtigen und eher schlechten Beziehungen zur Macht auf den Punkt bringen? Er entschied sich für den Weg der Narben – wie seine Cheyenne-Freunde es ausdrücken würden.

»Das Auge, das mir fehlt, hat mir ein ehemaliger Offizier der Bundespolizei weggeblasen, der inzwischen tot ist. Ich humpele aufgrund eines Schusses aus einer Jagdflinte, den mir dieselben

Leute auf den Pelz brannten, die damals die *Halcones*, die Falken, ins Leben gerufen hatten.* Und ich habe sieben Monate und drei Tage in einem Gefängnis von Tabasco verbracht, weil ich vor ein paar Jährchen einen Wahlbetrug der PRI aufgedeckt habe. Die wild gewordene Gefolgschaft eines Pfaffen aus Tlaxcala hat mich verprügelt, weil sie die Pokemons exorzieren wollten, und ich war derjenige, der die Dokumente zusammengetragen hat, auf deren Grundlage Luisreta, der Banker, inhaftiert wurde.«

»Ah, Sie sind also seriös«, sagte der Chinese, »oder wie man so schön sagt, Sie sind in Ordnung.«

»Alvarado ... erzählen Sie. Alles, was ich weiß, ist, dass Sie beide nach 1968 Zellengenossen waren.«

»Und warum wollen Sie das wissen?«

Héctor hielt ihm eine Kopie der fünf Botschaften hin, die Monteverde von dem Toten empfangen hatte.

»Das sieht Alvarado ähnlich, dem alten Schlitzohr, von den Toten wiederaufzuerstehen«, sagte der Chinese lächelnd. Er lächelte wie ein Stummfilmakteur, verzog dabei nur einen Teil des Gesichts.

»Wissen Sie, wer ihn umgebracht hat?«

»Er schickt Botschaften aus dem Jenseits, wie abgefahren«, sagte der Chinese anstatt einer Antwort. »Und Morales bringt er auch gleich noch mit.«

»Was wissen Sie über Morales?«, fragte Héctor und schwor sich, dass dies die letzte Frage sein würde, die er dem Chinesen stellte. Sollte er doch erzählen, was und wie er es wollte.

»Also, ich hab ja das hier bekommen«, sagte der Chinese und zog ein völlig zerknittertes Faxpapier aus seiner Hosentasche.

Héctor nahm das Papier und las laut vor:

»Es ist kein Hund, doch es beißt,

Es ist nicht Speedy González, doch es erscheint auf Fotos immer unscharf,

Es ist kein Gift, doch es tötet,

---

* Die *Halcones* waren eine rechtsradikale, paramilitärische Organisation von Jugendlichen, die u.a am 10. Juni 1971 die erste größere Studentendemonstration nach dem Massaker von 1968 mit Knüppeln und Pistolen angegriffen haben. Dabei kamen ca. 40 Menschen ums Leben.

Es ist kein Vogel Strauß, doch es hat Federn,
Es ist wie ich, es kehrt sogar noch aus dem Tod zurück.
Wer ist es?«
Dein alter Zellengenosse
Jesús María Alvarado

Es war ein saublödes Rätsel, dachte Héctor bei sich, aber trotzdem legte er das Fax zu den Kopien der anderen Botschaften, ohne dass der Chinese versuchte, es zu verhindern.

»Haben Sie einen Anrufbeantworter?«

»Nein«, sagte der Chinese. »Ich bin prämodern, ich habe auch keinen Fernseher und keine Erdgasleitung.«

»Deswegen hat er es Ihnen per Fax geschickt.«

»Er hat es nicht an mich geschickt, sondern an ein öffentliches Bad in Guadalajara, wo ich arbeite.«

Héctor setzte sein Alec-Guinness-Gesicht auf und betete zu Sankt Le Carré, dass der Trick funktionieren möge. Er funktionierte. Der Chinese holte tief Luft und legte los.

»Wissen Sie, wie Verräter gemacht werden? Sie verderben nicht von einem Tag auf den anderen. Sie gehen nicht als Guerilleros ins Bett und stehen am nächsten Tag als Spitzel des Innenministeriums wieder auf. Sie werden ganz einfach immer schwächer. Man begeht aus Erschöpfung Verrat, aus Langeweile, aus Trägheit. Es ist, als ob der Stoff, aus dem die Menschen sind, vor lauter Dehnen und Strecken plötzlich schlaff würde, schlapp. Und als ob sich in den Zwischenräumen der Muskeln kleine Mengen von Scheiße ansammelten, alte Ängste. Und all das bedarf einer permanenten Selbstrechtfertigung, ausgehend von einem stetig wachsenden, sich verdichtenden Klumpen Selbstbetrug und Erklärungsversuchen. Weißt du, was Morales gemacht hat, als er 25 wurde? Er verriet seine Exfrau an die politische Polizei, die sie schließlich in den Kellern ihrer Büros gegenüber dem Revolutionsdenkmal folterten. Und weißt du, was Morales tat, um seinen Verrat zu rechtfertigen? Er sagte, er würde sie auf diese Weise vor dem Tod retten. Weißt du, wovon Morales träumte? Er träumte von seiner Exfrau, wie sie barfuß über einen Sandstrand in Veracruz spazierte. Während sie sie dreimal vergewaltigten und ihr mit den Füßen die Hälfte des Gebisses heraustraten.«

»Und Sie – woher wissen Sie das?«

»Weil man, wenn man zu dritt in einer Zelle von sechs Quadratmetern sitzt, sogar über die Träume der anderen Bescheid weiß. Sogar die beschissenen Träume bekommt man mit. Obwohl kein Wort darüber fällt. Weil Alvarado ein harter Knochen war und beschloss, dass er mit Morales kein Wort reden würde, der ein Verräter und Spitzel war, dessen Geschichte wir zufällig kannten und den sie zu uns in die Zelle verlegt hatten, um zu sehen, ob er uns etwas entlocken könnte. Und ich stürzte mich als Chinese in ein zutiefst fernöstliches Schweigen und tat so, als würde Morales gar nicht existieren. Da waren wir also zu dritt in der Zelle, als wären wir nur zu zweit, und wenn Morales uns ansprach, antworteten wir nicht, und wenn er uns einen Löffel reichte, ließen wir ihn fallen, wir stolperten über ihn und entschuldigten uns nicht, wir gingen einfach durch ihn hindurch.«

Héctor schwieg. Der Chinese war in die Vergangenheit eingetaucht.

»War Morales denn sein wirklicher Name?«

»Weiß der Henker. Er hat sich einmal mit diesem Namen vorgestellt, und dabei blieb es.«

»Hatte er auch einen Vornamen?«

»Morales. Einfach nur Morales. Er kam lange vor Alvarado raus, und lange bevor ich drei Monate nach Jesús María rauskam.«

»Und denken Sie, dass Morales Jesús María ermordet hat?«

»Das denke ich. Fragen Sie mich nicht, warum, aber ich denke es. Als Jesús aus dem Knast kam, war er entschlossen, das Netzwerk, das er vor seiner Verhaftung Ende 1968 aufgebaut hatte, wieder zu knüpfen, und er wollte aufs Ganze gehen, er sagte, die Zeit der Worte sei vorbei und mit Demonstrationen würde man der Armee nur eine Zielscheibe liefern. Er war ziemlich drauf. Fünf Tage nach seiner Entlassung wurde er erschossen. Genickschuss.«

»Und warum bringen Sie Morales damit in Verbindung?«

»Ich bringe ihn nicht in Verbindung. Ich weiß es einfach nur. Ich kann mich an seinen Blick erinnern.«

Das war ein Argument, das genauso viel taugte wie jedes andere auch, dachte Héctor bei sich.

»Ich bin damals nach Guadalajara gegangen, aber eine Zeit lang war ich selbst vor meinem Schatten auf der Hut, ich lief immer mit dem Rücken zur Wand, es hätte ja wer weiß was passieren können.«

»Haben Sie Morales jemals wiedergesehen oder etwas von ihm gehört?«

»Nie. Aber als das Fax ankam, kam mir ein Satz von Henry Miller in den Sinn: ›Hat man erst einmal den Geist aufgegeben, folgt alles andere mit tödlicher Sicherheit.‹ Das porträtiert Morales recht gut. Und wenn Jesús María Alvarado jetzt auf Rache sinnt, dann ist er im Recht, in seinem und in unserem Namen, und hoffentlich erwischt er ihn«, sagte ihm der Chinese, woraufhin er ins Bestattungsinstitut zurückging und damit das Gespräch für beendet erklärte.

Héctor erinnerte sich dunkel an Henry Miller. Die Tropen seiner »Wendekreise«, die alles Mögliche waren, bloß nicht tropisch, bestanden aus durch die Luft fliegenden Frauenunterhosen, vorzeitigen Samenergüssen und dem verklemmten Erschrecken, zu dem nur ein 19-jähriger, puritanischer Student der Ingenieurswissenschaften fähig war, Sohn der exotischen mexikanischen Mittelklasse und Frucht der Verbindung zwischen einer irischen Folksängerin und einem baskischen Seemann, die sich im gemeinsamen Exil in DF kennen gelernt hatten. Wann war der Tote bloß Morales und Henry Miller begegnet? Warum holte man ihn aus der Vergessenheit? Héctor fand weder den Marquis de Sade noch Henry Miller sonderlich subversiv, sie waren für ihn schlicht und einfach Hurenböcke. Und im Allerinnersten seines verschwiegenen Herzens, dem, das sich weigerte, mit irgendjemandem über Literatur zu sprechen – auf dass niemand behaupten könne, seine Vorlieben und Abneigungen seien sündhaft, politisch inkorrekt oder auch einfach nur unkonventionell – dachte er, Miller sei ein Gringo, der bestimmt verschieden große Hoden hatte, der eine viel größer als der andere. Trotzdem war das mit dem Geist eine bekannte Sache. Überraschend vertraut für einen Atheisten, der gar nicht an Geister glaubte, sondern allenfalls an »geistige Getränke«. Bilder aus den Geschichten, die Miller erzählte, mischten sich in seinem Kopf mit den Sätzen des Chinesen über die Exfrau von Morales. Es schüttelte ihn vor Ekel. Ein kalter Schauer lief ihm über den Rücken.

Von diesem Schauer verfolgt, schlief er in einer Ecke seines Bettes ein, als wolle er es nicht ganz für sich beanspruchen, als müsse ein Teil davon für die Gespenster und für die Toten frei bleiben.

Fritz lief ein paar Meter vor ihm, als er die siebte Galerie entlangging, um sich nach eingeholter Genehmigung eine Zelle anzusehen, wenn auch nur für einen kurzen Augenblick.

Es gab nichts Besonderes zu entdecken. Kartons und Papiere. Die Spuren waren verschwunden. Das historische Archiv hatte das historische Gedächtnis vertilgt, die schlichte Erinnerung.

»Gibt es denn eine Möglichkeit, an die Einträge im Gefängnisbuch von 1968 heranzukommen?«, fragte Héctor.

»Ganz einfach, wir gehen in den Lesesaal, da ist ein Kumpel, der über 68 und Lecumberri forscht.«

Sie näherten sich einem Typen, dessen Brillengläser an Flaschenböden erinnerten und der unter Dokumentenkisten und Aktenbündeln beinahe begraben war.

»Mein Freund Belascoarán braucht eine Information über die Gefangenen von 1968.« Der Superkurzsichtige sah lächelnd auf.

»Die Zelle, in der Jesús María Alvarado und Fuang Chu Martínez einsaßen ... Gab es darin eine dritte Person? Gab es eine Zeit lang noch jemand anderen dort?«

»Welcher Gang?«

»C«, sagte Fritz, ohne zu zögern.

Der Forscher wischte sich eine Haarsträhne aus dem Gesicht, die ihm die Sicht zu versperren drohte, und wühlte in etwas, das aussah wie seine Notizen. Er gelangte schnell bis zu einer Liste, auf der er mit dem Finger herabglitt.

»Alvarado Estrada, Jesús María. Chu Martínez, Fuang.«

»Und der dritte Mann?«

»Gibt es nicht. Der Gefängnisleitung zufolge gab es dort nie einen dritten Mann. Sieh selbst, in der Liste sind Verlegungen, Neuaufnahmen vermerkt. Und wenn es Gefangene auf Durchschub waren, dann stehen ihre Daten in Klammern. Das ist die offizielle Häftlingsliste von 1968, diejenige, die der Gefängnisdirektor auf seinem Schreibtisch liegen hatte.«

»Kommt denn in der Gefangenenliste ein gewisser Morales vor? Einfach nur Morales«, fragte Belascoarán nervös.

Die Finger huschten jetzt über eine andere Liste, die alphabetisch geordnet war.

»Kein Morales war jemals wegen der 68er-Bewegung in Haft«, behauptete der pedantische Kurzsichtige kategorisch.

Héctor trommelte mit den Fingern auf den Tisch, was ihm einen tadelnden Blick von Seiten eines anderen Forschers eintrug, der sich bei dem Geräusch offenbar nicht konzentrieren konnte.

»Zeig ihm das Foto«, sagte Fritz.

»Welches Foto?«, fragte Belascoarán.

»Das hier« – ein Dutzend Fotos tauchte aus den magischen Aktenordnern auf.

Héctor schaute sie sorgfältig an. Es waren die Gefangenen von 1968, er erkannte Pepe Revueltas und die Bekanntesten: Cabeza de Vaca, Salvador Martínez, Luis González de Alba. Sie posierten ohne erkennbare Ordnung vor einem Brunnen.

»Es gibt drei, die ich noch immer nicht identifizieren kann, aber von allen anderen weiß ich, wer sie sind«, sagte der Wissenschaftler stolz und zog eine Skizze des Fotos hervor, auf der jede Silhouette mit einer Nummer versehen war, die mit einer Identifizierungstabelle übereinstimmte.

»Welcher ist Jesús María Alvarado?«

»Der hier«, sagte der Forscher, ohne zu zögern, während er mit dem Finger auf einen Jugendlichen mit mächtigem Schnurrbart und lockiger Haarmähne zeigte.

»Und der hier daneben ist der Chinese Fuang Chu, stimmt's?«

»Ja, das war leicht.«

»Und dieser Andere«, sagte Héctor, mit dem Zeigefinger auf das Bild weisend, »ist bestimmt einer von den dreien, die du nicht identifizieren kannst.«

»Woher hast du das gewusst?«

»Mein Freund ist Detektiv«, sagte Fritz voller Stolz, während sie zu dritt das halb verblichene Bild betrachteten, das im Halbprofil einen sehr dünnen jungen Mann mit spitzer Nase und Brille mit dicken Gläsern zeigte, er mochte nicht einmal 25 Jahre alt sein, ein ganz normaler junger Mann.

Stunden später informierte ihn seine Freundin Cristina Adler in seinem Büro, dass es im Verzeichnis der höheren Beamten der mexikanischen Bundesregierung niemanden männlichen Geschlechts gab, der auf Morales als ersten Nachnamen hörte, nur eine Frau Morales, die bei Santiago Creel im Innenministerium arbeitete und Kekse in Tierform für die obligatorischen Geschenke des Ministers buk.

Héctor trat auf die Straße, um in der Kühle der Nacht Klarheit in seine Gedanken zu bringen. Je mehr Morales sich verflüchtigte, desto realer erschien er ihm. Er hielt das erstbeste Taxi an, das an seinem Bürogebäude vorbeifuhr, und gab die Adresse des Pachuca-Supermarkts in der Colonia Condesa an. Er wollte sich ein halbes Pfund *Chorizos* und einen *Provolone* zum Abendessen kaufen.

Eine Viertelstunde später blieb der Taxifahrer, nachdem er in eine der Sackgassen eingebogen war, die sich rund um die Avenida Mazatlán befinden, in einer dunklen Ecke stehen, drehte sich um und hielt ihm ein Küchenmesser vor die Nase. Héctor, der gerade versucht hatte, das Bild von Morales um dreißig Jahre älter zu retouchieren, sah ihn überrascht an.

»Her mit der Knete und den Kreditkarten! Los, Freundchen, ein bisschen dalli!«, sagte der zum Banditen mutierte Taxifahrer.

»Schau dir dieses Auge an, Bürschlein«, sagte Belascoarán und wies auf seine Augenklappe. Und als der ehemalige Taxifahrer ihn erstaunt ansah, während er ihm fünf Zentimeter vor dem Gesicht herumfuchtelte, wehrte Héctor mit der Rechten das Messer ab, holte mit der Linken seine 45er aus dem Schulterhalfter, zielte dem Mann zwischen die Augen und entsicherte.

»Verdammte Scheiße!«

»Du wirst sterben, Jüngelchen. Lass ganz sachte das blöde Messer fallen, weil wenn du's nicht tust, bis ich bis drei gezählt hab, drück ich ab.«

Der Typ ließ das Messer los, während Héctor sich zusammenreißen musste, um nicht zu schießen, weil der Adrenalinschub sein Blut in Wallung brachte. Und weil er wie so viele andere Mexikaner die sinnlose Gewalt satt hatte, die verhinderte, dass jemand seinen Arbeitstag in Ruhe beendete und zu Hause *Chorizo* und *Provolone* aß.

»Wem gehört das Taxi? Ist es deins oder hast du es gestohlen?«

»Es gehört meinem Cousin, der leiht es mir.« Der Räuber hatte einen verschlagenen Gesichtsausdruck, sein Blick wanderte zwischen dem Pistolenlauf und seinem Messer, das am Boden lag, hin und her, er sah nicht aus, als würde er sich geschlagen geben, sondern eher als sei er wütend.

»Dann hat dein Cousin wohl auch verschissen, wenn er dir sein Taxi leiht, damit du damit Unsinn machst«, sagte Héctor und drosch ihm den Pistolenlauf mit aller Kraft ins Gesicht.

Im Film würde die Person vermutlich friedlich in Ohnmacht fallen, wenn so etwas geschieht, aber der Taxifahrer begann zu schreien, als sei er selbst Opfer eines Überfalls, und begann am Kopf stark zu bluten. Héctor musste ihm noch zwei Schläge über den Schädel ziehen, bis er Ruhe gab. Er zog ihn an den Füßen aus dem Taxi und kettete ihn an einen Baum, wobei er eine Kette und ein Schloss verwendete, die er im Kofferraum gefunden hatte, die Diebstahlsicherung für den Ersatzreifen. Vermutlich stimmte es, dass es sich um ein reales Taxi handelte, ein geliehenes und kein geklautes, denn das hintere Nummernschild war mit Schlamm unleserlich gemacht worden.

Er beschloss, das Taxi zu stehlen. Ein Dieb, der einen Dieb bestiehlt ... Seine Hand blutete aus einer Schnittwunde, die vom unteren Ende des kleinen Fingers bis zum Handgelenk reichte. Der Schnitt war nicht sonderlich tief, doch blutete er stark. Auch sein Hemd war von der Kopfwunde des räuberischen Taxifahrers blutverschmiert. Er fuhr bis zu einer Apotheke drei Ecken weiter und überredete den Apotheker, ihn in seinem Hinterzimmer notdürftig zu verarzten.

»Was für ein hässlicher Schnitt. Wie haben Sie denn das bloß geschafft, junger Mann?«

»Meine Mutter, aus Versehen, beim Kochen«, sagte Héctor, der unschuldige Lügen liebte.

Er fuhr mit dem Taxi in sein Viertel zurück. Er nutzte die Dunkelheit der Straße Mexicali, um es unbemerkt zu parken. Dann ging er die Papiere durch: Was, wenn der Autobesitzer zufällig Morales hieß ... Glücklicherweise war die Rechnung auf einen Casimiro Alegre ausgestellt, also nichts aus der Rubrik »Autos

Morales«, »Morales Motors« oder so ähnlich. Das Abendessen war dahin, er konnte schlecht um diese Zeit über und über mit Blut besudelt zum Supermarkt gehen, um Wurst und Käse zu kaufen. Er ließ das Auto mit halb offener Tür stehen und versteckte den Schlüssel im vorderen Sitzbezug. Wenn es jemand stahl, war das eben Schicksal – ein Dieb, der einen Dieb bestiehlt, der einen Dieb bestiehlt ...

An seiner Haustür erwarteten ihn Monteverde und der humpelnde Hund.

»Was ist denn mit Ihrer Hand passiert?«

»Ich habe mich mit einer Säge geschnitten, beim Versuch, einen Jungen vor dem Ertrinken zu retten«, sagte Héctor beiläufig. Der Hund schien ihn interessiert zu beobachten. Auf der Straße war die Party auf dem Höhepunkt. Die Restaurants an allen vier Ecken waren brechend voll, die Ichpassdraufaufs voll im Einsatz, und die Motorradfahrer in der Nahuatl-Ausgabe von *Born to be a loser* standen ganz ruhig vor dem Eingang zu einem Lebensmittelgeschäft, wo sie Erdbeer- und Zitroneneis verspeisten.

Monteverde wusste nicht genau, ob er sich weiter nach der Gesundheit des Detektivs erkundigen oder einen dummen Spruch machen sollte, wie unsicher doch die Stadt geworden sei, oder vielleicht sagen, dass ihm so etwas nie passierte. Aber angesichts des sorglosen Gesichtsausdrucks von Héctor beschloss er, um die Sache kein weiteres Aufhebens zu machen.

»Ich habe eine neue Botschaft von Alvarado. In Ihrem Büro hat man mir gesagt, dass ich Sie hier treffen würde, und da wir so gut wie Nachbarn sind ...«

»Kommen Sie mit nach oben, und wir hören sie uns an«, sagte Héctor. »Ich habe noch ein altes Putenfleischsandwich für Ihren Hund.«

»Tobias liebt Sandwiches«.

Der Anrufbeantworter verkündete:

»Dies ist Lektion 27 in zeitgenössischer mexikanischer Geschichte, kostenlos von Jesús María Alvarado zur Verfügung gestellt. Sie beginnt damit, dass bei den letzten Wahlen die abtretende PRI-Regierung und die antretende PAN-Regierung einen

Pakt unterzeichnet haben. Einen sehr eigenartigen Pakt, der nie schriftlich festgehalten wurde. Der geheime Pakt hatte etwas mit Amnestie zu tun. Wenn du mich regieren lässt, ziehen wir einen Schlussstrich unter die ganze Vergangenheit, besagte der Pakt, der nie aufgeschrieben wurde. Es bedurfte keiner Niederschrift, es genügten ein Augenzwinkern, ein Hinweis, Anspielungen, Gewissheiten ohne Gewissheit. Wenn jemand einen Schwur geleistet hätte, hätte der Pakt eher an Glaubwürdigkeit verloren. Keiner von diesen Typen würde einem Schwur Glauben schenken, selbst wenn er auf die Jungfrau von Guadalupe oder die mexikanische Nationalelf geleistet würde. Aber trotzdem war der Pakt real. Wenige Tage später trat der ehemalige Präsident der Republik als Mitglied zweier Aufsichtsräte mit Anrecht auf einen schwarzen Ledersessel in Erscheinung, bei Procter and Gamble und bei einem US-amerikanischen Eisenbahnunternehmen. Rein zufällig hatten beide Unternehmen während seiner Amtszeit Vergünstigungen erfahren: Das mexikanische Bahnnetz war zu einem Schleuderpreis verkauft worden, und es hatte billige und steuerfreie Grundstücke gegeben.

Aber die Amnestie war beschlossene Sache. Dass der antretende Präsident nicht den winzigsten Kommentar zu der Tatsache abgab, dass sein Amtsvorgänger sich ein so umfangreiches Aktienpaket unter den Nagel gerissen hatte, um gleich in diesen illustren Runden Sitz und Stimme zu haben, bedeutete, dass der Pakt geschlossen worden war.

Vielleicht hatte der Außenminister Jorge Castañeda die Sache in die Wege geleitet, der schon in der Vergangenheit häufig gesagt hatte, ohne Amnestie würde es keine friedliche Machtübergabe geben. Aber das war nur ein Nebenschauplatz. In den letzten 30 Jahren hatten sich die schmutzigen Machenschaften nur so gehäuft: plötzlicher Reichtum, unaufgeklärte Morde, überraschende Verbrüderungen, viel Dreck, der unter den Teppich gekehrt werden musste.

Aber manchmal kommt der Druck von allen Seiten, und der Pakt wird brüchig. Wird am Ende gar der arme Morales den Kopf hinhalten müssen? Aber nein, wie könnte das sein. Fortsetzung folgt ...«

Und dann Schweigen. Und dann das Besetztzeichen.

Als Monteverde und sein Hund gegangen waren, versuchte Héctor, den *Provolone* und die *Chorizo* durch eine Tortilla mit geräucherten japanischen Austern zu ersetzen. Beim Kochen hörte er Mahler. Der Tote begann, ihm sympathisch zu werden, er hatte einen Blick für historische Perspektiven, der den Lebenden abging, und dazu noch einen eigenartigen Sinn für Humor.

Im Morgengrauen klingelte das Telefon. Das Zimmer lag im diffusen Licht des Tagesanbruchs. Er taumelte zum Eingang und stolperte dabei über einen Packen mit 24 in Plastik eingeschweißten Coca-Cola-Flaschen, wobei er sich den großen Zeh verstauchte. Er stieß lächerliche kleine Schreie aus und hielt sich den Fuß, das heißt, er humpelte jetzt auf beiden Seiten. So gelangte er bis zu dem Tischchen, das neben dem Sessel der nächtlichen Träume stand. In diesem Moment sprang der Anrufbeantworter an.

»Hör zu, Bruderherz, hier spricht Jesús María Alvarado. (Ein Hustenanfall.) Ich weiß, dass Monteverde und sein Hund dir den Fall übertragen haben. Was wirst du jetzt tun? Beweisen, dass ich tot bin? Und wenn du es bewiesen hast? In der Zwischenzeit schenk ich dir was: Weißt du, wo Juancho steckt? Weißt du, wo der Taco-Verkäufer aus Ciudad Juárez, der auf Bin Laden macht, steckt? Morales hat ihn ... Damit du genau Bescheid weißt, Juancho hatte beschlossen, dass ihm das Ficki-Ficki und die Taquerías gut gefielen, also hat er seinen Koffer voller 100-Dollar-Noten geschnappt und an die Hauptstadt gedacht. Von der es heißt, dass es dort von beidem jede Menge geben soll. Und los ging's, aber ...«

Belascoarán lächelte das Tonband an, das nur noch das Besetztzeichen abspielte. Nicht einen Moment lang war er versucht gewesen, abzunehmen, so waren schließlich die Regeln. Der eine suchte nach ihm, der andere hinterließ Nachrichten. Das waren die Spielregeln, an sie musste er sich halten. Wie hatte der Mann seine Telefonnummer herausgefunden?

Taquerías gab es viele ... Aber das mit dem Sex, den es in der Hauptstadt angeblich so reichlich gab. Das reine Gerücht. Größenwahn, der in den U-Bahn-Schächten der größten Stadt der Welt Gestalt annahm. Die behämmerten *Chilangos* mit ihrer Angeberei. Und offenbar war der mythische, metaphysische und vermutlich auch metaphorische Juancho Bin Laden, der Taco-verkäufer, der Inexistente, Osama, der Genius des Bösen, darauf hereingefallen und hatte den verkorksten Hauptstadtbewohnern das Märchen geglaubt, dass im DF viel gevögelt wird.

Aus Mexiko-Stadt
Paco Ignacio Taibo II
México, Januar 2005.

Kapitel 7

»Und Pancho Villa war kein Zeuge«

Mir braucht keiner mit diesem Blödsinn zu kommen, dass die Globalisierung Modernität bedeutet.« Der Russe ist nicht sauer, es ist nur seine Art zu reden. Während er weiterredet, bereitet er Sandwiches zu. »Was für eine Modernität denn? Das ging doch schon viel früher los. Uns wollten sie schon seit 500 Jahren globalisieren. Zuerst die Scheiß-Spananier, später die beknackten Gringos und noch später die ollen Franzosen. Und jetzt schließen sie sich alle zu einem Haufen zusammen, um uns gemeinsam fertig zu machen, mit den Japanern noch obendrauf.«

Der Russe ist *Purépecha*-Indianer, aber aus irgendeinem Grund ist er hoch gewachsen und blond. Aber echt blond, nicht wasserstoffblond. Obwohl er ursprünglich aus Michoacán stammt, hat der Russe einen Stand für »gerettete Sandwiches« in Guadalajara, in der Nähe der Kathedrale, deren Silhouette als das Wahrzeichen der *Perle des Westens* gilt. Um das mit den geretteten Sandwiches zu verstehen, muss man den Stand vor Augen haben und den Mann, der ihn betreibt. Der Russe bedient mit einer Schürze, auf der vorne *Salvavidas* steht, also Rettungsschwimmer. Er hat ein riesiges Poster von Pamela Anderson aus *Baywatch* da hängen und ein großes Schild, auf dem zu lesen ist: »Unsere Sandwiches ertrinken nicht, wir retten sie beizeiten. Sagt NEIN zu Fastfood.« Weiter unten warnt ein anderes Schild: »Dieser Stand hält es mit den *Chivas*, hier wird weder Werbung für den *Club América* noch für andere Religionen geduldet.« Der Russe heißt nicht nur der Russe, weil er blond ist, sondern auch, weil er 1968 zum olympischen Dorf in Mexiko-Stadt gefahren ist, um die Delegation der UdSSR zu besuchen und sie um Unterstützung für die politischen Gefangenen aus der Studentenbewegung zu bitten. Sie haben ihn damals zur Hölle geschickt, woraufhin er anfing zu schreien, sie seien alle nur verdammte CIA-Agenten, er, der Russe, sei sowjetischer als sie alle zusammen, weil er, der Russe, immerhin einmal in Coyoacán Tacos an Leo Trotzki verkauft habe. Drei Jahre hat der Russe in Lecumberri im Gefängnis gesessen, »wegen Missachtung des olympisches Geistes und der Völkerfreundschaft«, so der Richter damals. Sie haben ihn eingesperrt, weil er ein Aufrührer war, und aus demselben Grund haben sie ihn später rausgeworfen. Weil sie ihn nicht mehr ertragen haben. Während seiner Knastzeit lernte der Russe bei einer Debatte über Politik den Chinesen

Fuang Chu kennen. Denn der Russe mag noch so sehr Russe sein, eigentlich ist er Maoist, und der Chinese mag Chinese sein, so viel er will, eigentlich ist er Trotzkist. Zwei Tage und Nächte verbrachten sie damit, über das Wesen der mexikanischen Revolution zu debattieren, denn obwohl der eine durchaus sehr russisch und der andere sehr chinesisch sein mochte, waren sie doch beide Mexikaner. Am Ende waren sie dicke Freunde, weil sich Adolfo Gilly, der seit 1966 in Lecumberri einsaß, als Vermittler einschaltete, mit einem Vortrag, den er später in seinem Buch *Die unterbrochene Revolution* veröffentlichte. Den Russen haben sie schließlich aus dem Gefängnis entlassen, weil er einen Schließer verprügelt hatte. Es waren sechs Wärter nötig, um ihn wieder unter Kontrolle zu bringen. In Lecumberri herrschte Personalmangel, also war es einfacher, ihn zu entlassen als auf ihn aufzupassen. Das nächste Mal trafen sich der Russe und der Chinese beim Demokratischen Nationalkonvent, der im August 1994 im zapatistischen Gebiet abgehalten wurde. Auch diesmal verstrickten sie sich wieder in eine Diskussion, nachdem ein Wolkenbruch niedergegangen war. Der Russe behauptete, die Zapatisten seien Maoisten, während der Chinese argumentierte, sie seien Trotzkisten. In der Nacht zum 10. August 1994 sprachen sie schließlich mit dem aufständischen Major Moisés und mit Comandante Tacho und wurden Sympathisanten der Zapatisten. Sie begegneten sich dann noch bei diversen zapatistischen Initiativen. Beide arbeiten sie heute in Guadalajara, Bundesstaat Jalisco, im Westen Mexikos.

Jetzt steht Elías, Ermittlungskommission der EZLN, vor dem Russen. Ohne etwas zu sagen, kaut Elías an einem Sandwich.

»Diese verdammten Gringos, sie haben uns mit einem einzigen Krieg das halbe Land geklaut, dann haben sie Pancho Villa verfolgt, aber der hat sie an der Nase herumgeführt. Und jetzt, jetzt holen sie sich auch noch die andere Hälfte von Mexiko, schlicht und einfach mit ihren transgenen Hamburgern und ihren verstrahlten Hotdogs.«

Der Russe bereitet weiterhin Sandwiches zu, während Elías seines isst.

»Und die blöden Franzosen, die dem Don Juarito Juárez auf die Pelle gerückt sind, der wirklich ein ganzer Kerl war, nicht wie dieses bigotte Cowboylein von heute, das sich immer mit einem

Bild von Don Juarito im Hintergrund ablichten lässt.* Denn Don Juarito hat den Widerstand organisiert und hat sie fertig gemacht, die Franzmänner. Und dann die Scheiß-Japaner mit ihren Erdnüssen, ihrem Takeshi und Koji und dem ganzen Zeug.«

Elías beißt noch einmal ab.

»Nein, nein, mein Lieber. Was haben Sie gesagt, wie heißen Sie bei diesem Auftrag? Ach ja, Elías, Elías Contreras. Bestimmt hat der Sub Ihnen diesen Nachnamen verpasst. Ich hab mal einen Contreras gekannt, so um 1969, ein ganz schönes Schlitzohr war das, der hat immer beim Domino betrogen. Er hatte einen Filzstift dabei und malte zusätzliche Punkte auf die Steine, und es war das reine Chaos, weil dann am Ende zwei oder drei Doppelsechsen herauskamen, einfach mal so.«

Das Sandwich von Elías bekommt einen weiteren Biss ab.

»Nun gut, der Chinese ist nach DF gefahren. Ich glaube, dass ein Verwandter von ihm gestorben ist, oder ein Freund, ich weiß es nicht. Verdammte Chinesen. Zuerst haben sie uns mit ihren Bruce-Lee-Filmen fertig gemacht, dann mit ihrem komischen Essen und jetzt mit diesen Schraubenziehern, die beim ersten Ansetzen schon abbrechen.«

Elías beißt zum vorletzten Mal in sein Sandwich.

»Aber wenn Sie wollen, warten Sie ruhig. Nachher kommt die Chechenia, sie bringt den jungen Leuten aus der Antiglobalisierungsbewegung, die im Gefängnis sitzen, diese Sandwiches hier. Die wollen diese Jungs und Mädels brechen und sie zu Reaktionären umdrehen, bis sie dem *Yunque* beitreten, aber mit diesen Sandwiches voller Vitamine, Kohlenhydrate und Mineralstoffe, die ich ihnen schicke, werden sie widerstehen, und nix ist mit Brechen. Da kommt sie schon, die Chechenia. Was gibt's, meine Liebe? Der Don Elías hier sucht den ollen Chinesen, er hat eine Nachricht vom Sub für ihn dabei. Ich habe ihm schon gesagt, dass der Chinese nicht da ist ...«

---

* Benito Juárez wurde 1858 zum Staatspräsidenten Mexikos gewählt. Gegen seine fortschrittliche Politik entfesselten die Konservativen einen Bürgerkrieg, in den die französische Armee intervenierte und Kaiser Maximilian I. als Statthalter einsetzte. Die Franzosen mussten sich schließlich geschlagen geben. Maximilian wurde hingerichtet.
Mit dem *Cowboylein* ist der derzeitige Präsident und ehemalige Coca-Cola-Vertreter Vicente Fox gemeint.

Das Mädchen, das der Russe Chechenia nennt, wendet sich direkt an Elías: »Glauben Sie dem *Purépecha*-Russen da kein Wort, ich heiße Azucena. Er nennt mich Chechenia, weil er was von mir will, und so kann er geographische Nachbarschaft vortäuschen, aber er wird mich nicht rumkriegen. Der Chinese ist gerade aus dem Bundespisstrikt zurückgekommen, ich fahre gleich noch bei ihm vorbei, wenn Sie wollen, nehm ich Sie mit.«

Der Rest des Sandwiches verschwindet in Elías' Mund. Es bleibt nur die Serviette als fettige Erinnerung.

Der Russe zu Elías: »Eigentlich ist es so, dass die Chechenia unbedingt einen Intellektuellen will, und ich hab ihr schon gesagt, dass ich ihr Intellektueller bin, eben ein organischer, kein transgener Intellektueller.«

Und zu Azucena: »Verfahr dich nicht wieder am Minerva-Kreisverkehr. Und iss die Brote nicht selber auf, und gib auch dem ollen Chinesen keins davon ab!«

Dann, an Elías gewandt: »Wenn Sie den Sub sehen, sagen Sie ihm, er soll mal aufhören mit diesen Märchen und Romanen und diesem ganzen Blödsinn, er soll uns lieber endlich mal verraten, was als Nächstes Sache ist.«

Azucena verfährt sich gemeinsam mit ihrem Berg »geretteter Sandwiches« und Elías Contreras am Minerva-Kreisverkehr. »Das kann ja wohl nicht wahr sein«, beklagt sie sich über ihr Missgeschick. Elías betrachtet unterdessen heimlich seine Hände und wischt sie sich an der Hose ab. Nach einer Stunde sind sie wieder auf dem richtigen Weg. Sie stellen das Auto zwei Blocks von *La Mutualista* entfernt ab. »Für den Fall, dass wir beschattet werden«, sagt Chechenia. »Ich gehe zuerst rein.« Elías Contreras bleibt im Auto sitzen. Nach einer Weile kommt Azucena zurück. »Er ist da. Er sagt, er erwartet Sie bei den Schließfächern.« Elías weiß nicht, was »Schließfächer« sein sollen. Chechenia erklärt: »Das sind so eine Art graue Eisenkästen mit Schloss, es gibt eine Menge davon, in verschiedenen Reihen, da wird der Chinese sein.« Sie verabschieden sich.

Elías betritt die öffentliche Badeanstalt. Auf einer Bank vor diversen »grauen Eisenkästen mit Schloss« sitzt der Chinese Fuang Chu. Sie begrüßen sich. Der Chinese fragt, wie es denn allen so geht. Elías antwortete, dass es ihnen gut gehe, dass er als Ermittlungskommission unterwegs sei, und übergibt ihm einen Umschlag. Der Chinese öffnet ihn und zieht Dokumente und ein Foto heraus.

»Ihr sucht also auch nach diesem Morales ... Das scheint ja ansteckend zu sein. Im Monstrum hab ich einen Typen getroffen, der sich als unabhängiger Detektiv ausgibt und der ihm auch auf der Fährte ist. Und mir hat ein Genosse ein Fax geschickt, der eigentlich schon tot ist. Ich hab einen Morales gekannt, als ich im Knast saß. Einen Spitzel. Aber der sieht dem auf dem Foto hier nicht ähnlich. Ich schreib dir das alles mal auf.«

Während der Chinese mit Schreiben beschäftigt ist, läuft Elías durch die Schließfachreihen, als würde er nach etwas Bestimmtem suchen. An einem der Fächer zieht er hinter einem alten Plakat, das eine Hommage an Manuel Vázquez Montalbán auf der Internationalen Buchmesse ankündigt, einen Zettel hervor. Elías liest ihn und zündet sich eine Zigarette an. Er geht zu der Bank zurück, wo der Chinese inzwischen mit dem Schreiben fertig ist. Er hält Elías die Papiere hin, dann streckt er die Hand zum Abschied aus und sagt: »Grüß mir den Moy. Und wenn du den Sub siehst, dann sag ihm, er soll mal aufhören mit diesen Märchen und Romanen und diesem ganzen Blödsinn, er soll uns lieber endlich mal verraten, was als Nächstes Sache ist.«

Eine Hackerin in der Amerikanischen Union

Paris, Texas, USA, Dezember 2004. Natalia Reyes Colás, hundertprozentige Ñahñú-Indianerin, war 1944, während des Zweiten Weltkriegs, als Kind auf die andere Seite rübergegangen und hatte mit zwanzig eine Weißnase, einen Ami, geheiratet, den sie inzwischen zur Hölle geschickt hat, weil er sie schlug. Vor kurzem ist sie 75 Jahre alt geworden, und seit 15 Jahren arbeitet sie mit dem Internet und als Funkerin. Als Autodidaktin und durch viel Lektüre hat sie sich im Netz, wo sie den Spitznamen NatKingCole benutzt, einen Ruf als Hackerin erworben. Amateurfunkerin und Expertin für kybernetische Systeme, fängt sie an diesem Dezembermorgen ein Signal des elektronischen, satellitengestützten Spionagesystems *Echelon* auf, das sie schon seit Jahren unter der Lupe hat. NatKingCole zeichnet die Botschaft auf und decodiert sie. Sie hört zu und denkt: »Diese Zapatisten geben aber auch keine Ruhe. Helfen wir ihnen mal ein bisschen, auf dass die Tauben und Falken vor die Wand fliegen.« Sie tippt schnell etwas ein, verschlüsselt es und fügt ein Attachment an, dann tippt sie erneut, und die *Echelon*-Botschaft wird verändert. Beim Empfang in Medina Annex erweist sie sich als unverständlich: »Dort beim Brunnen war ein kleiner Strahl, der wurde immer dicker, dann wurde er fahl.« Der verwirrte Operator spielt den Funkspruch wieder und wieder ab. Ganz allmählich verbreitet sich der Virus, der später als *Saurer Pozol* bekannt werden sollte, im lokalen Betriebssystem und von dort über das gesamte *Echelon*-Netz. Die Techniker brauchen drei Wochen, um das System wieder vom Gesamtwerk eines gewissen Francisco Gabilondo Soler, alias Cri-cri, zu säubern, der in den Archiven der Central Intelligence Agency unbekannt ist. Der Zwischenfall veranlasst Bush, seine Geheimdienste neu zu organisieren, und das State Department gibt eine Presseerklärung heraus, in der es Al Qaida und Osama Bin Laden des Cyberterrorismus beschuldigt.

NatKingCole, bei den ehemaligen Tagelöhnern aus Tlaxcala als Doña Natalia bekannt, schaltet den Computer aus, streichelt ihren Kater Eulalio und fragt ihn: »Was denkst du, haben wir uns ein paar Kekse mit warmer Milch verdient?« Eulalio miaut. »Ich auch«, sagt Natalia Reyes Colás, Neozapatistin in Paris, Texas, USA, während sie den Kühlschrank öffnet.

Die Magdalena

Manchmal vertut sich irgendwie sogar der liebe Gott. Neulich drehte ich so meine Runden beim Revolutionsdenkmal, das heißt, ich war auf Erkundungstour. Also um zu wissen, wohin man weglaufen könnte, falls die Sache oder der Fall, je nachdem, zu heiß werden sollte. Gut, ich lief also da in der Gegend rum und war eine ganze Weile in so einem kleinen Park, der San Fernando heißt, der gleich daneben an einem Friedhof ist. Und vor der Statue meines Generals Vicente Guerrero bin ich auch länger gestanden, der Statue, wo das Motto der EZLN in Stein geschrieben draufsteht: »Fürs Vaterland leben oder für die Freiheit sterben.«

So ist es spät geworden und es war schon dunkel. Und dann bin ich durch diese Straße gelaufen, die *Puente de Alvarado* heißt, und gleich da hat mich die Justiz aufgehalten, also die Bundespolizei. Und die sagen zu mir, wer ich denn bin und was ich denn hier mache, dass ich alles rausrücken soll, was ich bei mir hab, und andere Sachen, die ich nicht besonders verstanden hab, weil diese Bundespolizisten sehr anders reden. Und dann wollten sie mich schon in ihren Streifenwagen bringen, aber in dem Moment kommt ein Mädchen mit einem sehr kurzen Rock und einem Blüschen daher, das heißt, sie war ganz schön nackig, dafür dass es so kalt war. Und das Mädchen spricht also die Bundespolizisten an und die haben mich gleich gehen lassen. Und dann kommt das Mädchen zu mir und fängt an, mit mir zu plaudern, und sagt mir, dass sie Magdalena heißt. Sie fragt mich, woher ich komme und warum ich so sehr anders spreche. Und ich – weil ich gesehen hatte, dass sie eine Gute ist, weil sie für mich die Bundespolizisten verscheucht hatte – hab ihr gesagt, dass aus Chiapas. Und dann fragte sie mich, ob ich Zapatist sei. Und dann sagte ich ihr, dass ich nicht weiß, was Zapatist bedeutet. Darauf sie, dass man das deutlich sehen kann, dass ich Zapatist bin, weil die Zapatisten nämlich nicht sagen, dass sie Zapatisten sind. Und dann sagte sie mir, dass sie in der *Frente Zapatista de Liberación Nacional* gewesen ist, also in der FZLN, aber dass sie nicht genug Zeit gehabt hätte, um zu den Versammlungen zu gehen. Und dann sagte sie mir, dass sie keine Sie ist, sondern ein Er. Und dann, weil ich das nicht besonders verstand, hat sie ihren Rock hochgehoben und da konnte man ihr Ihr-wisst-schon-Was sehen, wie es die Unterhose ausbeulte. Und dann hab ich sie gefragt, wie das denn sein kann, dass sie ein Er ist und sich wie eine Sie anzieht. Und dann hat sie oder er mir erzählt, dass sie eine Frau ist, aber in einem Männerkörper steckt. Und dann hat sie mich auf ihr Zimmerchen eingeladen – dass weil sie gerade keine Kunden hat, hat sie gesagt. In ihrem Zimmerchen hat sie mir dann alles erzählt, dass sie oder eben er ihr Geld sparen will, um sich den Männerkörper operieren zu lassen und ihn zu einem Frauenkörper machen zu lassen, und dass sie deswegen auf den Strich geht. Und dann hab ich nicht besonders verstanden, was »auf den Strich geht« heißt, und sie hat es mir erklärt. Und dann ist sie eingeschlafen. Und ich hab es mir mit meiner Jacke und einer Decke, die die Magdalena mir angeliehen hatte, bequem gemacht. Ich hab nicht geschlafen, weil ich darüber nachgedacht hab, dass sogar der liebe Gott sich manchmal vertut, weil er die Magdalena, die eine Frau ist, in einen Männerkörper gesteckt hat. Und am nächsten Tag haben wir spät am Morgen Kaffee getrunken, weil die Magdalena nicht gleich aufgestanden ist. Und dann hab ich ihr vom zapatistischen Kampf erzählt, und davon, wie wir in den widerständigen Dörfern organisiert sind, und sie war beim Zuhören sehr froh. Und dann hab ich ihr nicht erzählt, dass ich als Ermittlungskommission unterwegs bin, und sie hat auch nicht gefragt, was ich denn im Monstrum mache, das heißt in Mexiko-Stadt. Und daran konnte ich sehen, dass sie eine gute Genossin ist, weil sie diskret ist und nicht danach fragt, was ich mache. Und dann hat sie mir angeboten, dass wenn ich es brauche, ich in ihrem Zimmerchen schlafen kann, solange ich will. Da hab ich mich bedankt, und nachher bin ich rausgegangen und hab ihr einen ihren Strauß rote Rosen gekauft und hab ihn ihr geschenkt und hab ihr gesagt, dass wenn wir den Krieg gewinnen, dass wir dann ein Krankenhaus aufmachen werden, um all das wieder gerade zu rücken, was dem lieben Gott daneben gegangen ist. Und dann hat sie angefangen zu heulen, also weil ihr noch nie jemand Blumen geschenkt hatte, glaub ich. Und dann hat sie eine ganze Weile geheult. Und nachher ist sie auf den Strich gegangen. Und dann bin ich los, um dem Belascoarán seine Arbeit zu suchen.

Auszüge aus dem Brief von Alvaro Delgado, Journalist der Zeitschrift »Proceso«, an den Submarcos (Ende 2004):

»Zweifellos besteht eine Verbindung zwischen *El Yunque* in Mexiko und mindestens einer faschistoiden Organisation in Spanien namens *Ciudad Católica.* Letztere steht immer noch treu zum Franquismus und lehnt die Demokratie rundheraus ab. Der Gründer des *Yunque,* Ramón Plata Moreno (er wurde 1979 ermordet, vermutlich aufgrund eines internen Verrats), hatte sich José Antonio Primo de Rivera, den Chef der spanischen Falange, zum Vorbild erkoren. Außer in Spanien unterhält *El Yunque* auch noch Beziehungen zu Organisationen der extremen Rechten in

Frankreich, Argentinien, Brasilien und Peru. Allem, was mit *El Yunque* zu tun hat, haftet ein Geruch nach mittelalterlichem Obskurantismus und nach Gesinnungsschnüffelei an.

Im Fox'schen Kabinett tummeln sich die Mitglieder von *El Yunque* geradezu. Ein paar Beispiele: Emilio Goicochea Luna (alias Jenofonte), der Privatsekretär von Fox (außerdem ist er Bundesvorsitzender der Boy Scouts); Guillermo Velasco Arzac, der Ideologe von Fox und Marta Sahagún; Ramón Muñoz Gutiérrez (alias Julio Vértiz), der Chef des Präsidentenbüros für Regierungsinnovation und, gemeinsam mit Marta Sahagún, die graue Eminenz hinter dem Thron; Enrique Aranda Pedrosa, Direktor der Nachrichtenagentur Notimex; Martín Huerta, der Bundesminister für Öffentliche Sicherheit; Alfredo Ling Altamirano (alias Daniel Agustín) vom Institut für den Zugang zu Informationen; Luis Pazos, Generaldirektor von *Banobras* und bekannt geworden durch die Umleitung von Geldern des Bundes an *Provida*, die Organisation von Jorge Serrano Limón. In der PAN sind da unter anderem Luis Felipe Bravo Mena (der Bundesvorsitzende), Jorge Adame (Senator), Manuel Espino Barrientos (der Generalsekretär) und Juan Romero Hicks (alias Agustín de Iturbide), derzeitiger Gouverneur des Bundesstaates Guanajuato.

Nicht nur die *Movimiento Universitario de Renovadora Orientación*, MURO, ist eine Tarnorganisation von *El Yunque*, sondern auch die *Vanguardia Integradora Nacionalista,* VIN, die *Frente Universitario Anticomunista* (FUA), die Bewegung *Christentum Ja!*, der Nationale Studentenrat CNE, *Desarrollo Humano Integral y Acción Ciudadana* (DHIAC), die *Asociación Nacional Cívica Femenina,* das *Comité Nacional Provida,* die *Movimiento Testimonio y Esperanza,* die *Comisión Mexicana de Derechos Humanos,* die *Alianza Nacional para la Moral, A Favor de lo Mejor,* die *Coordinadora Ciudadana,* die *Guardia Unificadora Iberoamericana* (GUIA), um nur einige zu nennen. Fast parallel dazu tauchen die *Legionäre Christi* von Pfarrer Maciel auf, sodass zu vermuten ist, dass sie untereinander in Verbindung stehen.

Obwohl die Rechte, genauso wie die Linke, nicht einen einheitlichen und monolithischen Block darstellt (es gibt Differenzen und Auseinandersetzungen), verfügt die Ultrarechte in Mexiko doch über eine reale Macht und verfolgt das Ziel, in alle Sektoren der Politik, der Kultur und der Gesellschaft vorzudringen.

Ich weiß nichts über einen Morales in diesen Strukturen, aber es steht fest, dass *El Yunque*, auch *Das Heer Gottes* genannt, über eine paramilitärische Struktur verfügt und dass bei den Schulungen der Organisation militärische Disziplin herrscht. Eine Unterorganisation nennt sich die *Kreuzritter von König Christus. El Yunque* hat sich um Kontakte zum Militär bemüht, doch liegen mir bisher keine Informationen vor, die diese Organisation mit dem Aufbau paramilitärischer Gruppen in Verbindung bringen würden.

Ich schicke Ihnen mein Buch *Das Heer Gottes. Neue Enthüllungen über die extreme Rechte in Mexiko*, das bei Plaza y Janés erschienen ist. Darin werden Sie noch weitere Fakten finden, die Sie schaudern lassen werden.«

Eine leichte Sache

»Man kann nicht leben
mit einem Tod im Herzen,
zu wählen gilt es
ihn herauszureißen
wie eine faule Frucht
oder durch Ansteckung
zu sterben.«

So begann das Kommuniqué über die dahingeschiedene Digna Ochoa und den dahingeschiedenen Pável González. Es ist ein Teil von einem Gedicht, das eine Dame geschrieben hat, die auf der Seite der Unterdrückten stand und die Alaíde Foppa hieß. Der Gedicht heißt *La Sin Ventura*, die Glücklose. Ich wusste über dieses Kommuniqué, dass es am 6. Januar herauskommen würde. Weil es nämlich so ist, dass ich eines Tages den Genossen Alakazam gesehen habe, der ein Zauberer ist, also einer von denen, die Sachen verschwinden und sie dann wieder auftauchen lassen können und die Gedanken lesen. Und der Alakazam hat mir eine Nachricht gegeben, dass ich schon zum Chinesen gehen könnte, ich wüsste schon wo, hat er gesagt, und er hat mir solche Papiere gegeben, damit ich sie dem Chinesen zeige und damit er mir seine

Gedanken dazu sagt. Also der Chinese. Also bin ich nach Guadalajara aufgebrochen, aber ich bin dort nicht direkt zum Chinesen gegangen, sondern hab zuerst den Russen aufgesucht. Und dann war ich gerade dabei, beim Russen Sandwiches zu essen, als eine Bürgerin kam, das heißt eine Genossin aus Guadalajara, die Azucena heißt und die hat mich zum Chinesen gebracht. Dann hab ich zum Chinesen gesprochen und hab ihm die Papiere und ein Foto zum Anschauen gegeben, das mir der Sub über den Alakazam geschickt hatte. Und dann, während der Chinese seine Gedanken aufschrieb, hab ich mich umgesehen und etwas gesucht, das mit Don Manolo zu tun hatte, also mit Manuel Vázquez Montalbán. Ich hab ein Plakat gefunden, auf dem sein Name vom Don Manolo draufstand. Und hinter dem Schild, da hab ich ein Zettelchen gefunden, auf dem draufstand: »Das über die Dahingeschiedenen erscheint am Dreikönigstag, wenn du die Unterlagen alle hast, such den Limonadenverkäufer auf.« Also hab ich verstanden, dass ich genau an diesem 6. Januar erfahren würde, wo genau ich die Papiere finden würde für die Untersuchung, die ich mit dem Belascoarán zusammen machen würde, obwohl ich damals noch gar nicht wusste, ob der Belascoarán mit einsteigen würde oder ob er kneifen würde wie eine Zange. Nachdem ich aus Guadalajara zurück war, hab ich seine Arbeit gesucht, also sein Büro vom Belascoarán, nach dem Kärtchen, das die Mama Piedra mir gegeben hatte, also Doña Rosario Ibarra de Piedra. Ich wusste schon mehr oder weniger, wie der Belascoarán aussah, weil der Chinese in seinen Gedanken aufgeschrieben hatte, wie er aussieht. Also bin ich zu dieser Straße hingegangen, der Calle Donato Guerra, und hab mich eine ganze Weile dumm gestellt, um zu sehen, ob sie überwacht würde und wann der Belascoarán auftauchen würde. Und dann, als es schon spät war, ging der Belascoarán mit ein paar Coca-Colas in der Hand in ein Gebäude. Ich wusste genau, dass es der Belascoarán war, weil er einäugig ist. Außerdem ist er lahm, das heißt, er hat ein Bein, das nicht besonders gut läuft. Dann hab ich noch eine ganze weitere Weile gewartet, weil was, wenn es mehrere Einäugige und Lahme in der Calle Donato Guerra Ecke Bucareli gibt, dort im Monstrum. Und da hab ich dann gesehen, dass es keinen Anderen gibt. Und dann hab ich gedacht, das muss der Belascoarán sein, weil er einäugig und lahm ist, wie der Chinese es mir aufgeschrieben hatte. Und er hatte Coca-Colas dabei, wahrscheinlich nannte der Sub ihn deswegen Limonadenverkäufer. Und dann erzähl ich euch, dass der Belascoarán ungefähr so alt ist wie ich, dass heißt, er ist so alt wie ich damals, als ich noch nicht dahingeschieden war. Das heißt, er muss so was Ende fünfzig, Anfang sechzig sein. Und da dachte ich, so wie er ist, also einäugig und lahm, werden sie ihn schnell erkennen. Und dann dachte ich, dass ich ihn an einem Ort mit vielen Leuten treffen müsste, weil sie ihn zwischen all den Leuten nicht so schnell erkennen würden. Ich glaub ja, dass der Belascoarán da schläft, also bei seiner Arbeit, weil ich bin ziemlich spät dort weg und er ist einfach nicht mehr rausgekommen. Und am nächsten Tag hing ich dort schon früh rum. Und so gegen Mittag ist er rausgekommen und ich bin schnell in das Gebäude reingehuscht. Ich bin die Treppe rauf und hab seine Arbeit gesucht. Und da fand ich eine Tür, auf der stand: *Héctor Belascoarán Shayne, Detektiv. Gilberto Gómez Letras, Klempner. Carlos Vargas, Polsterer. Javier Villareal, Ingenieur von was-weiß-ich.*

Also hab ich gelauscht. Und ich hab gehört, dass jemand dieses Lied sang, in dem es heißt *»Aus Stein muss das Bett sein, aus Stein auch das Kissen, die Frau die mich liebt, muss mich lieben und küssen«*, und als er zu dem *»ay, ay«* ansetzte, rutschte ihm der Ton weg. Dann hab ich an die Tür geklopft und hab dem Belascoarán eine Nachricht hinterlassen, bei einem Herrn, der Carlos Vargas heißt und dessen Arbeit es ist, Sesseln den Bauch aufzuschlitzen. Die Nachricht steckte ich in einen Umschlag, und dazu ein mein Kärtchen, auf das ich schrieb: »Ich erwarte Sie am Grab von Pancho Villa. Am Dreikönigstag. Um 23.00 Uhr der südöstlichen Kampffront.« So hab ich das gemacht, weil es am Revolutionsdenkmal nämlich einen Haufen Leute gibt, die da mit ihren Familien spazieren gehen und *garnachas* essen, das sind so eine Art von Essen mit reichlich Fett, die den Städtern sehr gut schmecken, ich hab sie schon probiert, und sie sind wirklich ein bisschen lecker. Und zwischen all den Leuten und all den *garnachas* würde der einäugige und lahme Belascoarán nicht so besonders auffallen. Dann kaufte ich am 6. Januar die Zeitung, die *La Jornada* heißt, und stellte fest, dass kein Kommuniqué drin war. Da suchte ich Andrés und Marta auf und fragte sie, ob sie denn nichts vom Kommuniqué wissen. Ich war schon ein bisschen ziemlich besorgt, weil wenn das Kommuniqué nicht erschien, dann würde ich nicht wissen, wo genau ich die Papiere abholen sollte, die ich dem Belascoarán zeigen sollte, und dann würde ich mich ganz schön blamieren, wenn ich den Belascoarán ohne die Papiere traf. Der Andrés und die Marta begannen also, auf einem Apparat herumzudrücken, der Computer heißt. Und dann, so gegen vier Uhr nachmittags Regierungszeit, also so was wie fünf Uhr Zeit der südöstlichen Kampffront, sagte mir der Andrés, dass sie in Deutschland das Kommuniqué schon bekommen hätten. Da hab ich gefragt, wo dieses Deutschland denn genau liegt. Marta hat mir eine Landkarte gezeigt, und ich konnte sehen, dass das Deutschland ganz schön weit weg ist. Da dachte ich, ob der Sub am Ende zu diesem Deutschland gefahren ist? Aber Andrés und Marta erklärten mir, dass nicht, dass die Kommuniqués vom Zapatistischen Informationszentrum aus in die ganze Welt verschickt werden und dass der Text bestimmt schon bei *La Jornada* liegt, aber dass sie ihn dann erst am nächsten Tag veröffentlichen. Ich dachte, das war's dann wohl für mich. Und dann haben Andrés und Marta wieder auf dem Computer rumgedrückt und haben gesagt: »Da haben wir es.« Und dann haben sie wieder rumgedrückt und da wurde das Kommuniqué ausgedruckt. Und dann war ich ein bisschen froh, weil ich das Kommuniqué schon hatte. Da musste ich also jetzt schnell herausfinden, wo genau ich die Papiere abholen sollte. Meine Arbeit war es, den Text aufmerksam zu lesen, weil der Sub mir darin sagen würde, wo ich eine Botschaft abholen sollte. Ich hab also gut gelesen, und was ich verstanden hab, war, dass ich zur Bibliothek der UNAM gehen musste, also dort in der Universitätsstadt des Monstrums, und das Buch von der Frau Foppa suchen, und genau an dem Ort, wo in dem Buch dieser Gedicht stand, würde ich seine Botschaft vom Sub finden. Also sprang ich schnell in eine Metro, um zur *Ciudad Universitaria* zu kommen, zur CU, wie sie dort sagen. Aber wie es so ist, bringt die Metro dich gar nicht wirklich in die CU hinein, sondern sie spuckt dich an ihrem Rand aus. Also musste ich eine ganze Weile fragen und laufen. Obwohl es nach der Regierungszeit schon sechs Uhr nachmittags war, waren überall junge Männer und Frauen mit Büchern und Rucksäcken unterwegs. Sehr lebendig, diese CU, wie sie sie nennen. Am Ende bin ich zu einem Haus gekommen, das sie »Philosophie und Literaturwissenschaften« nennen, wo viel Rummel ist und wo viele billige Filme auf CD verkauft werden. Aber da war gar nicht die Zentralbibliothek, wie mir eine junge, sehr dunkelhäutige Frau mitteilte, die gerade fragte, ob sie denn einen Film hätten, der *Alicia en el Subterráneo* hieß oder so ähnlich, und sie hatten den Film nicht. Und dann erklärte mir die junge, sehr dunkelhäutige Frau, wo genau die Bibliothek sich befindet, nämlich gleich da nebenan. Also bin ich rein und habe gefragt, ob sie Bücher von Alaíde Foppa haben, und sie haben mir eins gegeben, das *Poesie* hieß. Und dann habe ich den Gedicht gesucht, der *Die Glücklose* heißt und der ein bisschen lang ist und von einer Frau handelt, die sehr verliebt war und der dann ein ihr Mann wegstirbt und sie bleibt traurig zurück, weil sie ihn sehr geliebt hat.

Dieser Gedicht fängt also auf der Seite 87 an, und als ich auf der Seite 110 angekommen war, hab ich die Stelle gefunden, die der Sub in das Kommuniqué der beiden Dahingeschiedenen Digna und Pável eingebaut hatte. Und zwischen diesen Seiten fand ich einen Schlüssel und ein Zettelchen, auf dem nur stand: »Nördlicher Busbahnhof«. Da hab ich klar verstanden, dass ich zu diesem Busbahnhof gehen musste und dort nach den Papieren suchen, die für meine Arbeit als Ermittlungskommission notwendig waren. Ich bin schnell los, weil es war ja schon sieben Uhr abends nach der Regierungszeit, also schon 20.00 Uhr nach der südöstlichen Kampffrontzeit. Also war ich ein bisschen ziemlich besorgt, weil mir nur drei Stunden Zeit blieben, bis ich den Belascoarán treffen sollte. Ich bin wieder in die Metro gestiegen, die ziemlich voller Leute war, und bin so gegen 21.30 südöstliche Kampffrontzeit beim Busbahnhof angekommen, also halb neun Regierungszeit. Da dachte ich dann, wo genau ich jetzt wohl suchen sollte. Da fielen mir diese Eisenkästen wieder ein, die ich an dem Ort gesehen hatte, wo der Chinese arbeitet. Und ich dachte, dass der kleine Schlüssel bestimmt dazu diente, einen von diesen Kästen aufzuschließen. Ich hab sie gleich gefunden, die Eisenkästen. Und ich hab gesehen, dass es viele sind und dass ich auf keinen Fall das Schlüsselchen bei allen Schlössern ausprobieren konnte, weil was, wenn die Leute denken, ich sei als Stehler unterwegs? Also setzte ich mich ein Weilchen hin, um das Kommuniqué noch einmal zu lesen. Und da bemerkte ich, dass der Gedicht vom Anfang her aus sieben Zeilen bestand. Schnell wusste ich, dass das Schlüsselchen für den Eisenkasten mit der Nummer sieben sein musste. Ich schloss ihn auf und ja, da war ein Umschlag, der ein bisschen groß war, weil er reichlich Papiere enthielt. Da war ich dann ein bisschen ziemlich froh und machte mich in der Metro auf zu einer Station, die *Hidalgo* heißt, um auf den Belascoarán warten zu gehen. Im Grunde war das Ganze eine einfache Sache, ein einfacher Fall gewesen, oder nicht?

Ein Hut

Ich setzte mir einen Hut auf. Aber nicht so einen Hut wie die, die wir hier bei uns benutzen, nein. Es war ein städtischer Hut, ohne viel Krempe und aus einem hübschen Stoff, der wärmte. Der Sub hatte ihn mir gegeben, er sagte, sein Vater hätte ihm den vor vielen Jahren geschenkt, als er noch Städter war, also als der Sub noch Städter war. »Du wirst ihn brauchen können«, hatte mir der Sub gesagt, und ein bisschen hab ich ihn gebraucht, weil es kalt war im Monstrum, also in Mexiko-Stadt. Mit dem Hut auf dem Kopf ging ich zum Revolutionsdenkmal los. Da waren recht viele Leute, also Familien, die auf dem Jahrmarkt waren und sich mit den Heiligen Drei Königen zusammen fotografieren ließen. Mitten im Rummel folgte ich dem Belascoarán, der vor diesem fein gepinkelten Hotel, das *Meliá* heißt, stehen blieb, um sich eine Zigarette anzuzünden. Man konnte gut sehen, dass er auch überprüfte, ob er verfolgt wurde, aber er wurde nicht verfolgt. Der Belascoarán blieb in dem Haufen Leute stecken, der vor dem Haus des ISSSTE stand, sodass ich schon mal vorging und vor dem Grab von Pancho Villa auf ihn wartete. Als er ankam, sah ich ihm in sein blindes Auge und sagte bloß:

»Dieser Villa war ein ziemlicher Säufer, deswegen haben sie ihn umgebracht«, und zündete eine meine Zigarette an, von denen, die wir *Allahs* nennen. Er holte eine Zigarette raus, der ich klar ansehen konnte, dass sie eine *Delicados* war, zündete sie an und sagte: »Er war kein Säufer. Sie haben ihn umgebracht, weil er es mit den Unterdrückten hielt.«

Wir schwiegen eine Weile, rauchten einfach nur und schauten uns an. Er war mir sympathisch, dieser Belascoarán, also gab ich ihm die Hand und meine Karte und sagte: »Elías. Elías Contreras. Ermittlungskommission.«

Er reichte mir seine Hand und seine Karte und sagte: »Héctor Belascoarán Shayne, unabhängiger Detektiv.«

Danach erzählte er mir, dass der dahingeschiedene Pancho Villa gar nicht da begraben war, wo er begraben war, sondern dass der Obengenannte ... Also das Wort »Obengenannte« sagt man, wenn man von jemandem spricht von vorher, um den Namen von jemandem nicht immer wieder aufs Neue zu sagen, also in diesem Fall oder in dieser Sache ist der Jemand Pancho Villa, wenn ich also sage »der Obengenannte«, sage ich Pancho Villa, aber nicht immer, also es kommt darauf an, wann man es verwendet, das heißt, das ist ganz schön wirr, aber weil es ein neues Wort ist, das ich gelernt hab, benutz ich es, aber nicht viel, weil ich sowieso sehr wirre Gedanken hab. Also noch mal: Der Obengenannte, also der Pancho Villa, war wer weiß wo begraben und an seiner Stelle befand sich hier eine dahingeschiedene Señora. Das von dem oben genannten Toten, der ganz woanders lag und nicht dort, wo alle glaubten, dass er lag, erzählte mir der Belascoarán. Und dann, nach so viel Gerede, sagte ich zu ihm:

»Ich suche das Böse und den Bösen. Du kannst ja schauen, ob du mit einsteigst oder wie auch immer deine Gedanken sind.« Und ich gab ihm die Akte mit den Dokumenten, die mir der Sub geschickt hatte.

Der Belascoarán schaute sie kurz an, warf die Zigarette weg und sagte sehr deutlich:

»Ich steige ein.«

Also hab ich mich ein bisschen gefreut, weil was, wenn er gesagt hätte, dass er nicht einsteigt, dann hätte ich meine Reise ins Monstrum ganz umsonst gemacht, also nach Mexiko-Stadt. Wir verabredeten uns für ein andermal, wenn er die Papiere langsam durchgesehen hätte, um zu vereinbaren, wie wir zusammenarbeiten würden, also im Einklang wir beide zwei. Wir verabschiedeten uns, aber bevor er ging, fragte er mich, ob ich denn nichts bräuchte.

Ich antwortete: »Doch, ich weiß nicht, wo genau man hier im

Monstrum einen Pozol bekommen kann, also in Mexiko-Stadt. Und ich brauch auch eine Limonade, die *Chaparritas el Naranjo* heißt, eine mit Traubengeschmack.«

»Ich werd mich mal umsehen, ich sag's dir dann später«, meinte der Belascoarán.

Wir machten uns auf. Der Rummel ging weiter. In der Magdalena ihrem Zimmerchen schrieb ich einen kleinen Bericht an den Sub. Nach ein paar Tagen antwortete er mir:

»Nachricht über Begegnung mit dem Limonadenverkäufer erhalten. Du musst ihn wieder treffen, um zu vereinbaren, wie ihr bei den Ermittlungen vorgehen wollt. Uns geht es hier ganz gut, wir lachen über das blöde Geschwätz, das Fox bei seinem Besuch hier unten von sich gibt. Falls du es nicht in den Nachrichten gehört hast, er hat dieselbe Eselei gesagt, die schon Hernán Cortés, Agustín de Iturbide, Antonio López de Santa Anna, Maximilian von Habsburg, die Gringos Polk, Taylor, Pershing und Eisenhower, Porfirio Díaz, Gustavo Díaz Ordáz, Salinas de Gortari und Ernesto Zedillo gesagt haben, das heißt, er hat gesagt, dass wir praktisch der Vergangenheit angehören. Wenn ich mit Lachen fertig bin, schicke ich dir noch mehr Informationen, die ich erhalten habe. Eine Umarmung und ein frohes Neues Jahr.«

Aus den Bergen des mexikanischen Südostens
Subcomandante Insurgente Marcos
Mexiko, Januar 2005.

Kapitel 8

Eine Nacht mit Morales

Von seinem Zusammentreffen mit dem zapatistischen Ermittler Elías Contreras sollten Héctor Belascoarán Shayne drei Dinge im Gedächtnis haften bleiben: Das unglaubliche Chaos, das an diesem Denkmal für eine verlorene Revolution geherrscht hatte und das von Heiligen Drei Königen und frittiertem Fraß beherrscht gewesen war; das Gesicht, dass der Abgesandte Contreras gemacht hatte, als er ihm gesagt hatte, Pancho Villa und Emiliano Zapata seien vergleichsweise tugendhaft gewesen; und schließlich die »Akte Morales«, die die Zapatisten ihm hatten zukommen lassen. Diese drei Aspekte hatte er in seiner Seele gespeichert.

Das Revolutionsdenkmal von Mexiko-Stadt war ursprünglich als ein Ungetüm zu Ehren der porfiristischen Macht entstanden und aufgrund der Revolution von 1910 unvollendet geblieben. In diesem Zustand blieb es bis Anfang der 30er Jahre, als es schließlich recycelt wurde, um zu einem bombastischen Ehrenmal für den nunmehr beigelegten bewaffneten Kampf zu werden. Am Fuß seiner Säulen liegen die Überreste von Venustiano Carranza, Plutarco Elías Calles, Lázaro Cárdenas*, und angeblich auch die von Pancho Villa – alles Persönlichkeiten, die wiederholt in miteinander verfeindeten Lagern gekämpft hatten und die nur der magische Pragmatismus der PRI, der es vermochte, die Geschichte zur Legitimierung der eigenen Macht zu funktionalisieren, in der gleichen Erde hatte vereinen können.

Dessen ungeachtet sollte daran erinnert werden, dass Villa gegen Carranza gekämpft hatte, dass Calles seinerseits an der Ermordung der beiden Letzteren beteiligt war und dass Cárdenas wiederum Calles aus Mexiko ausweisen ließ. Dennoch liegen sie dort alle hübsch nebeneinander. Die Einwohner der Hauptstadt führen die Häufigkeit der Erdbeben, die die Stadt allzu oft und allzu bösartig heimsuchen, auf diese deplatzierte Grabstätte zurück.

An diesem Tag war das Denkmal von Karussells in Beschlag genommen, auf denen Pferdchen sich im Kreis drehten, von Taco-Ständen, Murmelspielen, Rennbahnen für kleine Reiter aus Zinn, Ständen, die Kunsthandwerk feilboten, und Hunderten von Kaspar-, Melchior- und Balthasar-Darstellern mitsamt ihrer

* Allesamt ehemalige Präsidenten und Bürgerkriegsgeneräle.

Bude und ihrem Fotografen – übrigens die einzige Form von Monarchie, die vom gemeinen Volk des republikanischen Mexiko anerkannt wird. Und zu dieser Abendstunde ertönten Cumbias, *Norteñazo Balín* und das Tschukatschuka der grauenhaftesten *Tropicales* in voller Lautstärke, inmitten der Düfte von karamellisierten Äpfeln und Zuckerwatte.

Der mittlere Bereich des Denkmals war von der Belagerung durch den Dreikönigstags-Rummel verschont geblieben, und Belascoarán ging im Dunkeln auf die Person mit grauem Hut zu, die ihn am Fuß des Pancho-Villa-Mausoleums erwartete und mit der er sich eigenartigerweise durch den förmlichen Austausch von Visitenkarten bekannt machen sollte.

»Wissen Sie eigentlich, dass Pancho Villa gar nicht an der Stelle liegt, von der behauptet wird, er sei dort begraben?«, fragte Belascoarán und wies auf die hochoffizielle Grabstätte.

»Und wen haben sie dann an Stelle des Obengenannten dort hingelegt?«, fragte Elías Contreras zurück.

»Sie werden sehen, das ist ein bisschen kompliziert, aber es ist eine lustige Geschichte. Im November 1976 kam Präsident Echeverría auf den Gedanken, er könne sich eine weitere Feder an den Hut heften, und ordnete an, die sterblichen Überreste von Villa aus Parral herbeizuschaffen, um sie mit militärischen Ehren in dieser Gruft am Fuße des Denkmals beizusetzen. Aber wie das Leben so spielt, hatten bereits 1926 irgendwelche Leute Villas Grab geschändet, um seinen Kopf zu stehlen, der nie wieder aufgetaucht ist, und eine der Witwen ...«

»Gab es denn mehr als eine Witwe?«

»Offiziell gab es drei, aber in Wirklichkeit waren es etwa 25 ... Also eine der Witwen hatte, um zu vermeiden, dass weiterhin Stückchen für Stückchen die Überreste meines General gestohlen würden, ihn aus dem Grab herausgeholt und hatte ihn auf demselben Friedhof von Parral etwa um hundertzwanzig Meter verlegt – und ein paar Jahre später, als eine Frau auf der Durchreise in die Vereinigten Staaten verstarb, wo sie ihr Krebsleiden behandeln lassen wollte, nutzten sie die Gelegenheit und bestatteten sie in Villas altem Grab. Als 1976 die Gruft in Anwesenheit eines Anthropologen geöffnet wurde, wies deshalb jemand die Armee darauf hin, dass dieser Tote durchaus über einen Kopf verfügte und obendrein eine weibliche Beckenform hatte. Aber die Verantwortlichen schickten den Beobachter zum Teufel, sie hatten einen Auftrag zu erledigen und damit hatte es sich. Ob Villa nun einen Kopf hatte oder nicht oder ein weibliches Becken, interessierte sie einen feuchten Kehricht. Und so brachten sie ihn mit militärischen Ehren, in offenem Sarg und begleitet von Schülern der Militärakademie in Galauniform, zu diesem Platz, und hier bestatteten sie die Frau, der sie jedes Jahr zu den Klängen eines Blasorchesters die Ehre erweisen. Letzten Endes hat sie es verdient, wo sie doch bis Parral gegangen ist, um zu sterben.

»Und Villa?«

»Na, Villa ist ihnen ein weiteres Mal entwischt.«

Der Mann mit seinem skurrilen Äußeren und dem vorsintflutlichen Hut auf den strubbeligen Haaren sah Belascoarán einfach nur an.

»Sie denken bestimmt, dass Emiliano Zapata ein tollerer Hecht war als Pancho Villa?«, fragte Belascoarán, um dem zapatistischen Genossen ein bisschen zu foppen.

Elías dachte das nicht nur, sondern er verstand nicht, wie ein halbwegs intelligenter Mensch daran den geringsten Zweifel haben konnte. Er sah Belascoarán an und fragte sich, welche Art Nauyaca ihn wohl gebissen und ihm das Hirn zerfressen hatte.

Um schon im Ansatz zu verhindern, dass der womöglich noch behauptete, Villa sei besser drauf gewesen als Zapata, was ihre Beziehung zu einem jähen Ende gebracht hätte – immerhin hatte der Sub ihm gesagt, wenn der Belascoarán ihm ein bisschen blöd vorkäme, solle er ihn aus dem Spiel lassen –, hielt Contreras ihm den Umschlag hin.

Héctor nahm das Päckchen entgegen und sah auf der Kladde in Großbuchstaben den Schriftzug MORALES. Es waren mehrere Hefter, eine Reihe von Akten über einen »gewissen Morales«. Ihm blieb vor Überraschung fast das Herz stehen. Er wusste nicht, ob er laut loslachen oder zum Buddhismus konvertieren sollte. Würde Juancho Bin Laden sich am Ende als real erweisen? Waren auch die Zapatisten Morales auf der Spur? Glauben Sie an Zufälle? »Es ist das Einzige, woran ich nicht glaube.« Glauben Sie an den Zufall? »Nur, wenn er nicht existiert.«

Da sagte der Zapatist Contreras voller Ernst: »Ich suche das

Böse und den Bösen. Du kannst ja schauen, ob du mit einsteigst, je nachdem wie deine Gedanken sind.«

»Ich steige ein«, sagte Belascoarán, ohne eine Sekunde zu zögern.

Héctor Belascoarán glaubte nicht an Verschwörungen, er hatte zu viele selbst erlebt, um wirklich an sie zu glauben. Er war ein Mexikaner, auf den die spezifisch mexikanische Definition von paranoid zutraf: »Ein Bürger mit gesundem Menschenverstand, der sagt, dass ein paar Typen hinter ihm her sind, die tatsächlich hinter ihm her sind.« Andererseits hatte er auch keine allzu schematische Sicht auf diese Dinge.

Sein Bruder Carlos, der ewige Aktivist der Familie, behauptete immer, Héctor lebe zwar auf dem Mond, sei aber paradoxerweise im Grunde ein Marxist, also einer von denjenigen, die denken, das soziale Sein bestimme das Bewusstsein; dass also Ali Baba, weil er so lange mit den vierzig Räubern herumgehangen habe, am Ende einer der ihren geworden sei und PRI-Anhänger obendrein. Héctor war der Ansicht, dass man nur lange genug als Stuhl leben müsse, um es am Ende zu genießen, dass die Leute sich mit ihrem Hintern auf einen draufsetzten. Er glaubte nicht an die angeborene Schlechtigkeit der Regierenden. Er war aber der Überzeugung, dass man zwangsläufig als Arschloch endete, wenn man längere Zeit an der Macht war, und dass die Machtposition selbst diese Obsession hervorbrachte, die eigene Macht perpetuieren zu wollen. Und wo die politische Macht endete, blieb immer noch die Macht des Geldes, das war die andere Form der Macht. Deshalb gab es so viele offene Schubladen, in die man nur hineinzugreifen brauchte, so viel Missbrauch, und um sich das Land so zu erhalten, wie es ihnen gefiel, hatten die mexikanischen Regierenden der letzten Jahre eine Art oberstes Gesetz der Nation aufgestellt, das niemals veröffentlicht worden war, aber dafür im obersten Schrank des obersten Chefs aufbewahrt wurde, und das Dinge besagte wie: »Das einzige Überlebensprinzip ist das Prinzip der Autorität«, oder »Wenn deine Moral erst einmal den Bach runter ist, ist es das Beste, wenn du dich gleich in eine Ratte verwandelst«, und »Die Revolution wird über uns richten« oder »Wer es zuerst findet, der es gleich entwendet« und »Heuer ist Schaltjahr, verflucht sei der, der nicht plündert den Altar«, und »Eine Hand wäscht die andere«. Héctor war der Überzeugung, dass sich Mexiko in den vergangenen Jahren in ein zutiefst ungerechtes Land verwandelt hatte, in dem Machtmissbrauch, Willkür, Gewalt gegenüber Wehrlosen und in letzter Zeit auch noch Mittelmäßigkeit, Reaktion, Boshaftigkeit und schlechter Geschmack den Ton angaben.

Trotz alledem bekam er, als er die »Akte Morales« überflog, beinahe den Mund nicht mehr zu, und um ein Haar hätte er sich an der Zigarette verbrannt, die er zwischen den Fingern hielt. Das war nun wirklich zu viel. Das war das Barbie-und-Ken-Album des Machtmissbrauchs. Es war der Beweis, dass das System den Teufel persönlich bestochen hatte.

Das Päckchen enthielt die Papiere von Manuel Vázquez Montalbán, ein geheimnisvolles Foto, ein maschinengeschriebenes Blatt mit der Überschrift »Die Geschäfte mit dem Erdbeben«, das Schwarzbuch der Weißen Brigade, ein paar Kommuniqués der zapatistischen Kommandantur, die Zusammenfassung eines Gesprächs zwischen Marcos (war er es?) und jemandem, der *Deep Throat* genannt wurde, und eine knappe Notiz vom Subcomandante, die besagte:

»Seien Sie von uns allen und von mir persönlich gegrüßt. Vor einigen Wochen fielen uns einige Notizen des Schriftstellers Manuel Vázquez Montalbán in die Hände, die sein Sohn in seinem Nachlass gefunden hat. Sie richteten unser Augenmerk auf eine Person, die er *Morales* nennt. Wir wissen nicht, wie die Nachforschungen in Barcelona vonstatten gegangen sind, die diesen Notizen zugrunde liegen. Wir wissen auch nicht, ob es Aufzeichnungen für einen künftigen Roman waren oder etwas wesentlich Ernsteres, oder vielleicht beides. Da das Ganze stark an ein detektivisches Puzzle erinnert, kam mir der Gedanke, Sie könnten vielleicht daran interessiert sein, uns zu helfen, es zusammenzusetzen. Ich brauche wohl nicht zu betonen, dass die Person, wenn sie denn existiert, möglicherweise extrem gefährlich ist. Wenn Sie bereit sind, bei den Ermittlungen mitzuarbeiten, wird der Compañero Elías Contreras Ihr ständiger Verbindungsmann zu uns sein. Im gegenteiligen Fall möchten wir Sie um die größtmögliche Diskretion bitten.

Eine Umarmung aus den Bergen des mexikanischen Südostens, Subcomandante Insurgente Marcos.«

Unter allen denkbaren Bühnen hatte er sich für sein Büro entschieden, und das auch noch mitten in der Nacht – vielleicht weil er, um all die Papiere vor sich ausbreiten zu können, den Schreibtisch des *Gallo* Villareal, die Werkbank des Klempners Gómez Letras und sogar die heruntergekommenen Sessel von Carlos Vargas benötigte. Er versuchte, das Material zu sortieren und ihm die Informationen, über die er selbst verfügte, hinzuzufügen. Allem eine Ordnung und eine Perspektive zu geben. Perspektive, das war diese Dame, die er schon fast nicht mehr kannte.

Gegen Ende des Jahres 1968 verrät ein ehemaliger Guerillero von etwa 25 Jahren seine eigenen Leute, inklusive seiner Exfrau, und wird Verbündeter – Informant, Agent? – des Geheimdienstes der mexikanischen Regierung (laut den Angaben des Sprechenden Toten).

Dieser Mann teilt im Gefängnis die Zelle mit Jesús María Alvarado und mit Fuang Chu Martínez und versucht, ihnen Informationen zu entlocken (sagt der Chinese). Er gibt sich als »Morales« aus.

Aber es existieren keinerlei Spuren von seinem Gefängnisaufenthalt, höchstens ein Foto, auf dem ein junger Mann mit langer Nase zu sehen ist, sehr dünn und mit einer starken Brille. Höchstens fünfundzwanzig.

Diese Person bringt Jesús María Alvarado um, als der aus dem Knast kommt (dem Chinesen zufolge).

In späteren Jahren, in der Zeit des Schmutzigen Kriegs, steht er möglicherweise mit der Weißen Brigade in Verbindung (war das möglich?) (das besagten jedenfalls die Papiere von Vázquez Montalbán). In der Broschüre *Schwarzbuch der Weißen Brigade*, die aus einem anonymen, abgetippten Schriftstück von acht Seiten mit blassblauem Titelblatt bestand, das mithilfe eines antiquierten Kopierers vervielfältigt worden war, findet sich ein beeindruckender Katalog von Gräueltaten, der sich auf diese 1974, während der Präsidentschaft von Luis Echeverría, ins Leben gerufene politisch-militärische Organisation bezieht. Eine behördenübergreifende Organisation, zwischen Armee und Innenministerium angesiedelt, deren Aufgabe es ist, den aufkeimenden Stadtguerillabewegungen mit welchen Mitteln auch immer den Garaus zu machen. Alles ist erlaubt, ungeachtet jeglichen Gesetzes: Entführungen, Morde, Folter. Sie wird von einem gewissen Nazar Haro geleitet. Ein knapper Hinweis in dem Heft, das von diversen Aktionen dieser Weißen Brigade berichtet, schien auf die Anwesenheit von Morales in der Gruppe hinzuweisen. Eine Zeile war mit Rotstift unterstrichen: »Unter den Folterern befanden sich Morales, der Agent Urteaga und eine gewisse Canseco.« Weiter nichts.

In den Papieren von *Deep Throat* ein weiterer Hinweis: Wenn in der Weißen Brigade gefoltert wurde, war »der besagte Morales einer derjenigen, die mitschrieben. [...] als Nazar bei seinen Chefs in Ungnade fällt, verduftet Morales, aber er nimmt eine unveröffentlichte Kopie der Archive der Bundesbehörde für innere Sicherheit mit, die wirklichen Akten, nicht diejenigen, die später öffentlich gemacht wurden.«

Belascoarán notierte sich »1983« als Datum, an dem Morales vermutlich abgetaucht war. Dieses Datum ging mehr oder weniger eindeutig aus der ganzen Geschichte hervor. Danach gab es eine kurze Lücke, und dann konnte man die Angaben des abgetippten Blattes einfügen, das ein Fragment einer transkribierten Tonaufnahme zu sein schien und wörtlich besagte: »Das erzählt Gustavo Arce, der damals bei einer der Brigaden mitgemacht hat, die von den Anthropologie-Studenten aufgestellt wurden, um diesen Leuten etwas entgegenzusetzen. Weil die nach dem Erdbeben versucht haben, vor allem im Stadtzentrum die entstandenen Risse und Absenkungen zu nutzen, um die Häuser ganz abzureißen, die Leute mit Fußtritten hinauszubefördern und danach dort zu bauen, was ihnen gerade in den Sinn kam. Da kamen die Grenadiere mit Räumungsbefehlen, die angeblich die Sicherheit der Leute garantieren sollten. Und die Brigaden der Anthropologie-Schule stoppten sie, indem sie die Häuser mit Banderolen versiegelten, die sie als ›katalogisierte Gebäude‹ auswiesen. Das bedeutete, sie stellten die Häuser unter Denkmalschutz. Die konnte man dann ohne Erlaubnis des Anthropologie-Instituts nicht mehr abreißen. Zusammen mit den Anwohnern hielten sie die auf. Das war heftig damals, diese Typen wollten aus dem Unglück der Leute noch Profit schlagen. Und der Kerl, der die Zusammenarbeit zwischen Polizei und Hausbesitzern koordinierte, war ein gewisser Morales,

Señor Morales nannten Sie ihn. Gustavo, der oft mit ihm geredet hat, sich mit ihm angeschrieen hat, sagt, er sei eine Kröte gewesen, ein beschissener Zyniker, so um die 50, der ein bisschen hinkte und am kleinen Finger und am Mittelfinger der linken Hand fette Ringe mit roten Steinen trug. Ich bin später auf diesen Morales aufmerksam geworden, weil er nicht der Hauptstadtregierung angehörte. Und nachdem sich dann alles beruhigt hatte, wurde er im historischen Stadtzentrum nicht wieder gesichtet. Ich habe mich nach ihm erkundigt, und niemand konnte mir Auskunft geben, obwohl der Mann bei den Handwerkerkolonnen vom Bauamt der Hauptstadtregierung den Ton angab und auf die Offiziere des Grenadierkorps eine Wirkung hatte, als sei er ihr eigener Vater. Als ich darüber schreiben wollte, trieb er sich dort schon nicht mehr herum. Obwohl Laura, die von der Vereinigung der Erdbebengeschädigten, mir auch von diesem Morales erzählt hat, sie erinnerte sich daran, dass er einen Schnurrbart und graue Schläfen hatte. Nicht gerade viel, oder? Also gut ...«

Man musste Morales also im September 1985, zum Zeitpunkt des Erdbebens mit einer Stärke von 8,1 auf der Richterskala, in Mexiko-Stadt verorten. Bloß dass es sich hier um einen Morales von etwa 50 Jahren handelte, während der Morales von Alvarado und der Weißen Brigade zu dieser Zeit höchstens 35–38 gewesen sein dürfte. War es derselbe, vorzeitig gealterte Alvarado? Möglich war das. Niemand war wirklich gut darin, das Alter anderer Leute zu schätzen. Und Mexikaner waren in Altersfragen erst recht nicht beschlagen, wie Maria Félix eindrücklich vorgeführt hat, die dreimal 50 wurde.

Und dann ein Salto Mortale.

Ein weiterer Zettel mit einer Notiz: Anfang des zapatistischen Aufstands in Chiapas. Januar 1994. Er nahm den Telefonhörer ab und wählte die Nummer von Luis Hernández, einem Anthropologen und Journalisten, der viel über den Zapatismus schrieb und im Besitz des weltweit einzigen Rucksacks war, der gekühltes Biere ausspuckte – und der zu dieser nachtschlafenden Zeit in der Redaktion noch ans Telefon ging.

»Ich bin's, Belascoarán. Sagt dir ein gewisser Morales was?«

»Um die Uhrzeit sagt mir alles und gar nichts etwas. In Bezug auf was denn, mein Lieber?«

»Auf die Zapatisten, zum Beispiel.«

»Na ja, da gibt es den Morales, der sie verraten hat. Ein Typ, der sich glaube ich Daniel nannte. Es gibt im Internet einen Artikel von Gilberto López y Rivas darüber. Morales ist der Typ, der Tello die ganzen Informationen über die Zapatisten für das Buch *La rebelión de las Cañadas* gegeben hat.«

»Danke, mein Freund.«

»Wo hast du deine Nase denn jetzt wieder reingesteckt? Irgendwas, worüber man schreiben könnte?«

Belascoarán grunzte ins Telefon, was allerlei Interpretationen zuließ.

»Ist ja schon gut.«

Er wählte noch einmal, diesmal die Nummer seiner Internautin Cristina Adler. Auch bei ihr lief er keine Gefahr, sie zu wecken. Sie arbeitete nachts als Übersetzerin von Kriminalromanen.

»Sag mal, Kleine, es gibt da einen Artikel in wer weiß welcher Zeitung aus wer weiß welchem Jahr, von einem gewissen López y Rivas, über einen gewissen Daniel. Kannst du mir sagen, was es mit diesem Daniel auf sich hat? Ich bin immer noch im Büro.«

»Ein Glück, dass ich so ein Genie bin. Ich ruf dich nachher an, Berlusquis.«

Héctor nutzte die Gelegenheit, um auf den Gang hinauszutreten, zur Gemeinschaftstoilette der Etage zu gehen und ausgiebig zu pinkeln.

Keine Cola mehr, sagte er sich, aber das Erste, was er tat, als er ins Büro zurückkam, war, den Safe zu plündern und eine Coca-Cola zu öffnen, die wundersamerweise kalt war. Genau in diesem Moment klingelte das Telefon zum ersten Mal.

»Ja, es gibt da einen Morales, Salvador Morales Garibay, alias Daniel. Deswegen geraten die Namen immer durcheinander. ›Comandante Daniel.‹ Er war einer der militärischen Führer der zapatistischen Armee, aber kurz vor dem Aufstand, im Oktober 1993, hat er den Dschungel unter dem Vorwand verlassen, den Kontakt für einen Waffentransport aus Zentralamerika herzustellen, und dann ist er nie mehr zurückgekehrt. Er ist erst an der Tür der Präsidentschaftsgarde wieder aufgetaucht, dort in Molino del Rey, wo er sich der mexikanischen Armee als Informant angedient hat. Er hat ihnen Informationen über die Leitung der EZ gegeben und sie aus dem Schattenreich herausgerissen, behauptet dieser Artikel hier.«

»Und warum ist er desertiert?«

»Scheinbar war er für ein Camp verantwortlich gewesen, das die Armee entdeckt hat, hat ziemlich viele Fehler gemacht und so beinahe einen vorzeitigen Aufstand der Zapatisten ausgelöst, und dann sollte er zur Rechenschaft gezogen werden oder so ähnlich. Also hat er sich dünn gemacht und endete als Spitzel, ›im Rang eines Hauptmanns der Verwaltung mit besonderen Aufgaben für die Spezialeinsatztruppe der zweiten Sektion des Generalstabs der Nationalen Verteidigung‹«, schloss sie, den Artikel zitierend.

»Und steht da, wie er aussieht? Wie alt er sein könnte?«

»Nein, in diesem Artikel nicht, aber in einem anderen schon. Ich bin deinen Wünschen zuvorgekommen, Belaskelchen. Ich zitiere allerwörtlichst: ›etwa 1,70 groß, 42 Jahre alt (heute 45)‹ – keine Ahnung, von welchem heute sie reden, es kann höchstens ein paar Jahre her sein – ›schwarzes Haar mit ausgeprägter Glatze, dunkelbraune Augen, schmale Lippen, weiße Haut und schlank, er hat von den gemeinen Soldaten den Spitznamen *Finger* verpasst bekommen. Andere nannten ihn *Chava*.‹«

»Sonst noch irgendwas, mein Genie?«

»Es gibt in der Zeitschrift *Letras Libres* ein Interview von Maite Rico und De la Grange mit ihm.«

»Ich lese *Letras Libres* nicht.«

»Dann hast du wohl Pech gehabt, ich nämlich auch nicht, weil deine Dienerin in den 80er Jahren die Verantwortliche der Angela-Davis-Zelle bei der Kommunistischen Jugend war, und irgendwas muss ja davon hängen geblieben sein.«

Héctor wandte sich wieder den Papieren der Zapatisten zu. Draußen waren die Geräusche der Nacht abgeklungen, es blieb nur das ferne Rauschen des Verkehrs. Er zündete sich eine Zigarette an, um dann festzustellen, dass er bereits zwei brennende im Aschenbecher vor sich liegen hatte.

Zwischen 1994 und 2000 kann Morales, den Notizen Manuel Vázquez Montalbáns zufolge, den Diplomatenkoffer der mexikanischen Botschaft in Madrid benutzen. Wofür benutzt er ihn? Welche Kontakte knüpft er? Welche Geschäfte betreibt er in Spanien? Für wen verhandelt er? Gleichzeitig arbeitet er als Informant für die Armee, er ist im Besitz der Archive der Bundesbehörde für innere Sicherheit, und er steht nach dem Erdbeben im Zusammenhang mit dem größten Mietbetrug in der mexikanischen Geschichte. Und er hat ... Moment mal, sagte sich Héctor, zunächst einmal alles ordnen, dann die Fragen stellen. Er kehrte also zur chronologischen Aufstellung zurück und legte ein Papier auf den Tisch, auf dem in Großbuchstaben »Acteal« geschrieben stand.

11 Uhr 20 am 22. Dezember 1997. Massaker von Acteal. Die Papiere von Vázquez Montalbán bringen Morales mit dem Massaker in Verbindung. Er stellt sich die Frage: »In welcher Beziehung steht er zu General Renán Castillo?« Einem Kommuniqué der EZLN zufolge hatte damals eine paramilitärische Gruppe, die von der PRI organisiert und von der Armee finanziert und bewaffnet worden war, 45 Tzotzil-Indianer, während sie in einer Kirche beteten, ermordet. Die Opfer gehörten einer Gruppe an, die im Konflikt neutral war und mit den Zapatisten nichts zu tun hatte. Das Kommuniqué war sehr präzise: Die Paramilitärs wurden »von offiziellen Stellen und Persönlichkeiten aus der mexikanischen Armee unterstützt, ausgebildet und finanziert. Aus der Armee hatten unter anderem ihre Finger im Spiel: der Brigadegeneral a.D. Julio César Santiago Díaz; Mariano Arias Pérez, einfacher Soldat des 38. Infanteriebataillons; Pablo Hernández Pérez, ehemaliger Militär, der das Massaker anführte, und der Sergeant Mariano Pérez Ruiz.« In dem Bericht tauchte der Name Morales nicht auf. War er dort gewesen? War er an der Strategie beteiligt gewesen, paramilitärische Gruppen zu bilden?

Dann ein Sprung ins Jahr 2002. In den Notizen Vázquez Montalbáns taucht plötzlich eine urbane Landschaft auf: Hotel *Princesa Sofía*, Plaza Pius XII, Finanzzentrum (im Hotel?).

»Schon wieder ich, meine Süße. Was können wir über ein Hotel namens *Princesa Sofía* in Barcelona herausfinden?«

»Und was kommt als Nächstes? Die Börsenkurse? Der Preis der Süßkartoffeln im Großhandel? Warte, Belaskelein, leg gar nicht erst auf ...« Es vergingen nur ein paar Sekunden, sie musste einen Computer mit Flügeln haben, eines Tages würde auch Belascoarán in das verlorene Paradies des Internet eintauchen. »Bingo, ich hab's. 390 Euro die Nacht, 134 mit Sondertarif, mit Fön auf dem Zimmer, in der Avenida Diagonal, gleich beim Museum für

Kunst und Gewerbe, ein Riesenhotel, groß, luxuriös, am Platz Pius XII.«

»Tausend Dank«, sagte Héctor.

Was war dort geschehen? Manolo *dixit*: Morales lebte allein in einer Suite des *Reina Sofía*. Er ging zum Finanzzentrum. Er betrat es um 21 Uhr und kam um 22 Uhr wieder raus. Er ging um 22.30 Uhr in die Metrostation María Cristina und kam um 23.00 wieder heraus. Und von dort ins Hotel. Nach den Angaben von Manolo war der Diplomatenkoffer, den er in die Metrostation María Cristina trug, randvoll mit Geldscheinen, mit Euros.

Erneutes Telefonat.

»Wann wurde in Spanien der Euro eingeführt, meine Liebe?«

»Dazu brauch ich keinen Computer, mein Herr. Was treibst du bloß? Kreuzworträtsel für Bekloppte lösen? Januar 2002.«

Er trug Akten in der Mappe bei sich (woher wollte Manolo das wissen?) (Was für Akten? Über Montes Azules angeblich). Was zum Teufel war Montes Azules?

Erneut wurde die Adler aus ihrer Konzentration gerissen.

»Du hast Glück, dass ich gerade einen ziemlich schlechten Horror-Roman übersetze und diese Recherche für dich ganz amüsant ist. Ein Hotel in Barcelona, ein geheimnisvoller Verräter namens Daniel, die Einführung des Euro, ein Naturschutzgebiet. Wirst du jetzt zum Naturschützer, Belasquito?«

»Nein, ich bin immer noch der Ansicht, dass man die Delfine zu Tacos verarbeiten sollte.«

Zehn Minuten später klingelte das Telefon:

»Da hast du es, Belaskelein, aber ich muss schon sagen, deine Interessen sind recht weit gespannt, du kommst mir langsam vor wie ein Detektiv aus den Zeiten der Aufklärung: 16 Grad 4 Minuten bis 16 Grad 57 Minuten nördlicher Breite, und 90 Grad 45 bis 91 Grad 30 westlicher Länge, in Chiapas, im Osten des Bundesstaats. Gemeinden Ocosingo und Las Margaritas. Verflixt, das ist zapatistisches Gebiet. Sie nennen es Biosphärenreservat und es hat eine Ausdehnung von 331.200 Hektar. Am 8. Dezember 1977 wurde es per Dekret zum Biosphärenreservat erklärt. Das Dekret wurde allerdings erst am 12. Januar 1978 im bundesweiten Amtsblatt veröffentlicht. Und dann habe ich hier noch eine Perle für dich, pass auf, wie sie das begründen, mein geschätzter Belus:

›Angesichts der Schönheit der Natur in diesem Gebiet birgt das Reservat ein beachtliches touristisches Potenzial, das durch das Vorkommen archäologischer Ausgrabungen direkt im Gebiet und in seiner näheren Umgebung noch gesteigert wird.‹ Ende der 90er begannen die großen Öko-Geschäfte in diesem Reservat. Schmetterlinge, Bakterienproben, Vögel, und was weiß ich noch alles, ich verstehe von diesen Dingen nicht allzu viel. Noch was, Belascas?«

Héctor legte auf, während er in seinem Kopf zusammenrechnete: Die Bundesregierung weckt also während der Amtszeit von Zedillo das Interesse an einem Naturschutzgebiet, mitten im Konfliktgebiet gelegen, Jahre nach dem zapatistischen Aufstand und in einer militärisch angespannten Lage. Ein ökologisches Reservat, um die Geier zu schützen und um zu verhindern, dass die Einheimischen ins Wasser pinkelten oder die Touristen auf den Maya-Pyramiden Coca-Cola-Dosen zurückließen.

Irgendjemand bei der Bundesregierung hatte offenbar schlechtes Gras geraucht.

Zwischen den Akten befand sich ein Foto, das ihm die Zapatisten geschickt hatten und auf dessen Rückseite mit Bleistift eine kryptische Notiz geschrieben stand: »Morales, Präsident, Legazpi, Ramos de Miguel, Hotel *Reina Sofia*, Barcelona, 2002.« Derjenige, der als Morales gekennzeichnet war, sah aus wie ein Mann knapp über 50, mit ausgeprägter Glatze und durchdringendem Blick, Schnurrbartträger. Den Mann, der der Präsident sein sollte, sah man von hinten. Präsident oder Ex-Präsident? Ernesto Zedillo. War er in Spanien gewesen? Die anderen Personen auf dem Foto kannte Héctor nicht.

Was folgte nun?

13. Oktober 2004. Unter den Papieren, die ihm die Zapatisten geschickt hatten, befand sich ein Kommuniqué von Marcos über die Gemeinden in Montes Azules: »Aufgrund der Belästigung durch paramilitärische Gruppen und der Intoleranz, die in einigen Gemeinden von der Partei der Institutionalisierten Revolution geschürt wird, haben sich Dutzende zapatistische Familien vor einiger Zeit gezwungen gesehen, zu flüchten und kleine Dörfer in der so genannten Biosphäre Montes Azules zu gründen. Während der Zeit, in der sie in dieser schrecklichen Lage waren,

weit weg von ihrem ursprünglichen Grund und Boden, waren sie bemüht, unsere Gesetze zu befolgen, die den Schutz der Wälder vorsehen. Nichtsdestotrotz hat die Bundesregierung im Interesse der transnationalen Konzerne, die sich der Reichtümer des lakandonischen Urwalds bemächtigen wollen, ein ums andere Mal damit gedroht, alle Dörfer in diesem Gebiet einschließlich der zapatistischen gewaltsam zu räumen. Die Genossinnen und Genossen aus verschiedenen von der Räumung bedrohten Dörfern haben beschlossen, Widerstand zu leisten, solange die Regierung nicht die so genannten Friedensverträge von San Andrés in die Praxis umsetzt. Ihre Entscheidung wird von der EZLN respektiert und unterstützt. Wir haben es bei anderer Gelegenheit bereits gesagt und wiederholen es jetzt: Wenn irgendeines unserer Dörfer gewaltsam geräumt wird, werden wir alle gemeinsam in derselben Tonlage antworten.«

»Zedillo, Carabias und Tello, Morales«, besagten Manolos Notizen. Es gab einen Hinweis auf ein Abendessen. Okay. Montes Azules, der ehemalige Präsident, die ehemalige Umweltministerin, der Autor des Buchs über die Zapatisten, das Zedillo selbst in Auftrag gegeben hatte und an dem Hauptmann Morales mitgearbeitet hatte. Ein Geschäft? Ein großes Geschäft? Ein Öko-Geschäft?

Das führte ihn zum Ende des Jahres 2004. Zu dieser Person, die einem Rätsel zufolge, das ihm der Sprechende Tote aufgegeben hatte, »eine Feder trägt« (hieß das, er schreibt?), schneller ist als »Speedy González«, »aus dem Reich der Toten zurückkehrt«, »tötet und beißt«. Heute.

Und auf das Heute bezogen sich auch die Beziehungen zu *El Yunque*. Diesem rechtsextremen Geheimbund, der sich in der Regierung von Vicente Fox eingenistet hatte. Und ebenfalls heute hatte, den Anrufen des Sprechenden Toten zufolge, Morales einen Taco-Verkäufer aus Ciudad Juárez namens Juancho entführt, den die CIA als Double von Osama Bin Laden einsetzte.

Er lehnte sich aus dem Fenster, um frische Luft zu schnappen.

Wenn Morales all diese Morales war, hatte er ein sehr bewegtes Leben hinter sich. Aber irgendetwas stimmte nicht. Jenseits der Altersunterschiede und der Widersprüche zwischen den beiden Fotos, die letzten Endes nicht von allzu großer Bedeutung waren, weil Menschen sich über einen Zeitraum von 30 Jahren hinweg stark verändern können. Der Mörder und Spitzel war zum Folterer geworden, ein weiteres Mal zum Hauptmann des Verrats, zum obskuren Finanzkapitalisten, zum Paramilitär-Anleiter, der in Barcelona seltsame Geschäfte abwickelte, zum noch obskureren Finanzkapitalisten wurde, zu einem Verbindungsmann der Rechtsextremen, zum Entführer eines Taco-Verkäufers.

Gab es insgesamt drei Morales? Einen, der verschiedene Gestalten annahm? Fünf? Oder fünfzig? Waren sie eine Familie? Ein Trio? *Die Morales*, nein, das waren ganz andere Leute. Vater und Sohn? Was hatte es mit dem Geschäft in Montes Azules auf sich? Und war es am Ende abgeschlossen worden? Wer hatte die Stimme von Alvarado angenommen, um diese Geschichte wieder aufzurühren? War das Ganze der Plot eines Romans von Vázquez Montalbán, in dem Carvalho in Mexiko ermittelte? Das, und ein Haufen Zufälle dazu?

Er bereitete eine Zusammenfassung der Aufnahmen des Sprechenden Toten für Contreras vor, mit einer einleitenden Notiz. Er stellte fest, dass er gähnte. Er schloss das Fenster, damit der Nachtwind ihm nicht die Papiere durcheinander wirbelte, die im gesamten Raum verteilt lagen. Plötzlich fiel ihm etwas Wichtiges ein:

»Cristina, ich hätte gern, dass du für mich herausfindest, wo *Chaparritas El Naranjo* verkauft wird, mit Traubengeschmack.«

»Ist das dein Ernst? Mach keinen Scheiß, es ist drei Uhr morgens. Natürlich meinst du es ernst. Du bist wie dieser Hund im Weltall, Belascurris. Ich ruf dich an.«

Wenige Minuten später klingelte das Telefon.

»Wie es scheint, gibt es die im DF gar nicht mehr, weil die Website der Firma, die sie herstellte, namens *Alimentaria de Refrescos*, nicht mehr existiert. Aber in Guadalajara gibt es sie noch, und in Tuxtla wurden sie sogar frei Haus verkauft. ›Ein 24-Flaschen-Paket mit Mandarinen-, Ananas- und Traubengeschmack, zu 65 Pesos direkt vor Ihre Haustür.‹ Aber wie mir scheint, ist das nicht mehr der Fall, weil ich auch dieses Sonderangebot nicht anklicken konnte, um dir ein Paket zu bestellen. Wie es scheint, wurde die Firma von Coca-Cola aufgekauft. Und ein Mann, der eine

Website namens *Bescheuerte Komplimente* betreibt, zitiert eines, in dem es heißt: ›Herr Naranjo, wie süß sind Ihre Kleinen‹, gleich neben einem anderen, das besagt: ›Meine Verehrteste, glücklich ist der Nagel, der dieses Schläuchlein durchbohren kann.‹ Soll ich weiterlesen?«

»Nein, hat sich schon erledigt.«

Aus Mexiko-Stadt
Paco Ignacio Taibo II
Mexiko, Januar 2005.

Kapitel 9

Das Böse und der Böse

Das ist jemand, der zu dir hält, wie ein gütiger Vater, sagen die Städter ...«

Das waren meine Worte, die von Elías Contreras, Ermittlungskommission der EZLN. Daraufhin bekam Magdalena einen heftigen Lachanfall. Sie lachte und lachte. Und sie hörte einfach nicht auf. Bis sie dann aufs Klo ging, weil sie vor lauter Gelache plötzlich musste, also pinkeln. Und die ganzen Leute schauten uns an, weil die Magdalena so viel lachte. Also gut, auch deshalb, weil sie ein sehr knappes Kleidchen trug, das alles zeigte, also sie war ziemlich nackig unterwegs, die Magdalena. Es war nämlich so, dass wir gerade einen Kaffee in einem chinesischen Café tranken, das in der Calle Puente de Alvarado liegt, und es war schon spät abends. Weil es nämlich so gewesen war, dass die Magdalena mich in einem ihrem Zimmerchen im Guerrero-Viertel abgeholt hatte, dort im Monstrum, also in Mexiko-Stadt. Und in diesem Zimmerchen hatte ich ziemlich ganz schön viel gelitten, weil sie der Magdalena nämlich das Wasser abgestellt hatten, also man musste das Wasser mit einem Eimer die Treppe hoch tragen, aber der Eimer hatte ein Loch, das heißt, dass ein Gutteil von dem Wasser herauslief, und dann musste ich mehrmals gehen, und am Ende war alles eine Sauerei und ich war ausgerutscht und hingefallen. Und dann wusch ich also meine Kleider, und ich schüttete aus Versehen Chlor auf meine Hose und sie wurde irgendwie blass, ganz fahl, als ob sie krank wäre, und das Hemd, das vorher weiß war, ist jetzt nicht mehr weiß, sondern irgendwie fleckig, weil ich es mit der Hose in denselben Eimer getaucht habe. Also litt ich, weil das meine Ausgehsachen gewesen waren, das heißt, die besten, die ich hatte für meinen Ermittlungsauftrag im Monstrum, also in Mexiko-Stadt. Und dann kam die Magdalena, um mir zu sagen, dass es an diesem Abend auf dem Strich viel Konkurrenz geben würde und dass sie sich dabei allenfalls eine Grippe einfangen würde, und dann sagte sie mir, dass gehen wir doch einen Kaffee in einem Café trinken, ich lad dich ein, sagte sie, also die Magdalena wollte mich einladen. Und dann gingen wir in dieses chinesische Café, ohne dass sie sich umgezogen hätte, also ohne dass sie sich ein bisschen mehr angezogen hätte, weil sie ohnehin nicht viel Kleidung am Leib trug. In dem Café, wo wir Kaffee tranken, begannen wir zu plaudern, und dann fragte ich die Magdalena, was sie denn eigentlich damals den Bundespolizisten erzählt hatte, also denen von der Justiz, die mich neulich abends festnehmen wollten, also was sie ihnen gesagt hatte, damit sie mich dann doch nicht in ihrem Streifenwagen mitnahmen. Da sagte die Magdalena mir, sie hätte den Bundespolizisten gesagt, dass ich ihr *Zuhälter* sei. Und dann fragte mich die Magdalena, ob ich denn wisse, was Zuhälter bedeute, und ich sagte ihr, dass ja, und dann fragte sie, also er, mich, was das denn heiße, Zuhälter, und ich antwortete ihr damit, das sei eben jemand, der zu dir hält, wie ein gütiger Vater, und dann fing sie mit ihrem Gelache an und brauchte eine ganze Weile. Als sie sich dann von ihrem Gelache wieder beruhigt hatte, sagte ich, dass er, oder sie, eben wie mein Sohn oder meine Tochter sei, je nachdem.

Da ging sie vom Gelache zum Geweine über, also die Magdalena hat ganz schön wirre Gedanken, weil einmal lacht und lacht sie und dann weint sie gleich wieder. Und dann gab ich ihr meinen Milchkaffee, weil sie, also er, seinen schon ausgetrunken hatte. Und dann, mit dem Kaffee, beruhigte sie sich ein bisschen, aber sie weinte immer noch leise. Und dann sagte ich ihr, dass ihr Herz nicht traurig sein solle. Da sagte er, also sie, dass sie gar nicht traurig sei, dass sie oder er weinte, weil sie glücklich sei. Da hab ich deutlich gesehen, dass es wirklich so ist, dass die Magdalena sehr wirre Gedanken hat. Und ich hab ihr gesagt, dass wenn wir das Böse und den Bösen erst einmal besiegt hätten, dass sie oder er dann all das gerade rücken könne, was schief gegangen sei, und dass sie sich dann sogar einen ihren Ehemann suchen könnte und dass ich persönlich ihr Treuzeuge sein würde und dass wir eine Marimba bestellen würden, um zu tanzen, und Pozol und geröstete süße Tortillas ausgeben würden und am Ende vielleicht sogar ein Rind schlachten, wenn wir die nötigen Gelder zusammenbrachten, und alle Rinderbrühe trinken würden. Da sagte die Magdalena nur noch »ach Elías, ach Elías« und lachte und weinte, aber beides gleichzeitig, also es war ein Chaos. Und dann sagte sie, also er, dass wir hoffentlich diesen Krieg gewinnen, weil wir, also die Zapatisten, wirklich für die Leute kämpfen, die elend dran sind. Und danach sagte er, also sie, dass es nicht wichtig ist, ob sie oder er den Tag oder die Nacht, je nachdem, in der wir gewinnen, noch sehen kann, aber dass sie uns unterstützen will in allem, was sie kann, weil so eine Sache, also die Sache der Zapatisten, die beste Unterstützung verdient. Und dass das Beste immer unten ist, bei den Leuten, die elend dran sind. Und dann fragte mich die Magdalena, dass wo denn das Böse und der Böse seien, um ihnen gleich jetzt eins überzubraten, sagte sie. Und dann erzählte ich ihr, dass es ja gerade das war, was ich versuchte, herauszufinden, wo das Böse und der Böse genau ihr Haus haben, also ihre Arbeit.

Das Böse und der Böse aus der Sicht von Comandanta Esther und Comandante David

»Ich glaube, dass Don Manolo einen Text über die rechten Kräfte in der spanischen Regierung in Arbeit hatte«, hebt David an, während er seine Notizen durchgeht.

»Ja«, sagt Esther, »er forschte gerade darüber, wie der Franquismus sich reorganisiert hatte.«

»Also versuchte er, an Informationen über diese spanische Organisation namens *Ciudad Católica* heranzukommen, und bemerkte, dass diese faschistische Organisation Beziehungen zu anderen Organisationen der extremen Rechten in anderen Ländern hatte«, sagt David, auf eine Weltkarte zeigend.

»Und zwar in Mexiko mit einer Organisation namens *El Yunque*«, ergänzt Esther, auf das gleichnamige Buch von Alvaro Delgado zeigend, und fährt fort:

»Also gut. Hier in Mexiko haben wir Folgendes: Die so genannte Internationale Kommission für Menschenrechtsbeobachtung reist ab 1998 regelmäßig nach Chiapas. Sie ist oder war zusammengesetzt aus Bürgern verschiedener Länder, vor allem aus Europa, die besorgt waren über die Menschenrechtsverletzungen in den indigenen Gemeinden, also über die Militarisierung und die Paramilitarisierung. Ihre erste Reise unternimmt diese Kommission nach dem Massaker von Acteal, und zwar genau in der Zeit, in der Zedillo und sein Wachhund Albores ihren Angriff auf die autonomen Gemeinden führen. Um zu verhindern, dass sie ihre Schweinereien mitbekommen, weist die Regierung einige dieser Personen aus, insbesondere Italiener ...«

David fährt fort: »... an dieser Kommission ist oder war Daniel beteiligt, der Sohn von Don Manolo, der unter anderem Videofilmer ist. Also filmte Daniel Vázquez Montalbán im Rahmen der Kommissionsarbeit die Militärposten und die Treffen mit den Leuten von Zedillos schlechter Regierung. Als er nach Barcelona zurückgekehrt war, sah sich Don Manolo in Gesellschaft eines gewissen Pepe Carvalho die Videoaufzeichnungen an, die sein Sohn in Chiapas gemacht hatte.«

David wirft noch einmal einen Blick auf seine Notizen, um dann weiterzusprechen: »Pepe Carvalho war, oder ist, Detektiv und unterstützte Don Manolo bei seinen Nachforschungen über den Neofranquismus im spanischen Staat. Als sie sich die Videos ansehen, bat Herr Carvalho darum, die Filmausschnitte, in denen die Leute von der schlechten Regierung und die Militärposten auftauchen, noch einmal zu wiederholen. Weder Don Manolo noch sein Sohn verstanden den Grund dafür, doch sie taten es. In einem bestimmten Moment identifizierte Carvalho eine Person und sagte: ›Das ist Morales.‹ Diese Person stand neben General Renán Castillo, der, wie du weißt, der Mann ist, der die paramilitärischen Gruppen im Hochland organisiert hat und der gemeinsam mit Zedillo zu den Leuten gehört, die das Massaker von Acteal am 22. Dezember 1997 geplant haben.«

»Und dann erklärte Herr Carvalho dem Don Manolo, dass er im Verlauf seiner Nachforschungen über die spanische Rechte öfter auf diese Person gestoßen sei und dass er sicher wisse, dass der Mann gute Beziehungen zur Regierung von José María Aznar unterhalte und als Morales bekannt sei, einfach nur Morales, ohne weitere Angaben. Daraufhin bat Don Manolo Herrn Carvalho, mehr über den gewissen Morales herauszufinden«, sagt Esther.

»Also, er bittet ihn, dem gewissen Morales ein Schlepptau anzuhängen, wie wir das hier nennen«, ergänzt David.

»Genau. Er lässt den gewissen Morales beschatten und findet das mit dem Hotel heraus, das mit der U-Bahnstation und mit dem Finanzzentrum, und auch das mit der mexikanischen Botschaft. Mithilfe irgendeines Tricks von Carvalho finden sie dann auch noch die Sache mit dem Koffer voller Papiere und dem mit den Euros heraus.«

Jetzt David:

»Im Verlauf seiner Nachforschungen entdeckt er, dass die Regierung Aznar Beziehungen zum mexikanischen Geheimdienst unterhält, mit dem Ziel, die baskischen Bürger, die in unserem Land wohnen, auszuspionieren und sie der ETA-Mitgliedschaft zu beschuldigen. Wie du weißt, werden diese Basken entführt, gefoltert und erst danach den Richtern übergeben, genau dieselbe Methode, die auch die Weiße Brigade im so genannten Schmutzigen Krieg anwandte. Carvalho findet nicht nur heraus, dass es in Mexiko eine Art Übereinkommen der Mächtigen gibt, damit die Wahrheit über den Schmutzigen Krieg nicht ans Licht kommt, sondern er entdeckt auch, dass *El Yunque* mithilfe einer Unterorganisation namens MURO dabei ist, die paramilitärischen Gruppen zu reaktivieren. Und nicht nur das, Carvalho findet außerdem ...«

»... den gewissen Morales«, unterbricht Esther.

»Und was hat es mit Montes Azules, der Biodiversität und den transnationalen Konzernen auf sich?«, fragt der Sub.

Esther antwortet ihm:

»Dem Bericht von *Deep Throat* zufolge, den du uns gegeben hast, handelt der gewisse Morales mit seltenen Tierarten aus dem lakandonischen Urwald, und außerdem ist er in die Betrugsgeschäfte von Julia Carabias und Ernesto Zedillo verwickelt, um bestimmte Stücke Land in Montes Azules an transnationale Konzerne zu verkaufen. Vielleicht wusste Don Manolo das, weil Carvalho in dem Aktenkoffer des gewissen Morales etwas darüber gefunden hat und weil er darüber Bescheid wusste, dass sich Zedillo, Carabias, Tello und Morales dort in Spanien getroffen hatten.«

»Mhm, das Puzzle nimmt allmählich Gestalt an«, kommentiert der Sub, während er seine Pfeife anzündet.

»Wo ist denn Elías?«, fragt David.

»Im Monstrum. Er hat sich schon mit dem Detektiv Belascoarán getroffen, der zu einer Zusammenarbeit bei den Ermittlungen bereit ist. Elías wird ihn in diesen Tagen noch einmal aufsuchen, um Informationen auszutauschen und zu entscheiden, wie sie weiter vorgehen können«, antwortet der Sub.

»Ich glaube, wir sollten ihn zurückrufen«, sagt Esther.

»Ja«, sagt David. »Den Berichten von der Junta der Guten Regierung in La Realidad zufolge war Morales bei der Gruppe um Fox dabei, die in den letzten Tagen in den lakandonischen Urwald gereist ist, und sie haben sich hinter verschlossenen Türen mit ein paar Leuten getroffen, die incognito angereist waren, deshalb blieb Fox dort auch über Nacht. Aus dem Gefolge des Präsidenten sind alle außer einem wieder mit zurückgereist ...«

»... alle außer dem gewissen Morales«, unterbricht Esther erneut.

»In der Gegend von Chiapas, in der Fox sich aufgehalten hat, gibt es Edelhölzer, Erdöl, eine große Vielfalt an Pflanzen- und Tierarten, Uranvorkommen ... und Wasser. Wenn das Böse und der Böse irgendwo sind, dann dort«, sagt David und zeigt mit dem Finger auf eine Stelle der Karte von Chiapas, auf der geschrieben steht: »Biosphärenreservat Montes Azules.«

Auszüge aus dem Bericht über die Arbeiten des Elías im Monstrum, den dieser Anfang 2005 über den Sub dem Klandestinen Revolutionären Indigenen Komitee – Generalkommandantur der EZLN hat zukommen lassen:

Seinen Berichten zufolge war Elías im Restaurant *Champs Elysées*, im Stadtteil Polanco, als Kellner tätig, wo er einen der schlimmsten Wutanfälle provozierte, die Diego Fernández de Cevallos, Senator der Partei Nationale Aktion, Verteidiger von Kriminellen, Freund von Drogenhändlern und Architekt des Wahlkampfs von Innenminister Santiago Creel für die bevorstehenden Wahlen zum Präsidentenamt, jemals erlitten hat.

Es war also so, dass *Coyota* (so nennt der Volksmund Fernández de Cevallos) in diesem Restaurant gemeinsam mit seinen Freunden speiste. Anwesend waren Jesús Ortega (ein korrupter PRD-Mann, der die Gehaltslisten dieser Partei zum eigenen Vorteil manipuliert hat und außerdem anstrebt, López Obrador als Bürgermeister der Hauptstadt zu beerben), Manuel Bartlett (von der PRI, mit Beziehungen zur Drogenmafia und daran interessiert, sich mit einem der Narco-Kartelle einzulassen, die jeweils hinter den parteiinternen Vorkandidaten der PRI auf das Präsidentenamt stehen und untereinander um die Macht ringen) und Enrique Jackson (ebenfalls PRI, ebenfalls Vorkandidat, Eigentümer diverser dubioser Geschäfte in Mexiko-Stadt und nach Informationen der US-amerikanischen DEA ebenfalls mit einem der Drogenkartelle verbandelt). Elías sollte sie bedienen. Da rief Fernández de Cevallos ihm zu: »Na komm, ja, du da, blöder stinkender Indio, bring uns mal die Karte«, und daraufhin, zu seinen Tischnachbarn gewandt, »wollen wir doch mal sehen, ob dieser faule Indiokerl nicht gleich einschläft«, und die anderen pflichteten ihm lachend und Beifall klatschend bei. Elías brachte ihnen die Karte. Als er sie entgegennahm, sagte Fernández de Cevallos zu ihm: »Hör mal, Freundchen, hör bloß nicht auf die Zapatisten, ihr Indios seid dazu da, uns zu bedienen, dafür haben wir euch schließlich erobert.« Erneutes Gelächter und Applaus seitens der Narco-Parlamentarier. Elías wartete ab, bis sie alle bestellt hatten, und tat so, als würde er mitschreiben. Dann ging er und kam nach einer Weile zurück, aber nicht mit der Bestellung, sondern mit einer Flasche Antazidum, die mit einem Schleifchen und einem Kärtchen versehen war, auf dem stand: »Für *Coyota* und seine Kreaturen.« Fernández de Cevallos lief grün und blau an und brachte kein Wort mehr heraus. Elías zufolge riss *Coyota* die Augen weit auf, wie er es bei Auseinandersetzungen mit kritischen Journalisten zu tun pflegt. Der Oberkellner kam angelaufen, um nachzusehen, was vor sich ging, aber Fernández de Cevallos schaffte es lediglich, auf Elías zu deuten, während seine drei Schweinchen ihm besorgt auf den Rücken klopften und ihm mit ihren Servietten Luft zufächelten. Sie riefen einen Krankenwagen. Als er auf die Bahre gelegt wurde, konnte Fernández de Cevallos gerade noch »diese Scheißindios« röcheln. Möglicherweise wurde Elías entlassen, aber er blieb gar nicht lange genug dort, um es herauszufinden. Diego Fernández de Cevallos verbrachte jedenfalls die nächsten Tage im Krankenhaus, angeblich, »um eine mögliche Krebserkrankung diagnostizieren zu lassen«. In Wirklichkeit hatte er eine Gallenkolik erlitten, so heftig, dass selbst sein Bart eine grünliche Farbe angenommen hatte. In einem exklusiven Schönheitssalon ließ er ihn sich für Unsummen wieder grau färben. Die Rechnung bezahlte der mexikanische Senat.

Vor dem Zwischenfall mit *Coyota* Fernández de Cevallos hatte Elías im Zimmerservice des Hotel Oxford gearbeitet, im Tabak-Viertel. Bei diesem Job zog er der Che-Guevara-Büste, die im selben Viertel in dem kleinen Park hinter dem San-Carlos-Museum steht, eine schwarze Skimütze über. Das war am 8. Oktober des vergangenen Jahres, also 2004. Niemand bemerkte es, weil Angestellte des Stadtbezirks Cuauhtémoc bei Morgengrauen die Skimütze entfernten, und auch das Schild, auf dem stand: »Er wird wiederkommen, und sie werden Millionen sein.«

Das Böse und der Böse nach Manuel Vázquez Montalbán, katalanischer Schriftsteller und harscher Kritiker der Rechten (und auch der Linken)

»Nein, es gibt keine alleinigen Wahrheiten, und auch keine endgültigen Kämpfe, aber es ist immer noch möglich, uns an möglichen Wahrheiten zu orientieren, im Gegensatz zu den offensichtlichen Nichtwahrheiten, und diese zu bekämpfen. Es ist möglich, einen Teil der Wahrheit zu sehen, sie aber nicht als solche zu erkennen. Aber es ist unmöglich, das Böse zu betrachten und es nicht als solches zu erkennen. Das Gute existiert nicht, aber das Böse, glaube ich, oder fürchte ich, schon.«

Das Böse und der Böse nach Héctor Belascoarán und Elías Contreras

Ich ging hin zum Belascoarán seiner Arbeit, also seinem Büro. Ich ging am Nachmittag, das heißt, es war schon fast Abend. Den Vormittag über hatte ich in der Zeitung, die *La Jornada* heißt, gelesen, was ein sehr wissender Herr sagte, der heißt ..., wie heißt er denn gleich, wartet, hier hab ich es, genau, er heißt Miguel León Portilla. Und hier hab ich mir also aufgeschrieben, was er sagte, dieser Miguel León Portilla. Er sagte: »Das Wort ist weder käuflich noch verkäuflich, so lautet ein prähispanisches Sprichwort, das eine Mutter ihrer Tochter erzählt. Ist das nicht eine wunderbare Sache? Was für ein Kontrast zu dem, was viele Politiker heutzutage tun«, das sagte dieser Herr in dieser Zeitung, die *La Jornada* heißt. Ich hab nachgedacht über das, was dieser Wissende gesagt hatte, aber nicht allzu lange, weil dann musste ich auch schon los zum Belascoarán.

Ich glaub, es war an einem Sonntag, ich erinnere mich nicht sehr, aber dass ich an diesem großen Haus von der Zeitung, die *El Universal* heißt, vorbeigekommen bin, daran erinnere ich mich gut. Und es war genau sechs Uhr nachmittags Regierungszeit, also 19.00 Uhr an der südöstlichen Kampffront. Daran kann ich mich gut erinnern, weil genau, als ich daran vorbeiging, konnte man deutlich die Klänge der mexikanischen Nationalhymne hören, und da salutierte ich, da heißt ich stand stramm und grüßte mit meiner linken Hand an einer Seite meines Kopfes, so grüßen wir Zapatisten die Hymne und die Fahne unseres Landes Mexiko. Ich stand also gerade stramm, ganz allein auf der Straße, weil einfach zu der Zeit sonst keiner dort entlangging, und sah nur mit den Augen von einer Seite zur anderen, um nachzusehen, von wo genau denn die Musik kam, die so geht: *»Mexicanos al grito de guerra«*, aber ich konnte es nicht herausfinden. Dann war die Musik endlich zu Ende, und ich konnte sehen, dass sie aus einer riesigen Uhr gekommen war, die sich oben auf dem Haus von dieser Zeitung befand. Also gut, diese Straße heißt Bucareli, und gleich von da um die Ecke ist dem Belascoarán sein Büro, also seine Arbeit, in der Straße, die auf der einen Seite Artikel 123 heißt und auf der anderen Donato Guerra.

Als ich gerade dort ankam, kam auch der Belascoarán. Er hatte so eine Art Becher dabei und einen kleinen Brotbeutel, und wir begrüßten uns und gingen nach oben, dorthin, wo er zusammen mit drei anderen Christenmenschen arbeitet, die ein bisschen gut sind und viel Krach machen. Da stellte mich der Belascoarán den anderen vor und sagte sowas wie: »Ich möchte euch Elías Contreras vorstellen, er kommt aus Chiapas.« Da grüßten mich alle und fragten mich, was ich denn so tun würde im Leben. Da ich gesehen hatte, dass der Belascoarán ihnen vertraute, sagte ich ihnen, ich sei Ermittlungskommission. Und dann erklärte ihnen der Belascoarán, dass ich Detektiv sei, aber dass die Detektive da, wo ich herkäme, nämlich im Rebellenterritorium für die Menschheit und gegen den Neoliberalismus, eben so genannt würden, also dass die Detektive Ermittlungskommissionen genannt würden. Ich sagte zum Belascoarán, lass uns mal diese Sache mit diesem Morales angehen. Und er, dass genau, dass lass uns mal die Sache oder den Fall des gewissen Morales angehen, je nachdem. Und dann sagte mir der Belascoarán, dass man nicht Sache sagt, sondern Fall. Da sagte ich ihm, dass genau, dass wir jetzt die Sache oder den Fall des gewissen Morales angehen, je nachdem. Der

Belascoarán holte den Ordner heraus, den ich ihm vor ein paar Tagen gegeben hatte, an diesem Abend, und der die Papiere enthielt, die der Sub geschickt hatte, mit den Berichten drauf, die wir über den gewissen Morales besaßen. Aber jetzt hatte der Belascoarán die Berichte neu geordnet, zusammen mit anderen seinen Nachforschungen, die der Belascoarán angestellt hatte, und alles war sehr durcheinander.

Der Belascoarán hatte alles neu sortiert, um Ordnung und Perspektive hineinzubringen. Also fragte ich ihn, was denn das Wort »Perspektive« bedeutet, und er erklärte mir, dass das heiße, dass man sich die Sachen oder Fälle, je nachdem, so anschaut, dass man alles sieht und von allen Seiten gleichzeitig und von weiter weg, um alles auf einmal sehen zu können. Also ich verstand das so, dass »Perspektive« heißt, dass man die Sachen gemeinsam anschaut, also zu mehreren, weil einer allein nur eine Seite anschaut und mit anderen zusammen kann man eben mehr Seiten sehen, und man hat eben einen besseren Blick auf die Sache oder den Fall, je nachdem. Und dann mischte sich der Herr, der Gilberto Gómez Letras heißt, in das Gespräch ein und sagte:

»Mach keinen Scheiß, Chef, erklär das dem Don Elías doch mal richtig, weil wenn nicht, geht er zurück und erzählt dort überall, dass wir hier keine Ahnung haben.«

Und dann sprach der, der Sessel aufschlitzt, also der Carlos Vargas, und der sagte:

»Da will doch glatt ein blöder Klempner wissen, was die Definition von Perspektive ist.«

Darauf sagte der, der demzufolge ein blöder Klempner war:

»Nicht umsonst ist mein zweiter Nachname *Letras*, also Geisteswissenschaften.«

Und dann holte er ein ganz schön doppeltes Buch heraus, also ein sehr dickes, das *Wörterbuch des modernen Spanisch* heißt, begann zu suchen und fand das Wort und sagte, dass dieses Wort heißt ... also es heißt ... Moment mal, ich schau mal in meinem Heft nach, weil ich hab das alles genau aufgeschrieben. Ja, hier ist es, unter dem oben genannten Wort steht hier:

»Perspektive. Darstellung räumlicher Gebilde in einer ebenen Zeichenfläche, so dass der Gegenstand auf der Bildfläche unter den gleichen Sehbedingungen erscheint wie als Körper im Raum.

Raumdarstellungen in der Bühnenmalerei. Offensichtliche und täuschende Darstellung der Dinge. Aussicht auf einen Geschäftsabschluss.«

Gut, also das ist das, was meinen Notizen zufolge das dicke Buch von diesem Herrn Gómez Letras sagte. Daraufhin sagte der Aufschlitzer, also der Vargas:

»Teufel auch, da war die Arznei aber schlimmer als die Krankheit!«

Und der Belascoarán sagte, dass er lieber bei seiner eigenen Erklärung des Wortes bleibe, also bei seiner Erklärung vom Belascoarán. Ich fragte, ob es denn so sei, wie wenn man alles auf einmal sieht, und der Belascoarán sagte, ja, so etwas in der Art, und dann dachte ich, dass meine Gedanken zwar wirr sind, aber »Perspektive« haben, weil ich immer alles auf einen Schlag sehe, also alles auf einem Haufen. Die Gedanken vom Belascoarán entsprechen einer »geordneten Perspektive«, und meine einer »wirren Perspektive«, aber das ist weil er städtischer Detektiv ist und ich zapatistischer Ermittlungskommission, daran liegt es, glaube ich, dass meine Gedanken nicht dieselben sind wie seine Gedanken vom Belascoarán. Da sagte er, wir sollten die Nachforschungen je nach Lesart sortieren, um herauszufinden, wann etwas vorgefallen war und wo es vorgefallen war und wie, und dann könnten wir sehen, was die Sachen oder Fälle, je nachdem, miteinander zu tun hätten, und wir könnten sehen, ob wir überhaupt vorankommen bei den Ermittlungen oder ob wir völlig auf dem Holzweg sind. Und dann sagte der Belascoarán zu den anderen, sie sollten ihre Donuts mal schneller aufessen. Donuts sind so eine Art Brote mit einem Loch in der Mitte, also es sind Brote, die nicht ordentlich gemacht sind. Aber sie kosten genauso viel, als wenn sie vollständig wären.

Der Belascoarán sagte ihnen also, sie sollten sich mit ihren Donuts und ihrem Kaffee beeilen, und sie sollten entweder schauen, ob draußen was los sei, oder einfach die Klappe halten, er stelle es ihnen frei, sich in »demokratisch-libertärer Disziplin« zu entscheiden, so nannte er das. Da schwiegen sie alle und hörten nur noch zu, während der Belascoarán und ich uns die Sache oder den Fall des gewissen Morales anschauten, je nachdem, und zwar mit Perspektive, der geordneten des Belascoarán und meiner wirren, weil wir ja übereingekommen waren, dass wir bei diesen Ermittlungen gegen das Böse und den Bösen beide zwei zusammenarbeiten würden, also sozusagen als Kollektiv. Da breitete der Belascoarán die Papiere aus, die er gehabt hatte und die, die wir ihm gegeben hatten, und es war eine ganze Menge, sogar auf die Kaffeetasse dieses Herrn namens Villareal legte er ein Papier, und andere legte er auf die aufgeschlitzten Stühle, einfach überall lagen Papiere. Dann begann der Belascoarán mir zu erklären, dass wir, weil wir keine Leute hätten, also keine Christenmenschen, denen wir Fragen stellen könnten, dass wir deshalb eben die Papiere befragen würden und dass es dabei kleine Fragen und große Fragen gäbe. Ich verstand deutlich, dass es nicht darum ging, dass die Papiere sprechen sollten, sondern dass wir die Antworten in dem, was auf den Papieren geschrieben stand, finden würden, oder vielleicht auch nicht, je nachdem. Es war so, dass die großen Fragen zu großen Antworten führten, und danach waren die kleinen Fragen dran. Da hab ich mich gefreut, weil ich gesehen hab, dass die Gedanken vom Belascoarán recht wirr waren, genauso wie meine, also verstand ich alles sehr gut. Die anderen waren sehr schweigsam, ich weiß nicht, ob aus »demokratisch-libertärer Disziplin« oder weil sie nichts verstanden. Dann sagte der Belascoarán, dass wir jetzt mit den großen Fragen anfangen sollten, und ich holte ein mein Heft raus und begann das alles aufzuschreiben, weil man immer bereit sein muss, Dinge zu lernen, weil was, wenn sie am Ende für den Kampf nützlich sind. Die erste große Frage, die der Belascoarán stellte, war:

»Stehen alle diese Informationen miteinander in Beziehung?«

Also das heißt, die Frage war, ob alle Papiere gegenseitig etwas miteinander zu tun hatten. Und dann schwieg der Belascoarán, und die anderen schwiegen sowieso, und da verstand ich, dass der Belascoarán darauf wartete, dass jemand antwortete, und ich sagte, dass ja, dass die einen Sachen schon etwas mit den anderen zu tun hatten. Da zündete der Belascoarán eine seine Zigarette an und schaute mich an und fragte, warum ich das denn sagen würde, also was denn die Beziehung zwischen dem Ganzen sei.

Da sagte ich: »Die Toten.«

Und dann schwiegen alle weiter, aber nicht aus »demokratisch-libertärer Disziplin«, sondern weil sie darauf warteten, dass ich mehr erklärte. Also erklärte ich, dass diese Nachforschungen angestellt worden waren, weil die Toten damit angefangen hatten. Ich sagte ihnen nicht, dass ich schon verstorben war, also dahingeschieden, also tot, weil was, wenn sie vor lauter Schreck krank werden und der Kaffee und die Brote mit den Löchern drin ihnen dann nicht mehr bekommen. Aber ich sagte ihnen, dass der dahingeschiedene Manuel Vázquez Montalbán mit der zapatistischen Ermittlung angefangen habe und dass die Ermittlung vom Belascoarán vom dahingeschiedenen Jesús María Alvarado begonnen worden sei, dass zwar der eine schrieb und der andere am Telefon sprach, aber dass sie beide dahingeschieden waren, also tot. Dass das ein paar Tote waren, die keine Ruhe gaben, die nicht einfach ruhig auf den heiligen Totentag warteten, um ihren Kaffee zu trinken und Tamales zu essen, und auch ein bisschen von den Orangen und dem *pozol-atole* zu naschen, sondern sie nervten rum. Da lächelte der Belascoarán, sah zum Fenster hinaus und sagte:

»Gut. Die Toten. Unbequeme Tote.«

Und dann, während ich gerade das Wort »unbequeme« in mein Heft schrieb, sagte der Belascoarán: »Sehr gut, Elías Contreras.« Und dann sagte er, dass das nicht alles war, dass nicht nur die Toten die Papiere alle untereinander verbanden, also machten, dass sie alle etwas miteinander zu tun hatten. Er sagte, diese Papiere seien wie das dicke Buch vom blöden Klempner, also das Wörterbuch. Er sagte, diese Papiere seien das Wörterbuch der Korruption und des ganzen Mists, den ein System machte, sie seien wie eine *Perspektivzeichnung* der Schweinereien, die das System der Mächtigen anstellte, also der Schweinereien der Reichen und ihrer schlechten Regierungen. Und dann sagte er, dass hier alles enthalten sei, also Repression, Morde, Gefängnisse, Verfolgte, Verschwundene, Betrugsmanöver, Raub, Enteignung von Ländereien, Ausverkauf der nationalen Souveränität, Vaterlandsverrat und Korruption.

»Kurz gesagt«, fuhr er fort, »die von oben machen die von unten fertig.«

Da dachte ich nach, zündete eine meiner *Ungraden*-Zigaretten an, lächelte und sagte:

»Das Böse.«

Ich konnte sehen, dass der Belascoarán sich ein bisschen freute, weil er hinging und ein paar Getränke aus einer Ecke holte und sie mit der Spitze einer Pistole aufmachte, also mit dem Korn, mit dem man zielt, und uns allen eine gab. Und dann hob der Mann namens Villareal die Hand und sagte:

»Ich bitte um das Wort.«

Aber er wartete gar nicht ab, ob wir ihm das Wort erteilen würden – also die ist sehr eigenartig, diese »demokratisch-libertäre Disziplin«. Wisst ihr, wenn der Villareal das bei einer Versammlung in meinem Dorf machen würde, würden ihn alle komisch anschauen. Aber der Villareal war nicht bei einer Versammlung in meinem Dorf, weshalb er einfach fragte:

»Und der gewisse Morales?«

Der Belascoarán und ich drehten uns um, um uns gegenseitig anzuschauen, also beide zwei, und man konnte deutlich sehen, dass wir uns beide einig waren und dasselbe dachten, weil wir gleichzeitig sagten:

»Der Böse.«

Dann erklärte der Belascoarán alles noch einmal, mit dem ganzen Haufen Papiere und den Fotos vom gewissen Morales, die er an dieselbe Wand geklebt hatte, wo sie ein Foto von einer recht nackigen Señora hatten, das heißt, die hatte keine Brüstchenträger und keinen Rock und keine Unterhose und gar nichts an. Er sagte:

»Die Orte und Zeiten und die Altersangaben vom gewissen Morales passen nicht zusammen.«

Dann zeigte er auf die Wand und ergänzte:

»Und die Fotos auch nicht.«

Da konnte man deutlich sehen, dass wir alle die nackige Señora anschauten und nicht die Fotos vom gewissen Morales. Und dann sagte der Belascoarán, wir sollten aufhören zu spannen, er spräche gerade vom Bösen, nicht von dieser Señora, die ja recht gut sei, so sprach er. Dann drehte er sich zu mir um und sagte, das heißt, er fragte mich:

»Gibt es einen einzigen Morales oder sind es mehrere?«

Wir dachten alle eine Weile nach. Und dann sagte ich:

»Das Böse ist groß, also muss es wohl mehrere von den Bösen geben.«

Dann versuchten wir herauszufinden, wie viele gewisse Morales es denn gab, wenn es denn mehrere gab. Und wir sahen, dass ja, dass man verschiedene gewisse Morales ausmachen konnte. Der Belascoarán sagte, wir könnten sie nicht alle ermitteln und festnehmen, weil wir zu wenige seien, sagte er. Da antwortete ich ihm, dass wir einen oder zwei auswählen müssten, weil wir sowieso nicht ausreichen würden, um mehr zu fangen, also das heißt, es fehlte uns zwar nicht an Lust, aber an Händen. Und dann sagte der Belascoarán, dass eine Ermittlungslinie, so sagte er, im Monstrum verlaufe, also in Mexiko-Stadt, und eine andere Ermittlungslinie nach Chiapas führe. Dass wir es also entweder so machen könnten, dass wir alle zwei beide nach Chiapas reisten, um den Bösen zu fangen, der dort – also hier – seine Schweinereien machte, oder dass wir zunächst gemeinsam in Mexiko-Stadt, also im Monstrum, den Bösen ermitteln konnten, der seine miesen Touren hier anstellte – also dort. Oder dass jeder von uns in seinem Terrain vorgehen könnte, wobei wir uns beide mit den Informationen, die wir zusammenbekämen, unterstützen könnten.

So sind wir verblieben. Also, dass jeder mit seinem Eigenen, also der Belascoarán im Monstrum und ich, Elías Contreras, in den Bergen des mexikanischen Südostens. Und dann gab mir der Belascoarán alle Informationen, die er hatte und die mir für meine Ermittlungskommission hier in Chiapas nützen würden, und ich gab ihm alle Informationen, die ich hatte und die er für seine Detektiverei im Monstrum, also in Mexiko-Stadt, brauchen konnte. Und dann haben wir uns alle gefreut und haben ein bisschen recht viel gelacht über die Witzereien, die alle über die nackige Señora machten, also über das Foto mit der nackigen Señora.

Dann sagte ich zum Belascoarán, dass der Sub mir gesagt hätte, dass er mir, wenn er Zeit und Lust hätte, dieses Domino beibringen solle. Da sagte der Belascoarán: »Jetzt ist der richtige Moment«, das heißt, dass er es mir gleich beibringen würde. Ich erinnere mich nicht sehr an den Unterricht und das Spiel, vielleicht erinnert sich ja der Belascoarán und kann euch davon erzählen, aber ich erinnere mich nur dran, dass ich in der Jackentasche einen Filzstift hatte, für den Fall, dass ich ihn brauchte, weil ich noch wusste, was der Russe mir erzählt hatte, also, dass man auf die Dominosteine noch zusätzliche Punkte malen konnte.

Wir setzten uns alle hin, und ich sagte ihnen, dass wir jetzt alle *Kolleger* seien. Da sagte mir der Belascoarán, es heiße nicht *Kolleger*, sondern *Kollegen*. Und dann fragten sie mich, warum ich das sagte, dass wir alle *Kolleger* seien. Ich erklärte ihnen, dass man unsere Arbeit nicht sieht, wenn sie gut klappt, also wenn wir sie gut machen, sieht keiner, dass wir unsere Arbeit gut gemacht haben. Aber wenn wir unsere Arbeit schlecht machen, dann ist es eine Katastrophe.

Und ich sagte ihnen, dass der Herr Gómez Letras Klempner ist, also er kümmert sich darum, dass das Wasser korrekt dort rauskommt, wo es rauskommen soll, und so, wie es rauskommen soll. Wenn der Gómez Letras seine Arbeit gut macht, dann merkt es niemand: Das heiße Wasser kommt da raus, wo es soll, und das kalte auch dort, wo es soll, und wenn man den Hebel für die Latrine drückt, also für die Toilette, dann verschwindet das Groß und das Klein dorthin, wo es soll, also die Kacke und die Pisse. Wenn der Gómez Letras seine Arbeit aber schlecht macht, dann ist es ein Chaos, weil dann, wenn man Teller abwaschen will, statt Wasser Pisse kommt, oder das kalte Wasser kommt dort heraus, wo das warme kommen müsste, und andersrum umgekehrt. Und dann sagen alle, »der blöde Gómez Letras hat seine Arbeit nicht richtig gemacht«.

Und dann sagte ich ihnen, dass der Herr Vargas Polsterer ist, also er repariert Stühle und Sessel und richtet sie so her, dass ihre Eingeweide und die Eisenteile nicht herauskommen, sondern dass sie schön weich sind. Wenn der Herr Vargas seinen Job also gut macht, merkt es keiner, weil alle bequem sitzen, während sie ihren Kaffee trinken oder Fußball schauen oder Filme im Fernsehen. Aber wenn der Herr Vargas seine Arbeit schlecht macht, dann gibt es einen Problem, weil gerade wenn man vom Film sehr mitgerissen wird, wo gleich der Böse sterben wird – zack! – sticht einen eine Eisenfeder, oder man setzt sich hin und bleibt eingesunken und kommt auch nicht mehr hoch, wenn man mit einem Seil hochgezogen wird, oder aber man setzt sich auf die bloßen Bretter und bekommt einen blauen Hintern. Und dann sagen alle, »der blöde Vargas hat seine Arbeit nicht richtig gemacht«.

Und dann sagte ich ihnen, dass der Herr Villareal Ingenieur für Abwassersysteme ist, also er macht die Ingenieursarbeit, damit das schmutzige Wasser nicht herauskommt und die ganzen Städter nicht in Scheiße ertrinken. Wenn der Herr Villareal seine Arbeit gut macht, merkt das kein Mensch, man steht morgens auf und läuft durch die Straßen und sie sind nicht voller Scheiße, auch die Metro ist nicht mit Urin überschwemmt, alles sieht normal aus. Aber wenn der Herr Villareal seine Arbeit schlecht macht, dann ist das Unglück groß, weil dann in jedem Moment ein Tsunami aus Scheiße und Urin kommen und die ganze Stadt überschwemmen kann, und dann hilft nicht einmal der zweite Stock, sondern bloß noch das Kanu. Und dann sagen alle: »Der blöde Villareal hat seine Arbeit nicht richtig gemacht.«

Schließlich erzählte ich ihnen, dass der Belascoarán und ich Ermittlungskommissionen sind, also Detektive, dass wir versuchen, das Böse und den Bösen zu finden und dafür sorgen, dass sie für ihre Schlechtigkeiten bestraft werden. Wenn wir unsere Arbeit gut machen, merkt es keiner, weil das Böse da ist, wo es hingehört, also dort, wo es den guten Leuten nichts anhaben kann, und die Leute sind in ihren Häusern und Arbeiten zufrieden. Aber wenn der Belascoarán und ich unsere Arbeit schlecht machen, dann ist es ein großer Problem, weil dann sind das Böse und der Böse wo immer sie wollen mit ihren Schlechtigkeiten und alle sagen: »Der blöde Belascoarán und der blöde Elías, sie haben ihre Arbeit nicht ordentlich gemacht.«

Dann schwiegen alle, ich glaub, sie dachten darüber nach, ob es stimmt, dass wir alle *Kolleger* sind. Und dann holten sie diese Plättchen hervor, also die Domino-Spielsteine, und fingen an, sehr anders zu reden. Und danach, als diese Domino-Spielerei zu Ende war, haben wir uns alle verabschiedet. Der Belascoarán und ich, wir haben uns umarmt.

Ich ging, und ich glaub, auch sie sind gegangen, weil es war schon spät. Und dann schickte ich einen Bericht an den Sub, in dem ich ihm erzählte, wie die Versammlung gelaufen war, also unsere Sitzung in der Arbeit vom Belascoarán, und auf was wir uns gegenseitig geeinigt hatten.

Ich erinnere mich, dass der Mond einen ziemlichen Bauch hatte und ganz schamlos über dem Hügel des Monstrums leuchtete, also er hing mitten im Nachthimmel von Mexiko-Stadt, als mich die Botschaft vom Sub erreichte, die besagte:

»Übereinkommen zur Kenntnis genommen. Nach unseren Erkenntnissen befindet sich der gewisse Morales hier, also komm zurück. Wenn du ankommst, erzählst du mir alles und wir machen einen Plan. Reise sehr vorsichtig und prüfe, dass du keinen im Schlepptau hast. Ich erwarte dich hier, weil noch fehlt, was fehlt. Bis dahin, eine Umarmung.«

Aus den Bergen des mexikanischen Südostens,
Subcomandante Insurgente Marcos
Mexiko, Januar 2005.

Kapitel 10

»Wenn ich aus der Gegenwart verschwinde«

Er ruft mich nicht mehr an. Jesús María Alvarado ruft mich nicht mehr an«, sagte der fortschrittliche Beamte mit einem traurigen Unterton in der Stimme. Der Hund schien es mit einem Blick, der noch unendlich viel trauriger war, bestätigen zu wollen.

»Nein, jetzt ruft er nämlich mich an«, sagte Belascoarán, nahm die Kassette aus dem Anrufbeantworter und hielt sie dem Mann hin.

Er war um zwei Uhr morgens aufgetaucht. »Ich habe bei Ihnen Licht gesehen, deshalb habe ich geschellt«, versuchte er sich zu entschuldigen, während er den Detektiv rücksichtslos aus seinen Wachträumen riss.

Der Beamte und der humpelnde Hund tranken die letzten Coca-Cola-Vorräte weg, während sie in Belascoaráns Wohnzimmer auf dem Fußboden saßen, obwohl Héctor ihnen den Sessel angeboten hatte.

»Irgendwie bin ich enttäuscht, ich hatte daran Gefallen gefunden, in eine verrückte Geschichte verwickelt zu sein, in eine Ermittlung. Ich gebe ja zu, dass das ein bisschen makaber ist ... Aber manchmal tendiert mein Leben dazu, ein bisschen langweilig zu sein«, sagte Monteverde.

»Mir gefällt es, wenn mein Leben auch mal ein bisschen langweilig ist. Ich schlafe dann viel, Stunde um Stunde, Tag um Tag schlafe ich, und ich lese all die Bücher, die ich bis dahin nicht hatte lesen können, und dann sehe ich mir Filme mit Stan Laurel und Oliver Hardy an.«

Der Hund schien das gutzuheißen, denn er setzte das typische Gesicht des Dicken auf, wenn »Doof« mal wieder gar nichts verstand, und machte sich über die Reste eines alten Würstchens her, das Belascoarán ihm geschenkt hatte.

»Das ist ja schön, dass Alvarado weiterhin anruft. Auch wenn es jetzt bei Ihnen ist und nicht mehr bei mir. Sind Sie denn diesem Morales inzwischen auf die Spur gekommen?«

»Ja, ich habe herausgefunden, dass es mehr als einen gibt«, sagte Héctor so geheimnisvoll wie ein Dorfpfarrer, der über die heilige Dreifaltigkeit redet.

»Auch wenn er mir keine Botschaften mehr hinterlässt, ich bezahle Ihre Nachforschungen auf jeden Fall weiter«, sagte Monteverde und unterstrich seine Worte, indem er Belascoarán einen Umschlag hinhielt.

»Und wonach soll ich suchen? Danach, wer dieser Jesús María Alvarado ist, der uns anruft? Oder vielleicht danach, wer dieser Morales ist, der ihn umgebracht hat, und wo er sich aufhält?«

»Entscheiden Sie selbst, Sie sind doch der Dektektiv.«

»Die zweite Option. Sollte es Ihr Wunsch sein, vor allem die Identität des neuen Alvarado aufzuklären, könnte ich Ihr Geld nicht annehmen.«

»Von mir aus ... Er ist für mich in der letzten Zeit schon so etwas wie ein Freund geworden, der uns eben etwas mitteilen will. Also, das ist in Ordnung, halten Sie mich einfach auf dem Laufenden.«

Der Hund näherte sich Belascoarán humpelnd und leckte ihm die nackten Füße. Der Detektiv interpretierte das als Solidaritätsgeste und zündete sich eine Zigarette an.

Er öffnete ein Auge – sein einziges Auge – und sagte laut: »Der Hund heißt Tobias.«

Er wusste nicht, warum er morgens immer laut sprach. Vielleicht, weil er den Klang seiner eigenen, belegten Stimme brauchte, um gänzlich wach zu werden. Die gleißende Wintersonne, die durchs Fenster fiel, ließ die weißen Wände des Zimmers erstrahlen. Er steckte sich eine Zigarette an und sprang aus dem Bett, wobei er über einen Stapel dicker historischer Romane stolperte, gebundene Bücher, die Hunderte von Lesestunden versprachen.

Auf dem Weg ins Badezimmer fragte er sich, wiederum laut:

»Welcher ist mein Morales? Welcher ist bloß mein gottverdammter Morales?«

Doppelt so stark humpelnd wie gewöhnlich, sah Héctor Belascoarán Shayne, unabhängiger mexikanischer Detektiv, in den Spiegel und beschloss, dass die Zeit zum Handeln reif war. Aber wie vorgehen? Er beschloss, dass alles besser werden würde, wenn er sich zunächst einmal kaltes Wasser ins Gesicht kippte.

Héctor betrachtete den weitläufigen Flur. Früher war das eine der Zellenfluchten des Gefängnisses gewesen, heute wurde er von einem Pult abgetrennt. Dahinter begann der eigentliche Zellentrakt, in dem eine Reihe Tische stand. Einige der Forscher sahen von ihren staubigen Manuskripten auf, um ihn zu mustern. Offenbar beeindruckte der einäugige Detektiv sie nicht sonderlich, da sie sich gleich wieder ihren eigenen Angelegenheiten zuwandten.

Fritz machte ihm ein Zeichen, in den kleinen Innenhof hinauszugehen, der sich auf einer Seite des Traktes befand. Ein paar traurige Bäumchen, ein Brunnen ohne Wasser, ein paar Mutanten-Vögel, die durch Luftverschmutzung in Mexiko-Stadt Intelligenz entwickelt hatten.

»Rauchpause«, sagte Fritz, seine Filter-*Delicados* anbietend.

Belascoarán spulte die Zusammenfassung herunter, die er sich auf dem Weg zu dem Gefängnis, das in ein Archiv verwandelt worden war, zurechtgelegt hatte:

»Ich glaube, den Zellengenossen und späteren Mörder Alvarados mit der Weißen Brigade in Verbindung bringen zu können, aber nicht mehr nach 1980. Wenn er bei den Geheimdiensten dieses Landes Karriere gemacht hätte, müsste er dir bekannt vorkommen. Morales. Solche Typen werden befördert. Ein gewisser Morales. Der von dem Foto, schmale Nase, sehr dünn und mit starken Brillengläsern. Wenn er 1971 25 Jahre alt war, dann müsste er jetzt knappe 60 sein. Handelt es sich um eine öffentliche Person? Fällt dir irgendetwas zu ihm ein?«

»Nein«, sagte Fritz. »Und das, obwohl ich meine Notizen und die Fotoalben genau durchgegangen bin, eine Menge Leute befragt und ihnen das Foto von neulich gezeigt habe. Nichts, nicht die mindeste Spur. Er ist verschwunden. Aber das ist in der Geschichte des schmutzigen Kriegs in Mexiko nicht besonders außergewöhnlich. Es gibt Leute, die auf diesen verschlungenen Pfaden plötzlich auftauchen, ihre Schweinereien machen, das große Los ziehen, irgendetwas abzocken, jemandem einen Gefallen tun und wieder abtauchen. Irgendwo sind sie abgeblieben: erfolgreicher Besitzer einer Inneneinrichtungsfirma in San Antonio, Texas; nie identifizierter, ermordeter Drogenhändler in Ecuador, vermutlich Mexikaner; oder Vorsitzender des Elternbeirats einer Klosterschule.«

»Du hast doch irgendwas«, behauptete Belascoarán.

»Woher weißt du das?«

»Weil du aus Puebla bist, und wenn die Leute aus Puebla Geheimnisse zu verbergen haben, machen sie es genauso wie die aus Pénjamo, sie lächeln und weichen aus«, sagte der Detektiv.

»Ja, ich hab was. Jesús María Alvarado hatte einen Sohn. Erinnerst du dich an das, was ich dir beim ersten Mal erzählt habe, von diesem Jungen, an den ich mich erinnerte, und einer älteren Frau? Die Frau war Alvarados Mutter und der Junge sein Sohn.«

»Und wie alt wird er heute sein?«

»Mein Alter in etwa, vielleicht zwei Jahre jünger.«

Über vierzig, rechnete Héctor aus.

»Und er heißt Angel Alvarado Alvarado.«

»Woher kommt dieser doppelte Nachname?«

»Was weiß ich, vielleicht weil Alvarado allein erziehender Vater war.«

Ein Alvarado, der für seinen Vater sprach? Der die Stimme seines verstorbenen Vaters annahm, weil er in der Gegenwart Morales entdeckt hatte? Jenen Morales, an den er sich aus seiner Kindheit erinnerte? Héctor warf die Kippe weg, die er gerade in der Hand hielt, nur um sich eine neue anzuzünden.

»Und er hat auch eine Telefonnummer, damit du ihn anrufen kannst.«

Héctor nahm den Zettel entgegen, den Fritz ihm lächelnd reichte.

»Und einen Beruf, der dir gefallen wird. Er ist Sprecher für die Monster der Zeichentrickfilme. Er leiht Bären und Drachen und Rentieren seine Stimme. Er synchronisiert fürs Fernsehen. Er ist die Stimme von Scubydoo und von Barnie.«

»Was denn für ein Barnie?«

»Meinen Nichten zufolge ist das eine Art lilafarbener Dinosaurier.«

»Dieser Definition zufolge könnte der Typ auch irgendein Minister in der aktuellen Regierung sein.«

»Möglich. Wir haben in den letzten Jahren ja schon seltsamere Dinge erlebt.«

Im Büro schienen Gilberto Gómez Letras und Carlos Vargas sehr beschäftigt zu sein. Héctor grüßte mit einem Grunzen und ging direkt zu seinem Schreibtisch, wo er die Nummer des Sohns von Alvarado wählte und das Telefon klingeln ließ. Fünf, sechs Mal.

Unter der Privatnummer erreichte er niemanden, auch nicht im Büro, auch nicht in der Imbissbude. Er wandte sich dem Stapel Papier in einer grünen Mappe zu, auf der »Morales« geschrieben stand. Er musste die verschiedenen Morales auseinander sortieren. Zumindest die drei, die im Verlauf seiner Gespräche mit Elías Contreras Gestalt angenommen hatten. Der Mörder von Alvarado, der Verräter der Zapatisten und der Mann, der in Chiapas Massaker organisierte und Geschäfte machte. Wenn er sie einmal sortiert hatte, wollte er den Hinweisen folgen, die aus jeder dieser Geschichten hervorgingen und ihn irgendwohin führen mussten. Alles hinterlässt eine Spur, einen Abdruck, einen Faden, den man zurückverfolgen kann.

Dass der ehemalige Guerillero und Wendehals zum Spitzel geworden war, dass sie ihn in Lecumberri eingesetzt hatten, um die politischen Gefangenen auszuhorchen, und dass er später Alvarado ermordet hatte, als dieser entlassen wurde, machte alles Sinn. Es machte auch Sinn, dass dieselbe Person Mitglied der Weißen Brigade war, und dort einer der Folterer. Das war bestimmt auch derjenige, der sich 1983 mit allen Unterlagen aus dem Staub gemacht hatte.

Man musste den ausschließen, der nach dem Erdbeben schmutzige Geschäfte gemacht hatte, auf den passte körperlich eine andere Beschreibung, das könnte aber eventuell der Morales aus Chiapas sein, der von Contreras. Und das führte uns dahin, den ersten Morales, den, der seit 20 Jahren spurlos verschwunden war, mit diesem Irrsinn von Juancho und Bin Laden in Verbindung zu bringen, der durch die Stimme des Toten in die ganze Geschichte hineingebracht worden war.

Das war sein Morales. Von den Hammerschlägen von Carlos und den wuchtigen Hieben, die Gómez Letras einem rostigen Wasserhahn mit einem Eisenrohr verpasste, animiert, versuchte Héctor, die Perspektive zu wechseln. Was zunächst offensichtlich erschien, wurde wahr. Ein Junge stößt (trifft zufällig auf, stolpert über, erkennt wieder) nach vielen, vielen Jahren auf den Mörder seines Vaters und beginnt, Telefonanrufe zu machen, weil er nicht weiß, was er mit dieser Entdeckung anfangen soll.

Héctors zufriedener Gesichtsausdruck konnte seinen Bürogenossen nicht verborgen bleiben, die ihn verstohlen beobachteten.

»Sie halten sich wohl für sehr gebildet, was?«, fragte Gómez Letras unvermittelt.

»Wer, ich?«, antwortete Belascoarán, aus dem Konzept gebracht.

»Ja, Sie.«

»Nein, Mann, ich bin bloß Ingenieur. In allen wichtigen Dingen bin ich Autodidakt, die habe ich gelernt, indem ich zugehört habe, zugeschaut, indem ich herumgelaufen bin, und vor allem hab ich sie mir angelesen. Aber am allermeisten habe ich gelernt, indem ich Ihnen zugehört habe.«

»Ich sag's doch, reine Lebensweisheit«, sagte Gómez Letras und warf eine Mutter nach Carlos Vargas, die genau dessen Hinterkopf traf, woraufhin dieser leicht ins Wanken geriet.

»Willst du Ärger, Blödmann?«, fragte Vargas, sich die Beule reibend, und ging mit erhobenen Hammer auf den Klempner los.

»Von wegen Lebensweisheit, Sie verbringen doch den lieben langen Tag mit dem Lesen von Nachschlagewerken, lauter unnützes Zeug.«

Gómez Letras flüchtete und ging hinter Héctors Schreibtisch in Deckung.

»Retten Sie mich, Meister, der Typ ist verrückt, die reine Mordlust!«

»Dr. Vargas, wenn Sie ihn umbringen, spritzen Sie bitte nicht mit Blut herum, mit dem Blut eines Hurenbocks, der Klempner ist, das wäre äußerst unschön«, sagte Héctor und hob die Hände vors Gesicht, um sich vor dem unmittelbar bevorstehenden Angriff zu schützen.

»Dreckskerl. Von wegen Mordlust. Ich verzeih Ihnen alles, wenn Sie mir einen blasen.«

Das Klingeln des Telefons rettete die Situation. Carlos Vargas legte den Hammer weg und nahm den Hörer mit der rechten Hand ab, während er sich mit der linken immer noch den Hinterkopf rieb.

Er hörte einen Augenblick lang schweigend zu und sagte dann: »Ihr Freund Ritz-Pitz hat eine wichtige Nachricht für Sie, Detektiv Belascoarán.«

Héctor holte tief Luft, zündete sich eine Zigarette an und nahm den Hörer.

»Willst du mit einem von ihnen reden? Er hat Bedingungen gestellt«, sagte Fritz am anderen Ende der Leitung.

»Einem von ihnen?«

»Ja, einem von ihnen.«

»Was für Bedingungen denn?«

»Ich darf nicht sagen, wer genau er ist, du darfst nicht danach fragen, und das Gespräch darf sich nicht um ihn drehen, sondern nur um deinen Morales. Und du darfst das Gespräch nicht aufzeichnen.«

»Und weshalb möchte ›einer von ihnen‹ mit mir sprechen?«

»Sie schicken uns, die wir über die Zeit des schmutzigen Kriegs forschen, andauernd Nachrichten, Liebesgesänge von Sirenen. Wenn wir einen Augenblick Zeit hätten, würden sie gern mal mit uns reden. Jetzt, wo alles allmählich aufgedeckt wird, wollen sie einerseits reden, aber andererseits eben auch nicht. Sie wollen einen Teil ihrer Geschichte loswerden, sich eine Version zurechtlegen. Sie waren unsichtbar, waren nie auf irgendwelchen Fotos und haben nie Orden verliehen bekommen. Sie haben jetzt das Gefühl, von ›anderen Leuten‹ ausgenutzt worden zu sein, nur die Befehle ›anderer Leute‹ befolgt zu haben. Wenn sie irgendetwas noch mehr hassen als die Linken, dann sind es die Präsidenten, denen sie gehorcht haben. Außerdem sind sie ein Haufen von durchgeknallten Psychopathen mit blühender Phantasie, die ihre Biografie gerne neu erfinden würden.«

»Niemand ist bei Schneewittchen gern in der Rolle der bösen Stiefmutter«, sagte Héctor. »Und würdest du dich auf die Bedingungen von diesem Typen einlassen?«

»Im Moment ja, wenn du ihn später auffliegen lassen willst, werden wir weitersehen. Er erwartet dich in einer halben Stunde im Café *La Habana*, zwanzig Meter von deinem Büro entfernt. Es ist ein Typ um die 60. Damit du ihn erkennen kannst, wird er eine Ausgabe der Verfassung dabei haben.«

»Im Ernst? Soll das ein schlechter Witz sein?«

»Das war seine Idee.«

Das Café *La Habana* war lange Zeit Niemandsland gewesen, heute war es ein Ort der Nichtigkeit. Die Kellnerinnen waren entweder frühzeitig gealtert, oder ihnen schmeckte der Kaffee nicht, den sie servierten. Der Kaffee war jedenfalls nicht mehr das, was er einmal war, und ohnehin mochte Héctor Kaffee nicht besonders. In den 60er Jahren hatten hier die Journalisten aus der Kommunistischen Partei den Bundesbeamten vom nahe gelegenen Innenministerium Gesellschaft geleistet. Es war damals ein Café, das den Anschein erweckte, man könne dort etwas in Erfahrung bringen, wenn man nur aufmerksam zuhörte. Heute hörte man, wenn man aufmerksam zuhörte, nur das Gesülze der *Narcoranchera*-Musik, und wenn man aufmerksam hinsah, sah man an den tristen Tischen diverse abgewrackte Drogenbosse. Nostalgie vermag Schönheitsfehler nicht zu korrigieren. Der Mann, der da mit der Verfassung der Vereinigten Staaten von Mexiko einsam vor ihm saß – was Belascoarán an sich schon wie die langweilige Version eines Märchens von Walt Disney vorkam (oho! Die böse Stiefmutter aus Schneewittchen als Schneewittchen verkleidet!) –, war gesichtslos, er war einer von diesen Typen, die mit einem solchen Allerweltsgesicht altern, wie es Leuten gefällt, die Meinungsumfragen oder billige Werbekampagnen für die Nationale Lotterie veranstalten.

Sein Teint war mittelbraun, er hatte einen mittelgroßen Schnurrbart mit grauen Einsprengseln, er war mittelgroß und mitteldick, hatte spärliches, schwarzes Haar und trug einen mausgrauen Anzug. Vermutlich war das Einzige, was an dem anonymen Herrn auffällig war, seine Krawatte, granatrot und seidig glänzend, und ein großer Ring mit einem Stein in derselben Farbe am linken Ringfinger – nicht etwa an der rechten Hand, mit der drückt man schließlich ab, und es ist nicht ratsam, den Finger am Abzug zu behindern.

Héctor versuchte, sein Humpeln zu verbergen. Das tat er immer, wenn er mit dem Feind in Berührung kam, und er legte seinen wildesten Blick in sein gesundes Auge, in der Hoffnung, dass die Augenklappe auf dem anderen diesen Eindruck noch unterstreichen würde. Wortlos setzte er sich dem Mann gegenüber.

Der Typ sagte unvermittelt:

»Es war ein Krieg. Ein Haufen bescheuerter Halbstarker, die sich für Che Guevaras Mutter persönlich hielten und Soldaten der mexikanischen Armee mit Genickschüssen hinrichteten. Hätten wir sie etwa gewähren lassen sollen?«

Nein, sie hatten sie nicht gewähren lassen. Sie hatten sie verfolgt, sie und ihre Familien, sie hatten sie ermordet, sie hatten sie gefoltert, sie hatten ihre Kinder umgebracht, sie hatten Ehefrauen vor den Augen ihrer Männer vergewaltigt, sie hatten die Leichen versteckt und die Mütter der Verschwundenen belogen. Héctor hatte mehr als einen von ihnen gekannt, sowohl auf der Seite der Folterer als auch der Gefolterten, er hatte Geschichten gehört, die ihm monatelang den Schlaf geraubt hatten. Und das Schlimmste war, dass er sie erst zehn Jahre, nachdem sie sich zugetragen hatten, gehört hatte. Weil er damals, als all das passierte, hinter dem Mond gelebt hatte. Weil er damals einfach nur ein glücklicher Ingenieur gewesen war.

»War euch etwa nicht klar, dass wir das Gesetz auf unserer Seite hatten?«

Doch, natürlich, Héctor hatte das verstanden. Was er nicht verstand, war, wen der Mann mit »sie«, dem anderen »sie«, »ihr« und »wir« bezeichnete.

»Kommt mir jetzt bloß nicht mit dummem Geschwätz. Wenn ihr gewonnen hättet, hättet ihr uns alle vor den Gittern von Chapultepec aufgestellt und uns exekutiert: An die Wand, an die Wand, genauso wie unter Fidel in Kuba.«

»Kannten Sie Jesús María Alvarado?«

»Ich habe von ihm gehört, aber ich habe ihn nie gesehen«, sagte der Unbekannte, während er mit seinem Ring spielte.

»Kannten Sie einen gewissen Morales?«

»Das war ein armer Teufel, der gehörte zu *ihnen*, aber er hat die Seiten gewechselt. Wir haben ihm nie sonderlich vertraut, und wir haben auf jeden Fall gut daran getan. Also damit, ihm nicht zu vertrauen. Am Ende hat er Papiere entwendet. Er hat uns bestohlen«, der Typ versuchte sich an einem Lächeln, das ihm nur schlecht gelingen wollte. »Er hat uns unsere Unterlagen geklaut, um sich zu decken. Aber er hatte nie genug Arsch in der Hose, sie irgendwann zu benutzen, er hat nie versucht, uns damit auf die dumme Tour zu erpressen.«

»Wann hat er sich von Ihren Leuten getrennt?«

»Er war nicht bei meinen Leuten.«

»Sie reden andauernd von ›sie‹ und von ›wir‹. Wen oder was meinen Sie, wenn Sie ›wir‹ sagen?«

Der Unbekannte antwortete nicht und beschränkte sich darauf, einen kräftigen Schluck von seinem Kaffee zu nehmen.

»Wann haben Sie ihn zuletzt gesehen?«

»So um 1983. Ich weiß nicht, ob er einen Auftrag in der Provinz gekriegt hat oder ob er einfach abgetaucht ist oder ob er Zigaretten holen gegangen ist, diese ›Ich-bin-gleich-zurück‹-Nummer – und noch einmal die Seiten gewechselt hat. Wer einmal die Seiten wechselt, macht das auch öfter.«

»Und wissen Sie irgendetwas über sein Privatleben? Eine Ehefrau? Ob er noch einen anderen Job hatte? Wo er wohnte? Ob er Freunde hatte?«

»Er war ein Einzelgänger. Aus genau dem Grund, dass er seine Freunde und seine Ehefrau allesamt verraten hatte. Und Arbeit ... Er verkaufte Möbel«, und als er das sagte, platzte ein deplatziertes Lachen aus ihm heraus. »Er verkaufte alte Möbel. Ich glaube, er wohnte in Santa María. Und Sie? Warum interessieren Sie sich für diesen armseligen Wicht von Morales?«

Jetzt war Héctor mit Schweigen an der Reihe. Er machte der Kellnerin, die mit einem Tablett vorbeikam, ein Zeichen, ihm eine Limonade zu bringen. Einen Augenblick musterten der Unbekannte und er sich schweigend.

»*Morales* ist kein Name, es ist ein Pseudonym. Wie hieß Morales wirklich? Wissen Sie das?«

»Ich weiß alles«, sagte der Unbekannte lächelnd. Héctor lächelte nicht zurück. Er zündete sich eine Zigarette an.

»Er hieß Juvencio. Ich erinnere mich, weil es keinen blöderen Namen unter der Sonne gibt. Den Nachnamen habe ich gerade nicht im Kopf, aber ich werde Ihnen einen Tipp geben. Einen klasse Tipp. Einmal hat jemand zu ihm gesagt: ›Du heißt genauso wie der Minister unter Juárez.‹«

»Welcher Juárez?«

»Kommen Sie mir jetzt nicht damit, dass die Linken von heute nicht mehr wissen, wer Juárez war. Don Benito, verdammt.«

»Ach so.«

Scheinbar brachte die bloße Anrufung des Geists von Benito Juárez, des liberalen Präsidenten, dem Unbekannten die Gedanken durcheinander, denn er sagte: »Wissen Sie was, anstatt uns fertig zu machen mit all diesen Texten, die Sie herausbringen, sollten Sie uns eine verdammte Statue errichten lassen, ein Denkmal im Stadtpark, mit …«

Er ließ den Satz in der Luft hängen und stand unvermittelt auf. Das Gespräch war beendet. Er streckte dem Detektiv die Hand hin. Héctor ignorierte sie und nahm die Rechnung vom Tisch, er würde seine Cola und seinen Kaffee bezahlen, auf keinen Fall wollte er, dass der Mann für ihn bezahlte.

»Ist schon bezahlt«, sagte der Unbekannte und entfernte sich langsam in Richtung Tür.

Mit ein bisschen Glück würde der Verkehr, der um 12 Uhr mittags auf der Bucareli herrschte, göttliche Gerechtigkeit walten lassen, und irgendein Kleinbus überfuhr ihn. Aber es gab keinen Gott, denn der Unbekannte ging mit seinem müden Gang unbehelligt zwischen den Autos hindurch, ohne auf das Gehupe zu achten.

Er hatte ein paar Fäden in der Hand, um weitere Nachforschungen anzustellen. Um den üblen Nachgeschmack zu bekämpfen, den das Gespräch mit dem Unbekannten hinterlassen hatte, verließ Belascoarán das Café *La Habana* und nahm ein Taxi in Richtung Chapultepec.

Ein eisiges Lüftchen pfiff über die Terrassen des Schlosses von Chapultepec. Wenn in Mexiko-Stadt morgens die Sonne nicht herauskommt, ist das ein schlechtes Zeichen. Die *Chilangos* sind wie die Eidechsen, obwohl sie das nie eingestehen würden, sie werden dann nervös und faseln über Polarströme und andere Dingen, die vielleicht in Sibirien oder Göteborg Sinn machen, die aber niemals bis hierhin vordringen werden. Als er zu dem Innenhof kam, in dem die Kutschen standen, war ein Fremdenführer gerade dabei, eine kleine Agitationsrede zu halten, leise, aber darum nicht weniger engagiert:

»Es ist eine Schande, dass sich diese hübschen Luxuskarossen von Kaiser Maximilian direkt neben der von Juárez, der auf der Seite des Vaterlands stand, befinden.«

Als die Gruppe sich entfernt hatte, drehte Héctor noch ein paar Runden um die Kutsche von Juárez. Er hatte einen Roman über die Geschichte der wandernden Republik gelesen, die vom französischen Heer über viertausend Kilometer weit verfolgt worden war. Eine Kutsche, in der die republikanische Legalität reiste, mit einer Eskorte barfüßiger Soldaten, weil der Präsident nicht einmal Geld hatte, um ihre Stiefel oder sein eigenes Gehalt zu bezahlen. Von Mexiko-Stadt bis nach Paso del Norte an der Grenze von Chihuahua, das nicht umsonst heutzutage Ciudad Juárez heißt. Solange die Kutsche noch rollte und zwar auf nationalem Territorium, würde die Republik existieren. Eine schöne Geschichte war das.

Er näherte sich, passte einen Augenblick ab, in dem die Wächter unaufmerksam waren, und fasste das Rad der Kutsche an, das rote Absperrband dehnend, das den Sicherheitsabstand vorgab. Das Rad glänzte an dieser Stelle speckig, als ob schon viele Hände es über die Jahre hinweg dort berührt hätten.

Er beschloss, bei sich zu Hause zu essen. Er ging über den Markt von Michoacán, um beim *Teacher* ein paar scharfe Würstchen zu kaufen sowie Avocados, Kartoffeln, Tomaten und Obst am Gemüsestand. Er überlegte drei Mal und entschied sich dann für eine Honigmelone, die zwar angequetscht war, sich aber dennoch gut anfühlte.

Als er zu Hause ankam, blinkte das Licht des Anrufbeantworters. Héctor ging die Sache ruhig an, stellte die Kartoffeln in der Küche zum Kochen auf, schnitt die Tomaten in Scheiben und bestreute sie mit Pfeffer und Salz, bevor er sich mit einer Coca-Cola in den bedeutungsschwangeren Sessel setzte. Dann drückte er die Taste.

»Don Héctor, hier spricht Jesús María Alvarado. Es kam mir einfach so in den Sinn. Ich hatte nichts Besseres zu tun und dachte mir, reden wir doch ein wenig mit dem Detektiv. Das erinnert mich an diesen Witz, wo ein Mann an einem Samstagnachmittag zum Arzt geht und ihm sagt: Doktor, ich bin in großer Sorge, weil ich drei Eier habe, und der Arzt sagt, na gut, dann nehmen wir einmal eine Auskultation vor, so sagt man das doch, oder? Und er untersucht ihn und sagt dann: Nein, es sieht alles normal aus, Sie haben lediglich zwei Hoden. Und der Patient sagt daraufhin: Ja, natürlich, es war nur einfach Samstagnachmittag und ich hatte nichts zu tun, also dachte ich mir, gehen wir doch mal zum Arzt, damit er mir ein Weilchen die Eier krault ... Also so ähnlich. Und um Ihnen mitzuteilen, dass ich schon vor Jahren hinter Morales her war, aber er hat mich zuerst gefunden, hat mir die Pistole ins Genick gesetzt und hat mich umgebracht, und so …«

Die Stimme wurde unterbrochen. Die Maschine zeichnete nur eineinhalb Minuten lang auf.

Als er sich die Melonenspuren vom Hemd gewischt hatte, rief Héctor Fritz an und lief zu Fuß bis zum *Torre de Lulio*, einem auf der Calle Nuevo León gelegenen Antiquariat, ein paar Blocks von seiner Wohnung entfernt, wo er sich zu einem günstigen Preis die gesammelten Werke von Benito Juárez in 15 Bänden kaufte, Briefe, Reden, Notizen und Schriften.

Das Problem war nicht, die Bücher zu erwerben, sondern danach die drei Plastiktüten bis nach Hause zu schleppen. Dann, als wäre er in die schlimmsten Tage seiner Studentenzeit zurückgekehrt, ging er die 15 Bände, die einen entsetzlich orangefarbenen Einband hatten, von vorn bis hinten durch und suchte alle Namen der Minister von Juárez heraus. Als er die Aufgabe für beendet erklärte, in der Gewissheit, bestimmt irgendetwas übersehen zu haben, irgendeinen Ministerwechsel in irgendeinem Kabinett, wurde es bereits dunkel.

Er wählte erneut die Nummer des Sohnes von Alvarado und hörte sich die gleichmäßigen Klingeltöne an, auf die niemand reagierte. Plötzlich fiel Héctor ein Gedicht ein. Eines, das er sich aufgeschrieben hatte. Von wem noch gleich? Er hatte es in einem Buch aufbewahrt. In welchem Buch? Was hatte er zu der Zeit, als er es aufgeschrieben hatte, gelesen? Robin Hood. Er suchte in einem der Bücherregale im Gang, bis er die zerfledderte Ausgabe von Thor fand, deren gelber Rücken bereits abfiel. Er schüttelte das Buch, bis ein Zettelchen zu Boden flatterte.

Das Gedicht eines Autors, an den er sich nicht erinnern konnte, besagte:

Wenn ich aus der Gegenwart verschwinde
Und die Vergangenheit bewohne
Gibt es keinen Zweifel daran
Dass ich am Ende wirklich sein werde.

Die zwei Mädchen spielten um den Sessel herum Fangen. Die spärlich möblierte Wohnung schien ihnen Spaß zu machen, jedenfalls rannten sie fröhlich durch die Flure und beschleunigten, wenn sie im Wohnzimmer anlangten. Wenn sie um den Sessel herumliefen, fielen sie beinahe hin. Als wohlerzogene Mädchen hatten sie sich beim Eintreten die Schuhe ausgezogen und sie neben der Eingangstür ordentlich nebeneinander gestellt.

»Weswegen wolltest du meine Nichten sprechen? Das nenne ich Vertrauen, du rufst einfach an und schon bringe ich sie dir. Es hat mich eine Menge Mühe gekostet, ihre Mutter zu überreden, sie mir auszuleihen. Du kannst ja schlecht zu einer Mutter sagen: Leih mir doch mal deine Töchter, ich bring sie dir gleich zurück, wir gehen nur kurz mal einen Detektiv besuchen«, sagte Fritz.

»Ich möchte, dass ihr euch etwas anhört, Kinder.«

Sie mussten so um die sechs oder sieben Jahre alt sein, nicht älter, aber zweifellos waren sie wohlerzogen, denn sie bremsten abrupt ab und richteten ihre Aufmerksamkeit auf den einäugigen Herrn.

»Ich möchte, dass ihr die Augen zumacht und euch eine Stimme anhört, und dann sagt ihr mir, von wem die Stimme ist, die ihr da hört.«

Die Mädchen nickten und schlossen die Augen. Belascoarán drückte die Play-Taste seines Anrufbeantworters.

»Hey, Alter, hier spricht Jesús María Alvarado. Ich hoffe, dass dein Tonband eine Weile läuft, weil ich dir nämlich eine Geschichte erzählen werde, die mir passiert ist. Eine ziemlich bescheuerte, ziemlich abgefahrene Geschichte. Ich war in Ciudad Juárez in einer Kneipe, und weil alle Tische besetzt waren ...«.

»Schau nur, es ist Barnie, und er hat ›bescheuert‹ gesagt, er hat ›bescheuert‹ gesagt«, wisperte das Ältere der Mädchen, die Andere stimmte lächelnd zu und öffnete dabei die Augen.

Aus Mexiko-Stadt
Paco Ignacio Taibo II
Mexiko, Februar 2005.

Kapitel 11

Niemands Stunde

Der Trick besteht darin, dafür zu sorgen, dass die Leute woanders hinschauen.«

Das sagte mir der Compa aus der Stadt, der Alakazam heißt und Zauberer ist, das heißt, er macht solche Zaubereien. Es war so, dass ich mich von ihm verabschieden gegangen bin, weil ich schon hierher zurück musste. Also aßen wir diese Tacos, die *de suadero* heißen. Das heißt, nicht *wir* aßen, *er* aß, und ich schaute ihm dabei zu, weil ich vor kurzem solche Tacos gegessen hatte und danach den ganzen Tag auf der Latrine verbracht hatte, also auf der Toilette. Und da erklärte mir der Alakazam, wie er seine Zaubereien macht, also diese Sachen, wo er Dinge auftauchen und wieder verschwinden lässt und wo er die Gedanken der Leute liest. Ich hab das nicht besonders verstanden, aber dann erklärte er mir, dass er dafür sorgt, dass die Leute auf die eine Hand schauen, während er mit der anderen Hand das versteckt oder das hervorholt, was er versteckt hat. Da hab ich ihn gefragt, ob das dasselbe Spiel ist, was die Politiker treiben, wenn sie deine Aufmerksamkeit auf eine Sache lenken, während sie hintenrum ihre Schlechtigkeiten begehen. Und da sagte der Alakazam, dass ganz genau, aber dass die Politiker eben keine Zauberer seien, sondern Arschlöcher, das hat er gesagt. Dann begann der Alakazam mir zur erklären, dass es beispielsweise zwei Agendas gibt. Da hab ich ihn erstmal gefragt, was denn »Agenda« heißt, und er hat geantworte ... er hat geantwortet ... Moment mal, weil genauso, wie meine Gedanken wirr sind, ist auch mein Notizheft ein Chaos. Hier ist es, gleich nach dem Wort »Perspektive«, hier steht, dass »Agenda« so eine Art kleines Büchlein ist, wo man reinschreibt, was man tun wird, wann man es tun wird und mit wem man es tun wird, und es heißt auch so was ähnliches wie Tagesordnung, aber in einer Reihenfolge, was am Wichtigsten ist kommt zuerst. Also hat der Alakazam mir erklärt, dass es zwei Agendas gibt: Die Agenda der Mächtigen und die Agenda derer, die beschissen dran sind. Die Agenda der Mächtigen ist das, was für sie am wichtigsten ist, das heißt, ihre Reichtümer und ihre Macht zu vergrößern. Und die Agenda derer, die beschissen dran sind, ist das, was für uns am wichtigsten ist, das heißt, für die Befreiung zu kämpfen. Danach erklärte mir der Alakazam, dass die Mächtigen, also die Reichen und ihre schlechten Regierungen, alle davon überzeugen wollen, dass ihre Agenda, also die der Mächtigen, die Agenda für alle ist, sogar für diejenigen, die beschissen dran sind. Sie wollen uns also dahin bringen, dass wir uns den ganzen Tag lang ihre Sorgen von den Reichen anhören und sie überzeugen uns davon, dass das das Wichtigste und Dringendste ist, was wir tun müssen. Sie sorgen also dafür, dass wir auf die eine Seite schauen, während wir nicht sehen, dass sie sich auf der anderen Seite alles unter den Nagel reißen und das Land verscherbeln und seine Naturressourcen, wie das Wasser, das Erdöl, den Strom und sogar die Leute. Und dann, wenn wir eines Tages drauf kommen, werden sie schon alles gestohlen haben, während wir einfach woanders hingeschaut haben. Das Übel liegt also nicht nur darin, dass wir abgelenkt werden, sondern auch darin, dass wir die Sorgen der Reichen wahrnehmen, als ob es unsere eigenen wären. In der modernen Politik, sagt der Alakazam, geht es darum, dass die Demokratie so aussieht, dass die Mehrheit, also die, die beschissen dran sind, arbeiten und sich Sorgen machen, damit es der Minderheit gut geht, also den Mächtigen. Und dann geht es auch darum, dass wir alle, die wir beschissen dran sind, woanders hinschauen, während sie uns unsere Ländereien stehlen, unsere Arbeit, unser Gedächtnis, unsere Würde. Und dann wollen die Mächtigen auch noch, dass wir ihnen mit Wählerstimmen Beifall klatschen. Dann hat der Alakazam mir auch noch erzählt, dass es Schwarze Magie gibt, das ist so eine Magie, die man mit solchen *Demohnen* macht. Und weiße Magie, das ist die, die der Alakazam und andre Zauberer beherrschen. Und schmutzige Tricks, das sind solche, wie sie die Politiker anwenden.

Das alles sagte mir also der Compa Alakazam, als ich mich von ihm verabschiedet hab. Vorher hatte ich mich bereits von den anderen Compas aus der Stadt verabschiedet. Na gut, nicht von allen. Weil es ist nämlich so, dass ich nicht allein hierher gekommen bin, sondern die Magdalena ist auch gekommen. Weil sie, also er, mir gesagt hat, dass er gern mitkommen würde, um das zapatistische Gebiet kennen zu lernen und mir zu helfen, den Bösen und das Böse zu finden. Ich hab ihr gesagt, dass nicht genug Geld da sei, damit wir beide reisen, und da hat er, also sie, gesagt, dass sie etwas von ihren Ersparnissen für die Operation abzweigen würde. Und da hab ich gedacht, dass es gut ist, wenn die Magdalena mich begleitet, damit sie sieht, wie der Kampf in den zapatistischen Gemeinden aussieht. Also haben wir die Reise zusammen gemacht. Einen Teil der Strecke hat uns der Muciño mitgenommen, und dann sind wir Bus gefahren.

Die Rückreise des Elías

Mein Name ist gerade unwichtig, aber ich werde Muciño genannt. Genau, wie dieser Fußballer. Aber der wurde *El Centavo Muciño* genannt, und ich glaube, er spielte bei Cruz Azul. Ich bin jedenfalls kein Fußballer, sondern Polizist. Genau, von der *Policía Federal Preventiva*, der präventiven Bundespolizei. Nein, nein, keine Angst. Sie wissen ja, in allem gibt es Gutes und Schlechtes. Auch hier bei der Polizei gibt es Gute und Böse, wenn ich auch glaube, dass wir Guten bei einer Abstimmung haushoch verlieren würden. Gut, ich habe jedenfalls Elías ein Stück mitgenommen. Ich habe ihn von Mexiko-Stadt bis Puebla gefahren. Das Problem ist, dass ich den Streifenwagen zurückgeben musste, sonst hätte ich ihn gleich bis Chiapas chauffiert. Es hätte mir gefallen, die Compas kurz zu begrüßen. Aber nein, nur bis Puebla hab ich ihn mitgenommen. Nein, er war nicht allein. Eine Frau begleitete ihn. Also, nicht wirklich eine Frau, aber sie war angezogen wie eine Frau. Elías stellte sie als Magdalena vor. Es ist so, dass ich Elías zufällig getroffen hatte, und er sagte mir, dass er wegen einer medizinischen Behandlung hier in der Hauptstadt sei, aber dass er schon zurückführe, und da bot ich ihm an, ihn wenigstens ein Stück des Wegs mitzunehmen. Ja, eigentlich hatte ich Lust, mich mit ihm zu unterhalten. Elías ist ein sehr angenehmer Mensch, er kann sehr aufmerksam zuhören, und obwohl er recht seltsam spricht, gibt er immer gute Ratschläge. Die Zapatisten? Also gut, ich hatte seit dem Aufstand von ihnen gehört. Da war ich noch ziemlich jung. Dann kam der Marsch für die Indigene Würde von 2001, und weil wir dazu eingeteilt wurden, die zapatistische Delegation zu schützen, habe ich mir die ganzen Reden von allen Comandantes auf allen Veranstaltungen reingezogen. Danach haben wir uns mit ein paar Kollegen zusammengetan und haben im Gespräch festgestellt, dass das, was die Zapatisten vorschlagen, eine gute Sache ist. Nein, konkret machen tun wir nichts, wir lesen bloß alles, was von dort kommt, und besprechen es untereinander. Ja, einmal war ich in Chiapas, bei einer Junta der guten Regierung. Nein, nicht um zu spitzeln. Obwohl ich in Zivil unterwegs war, habe ich am Eingang laut und deutlich gesagt, dass ich Polizist bin. Ja, sie haben mich empfangen und die Compañeros von der Junta haben mir erklärt, was sie alles machen. Dort habe ich Elías kennen gelernt. Nein, er gehört nicht der Junta an und ist auch kein gewählter Vertreter. Er war bloß gerade da, weil er einen Auftrag ausführen musste. Ich saß in einem Auto und wartete darauf, in die Stadt zurückzufahren, und da sind wir ins Gespräch gekommen. Seine Worte gefielen mir sehr, weil ich alles verstanden habe. Ja, weil die Kommuniqués vom Sub sind manchmal recht kompliziert, die versteht man nicht so gut, weil er manchmal sehr hochtrabende Ausdrücke verwendet. Elías dagegen redet genauso wie wir. Als ich mich von ihm verabschiedet habe, habe ich ihm gesagt, dass wenn er irgendwann einmal nach Mexiko-Stadt kommt, er für alles, was er braucht, auf mich zählen kann – und dann kam dieser Tag. Nein, er hat auf der Fahrt fast nichts gesagt, aber er hat mir aufmerksam zugehört. Ich? Ich habe ihm diese Geschichte aus San Juan Ixtayopan erzählt, in Tláhuac. Genau, da wo sie zwei Polizistenkollegen gelyncht haben und den anderen halbtot zurückgelassen. Ja, das ist damals in allen Nachrichten gewesen. Genau, damit er es dem Sub erzählt, damit der vielleicht ein Kommuniqué dazu herausgibt. Na ja, also da ist etwas ganz anderes passiert als das, was sie berichtet haben, was angeblich passiert sein soll. Sie müssen sich nämlich vorstellen, dass da ein Fernsehteam vor Ort war. Die machten so ein Programm, die heutzutage *Reality Show* oder so ähnlich heißen.

Stellen Sie sich also vor, dass ein paar Leute aus diesem Fernsehteam anfangen, herumzuerzählen, dass hier Kindesentführer und dort Kindesentführer, und da laufen die Leute allmählich zusammen. Genau, vor dieser Schule war das. Ja, genau, sie haben den Leuten die Köpfe heiß geredet. Aber es war alles erfunden, sie wollten einfach nur filmen, wie die Leute reagieren. Ja, sie filmten für ein bestimmtes Programm. Ich kann mich an den Namen nicht erinnern. Also gut, da gehen also diese Polizisten lang, aber in Zivil, und dann sagt einer von denen, die diese Fernsehsendung machen, dass das die Kindesentführer sind.

Nein, eigentlich sollten sie dann irgendwann enthüllen, dass das alles ein Fake war, dass es nur für eine Fernsehsendung war, aber die ganze Sache entglitt ihnen, wie man so schön sagt. Sie haben sich verpisst. Ja, die vom Fernsehen haben sich einfach verpisst und haben die wütende Menge zurückgelassen. Später haben die Eigentümer des Fernsehsenders ganze Wagenladungen von Geld an die Regierung gezahlt, damit bloß nicht rauskommt, wie das alles angefangen hatte. Genau, deswegen ist es eine Sauerei, was einige Medien jetzt sagen, dass sie ach so besorgt darüber sind, was dort passiert ist. Alles Lüge. Wo sie doch immer die Ersten sind, die behaupten, dass wir Polizisten alle Diebe und Verbrecher sind, und jetzt tun sie auf einmal ganz scheinheilig. Klar, natürlich gibt es Polizisten, die selbst noch schlimmer sind als die Verbrecher, aber es gibt auch gute Polizisten. Nein, denen ist es ganz egal, ob es Tote gibt, das einzige, was sie interessiert, ist verkaufen, Lügen verkaufen. Und natürlich ist das auch nützlich, um Funktionäre zu schassen und neue einzusetzen, so wie es ihnen gerade passt. Weil nämlich heutzutage eigentlich die Medien regieren. Gut, vor allem die Fernsehanstalten. Ja, wir stellen von unten die Toten, und die von oben stellen die Werbespots. Es ist zum Kotzen. Nein, ich werde Ihnen auf jeden Fall diesen Strafzettel ausstellen, weil Sie kein Rücklicht haben. Nein, beleidigen Sie mich nicht! Ja, den Strafzettel müssen Sie bei der Junta der Guten Regierung bezahlen gehen. Egal bei welcher, eine ist in Oventic, eine andere in La Realidad, noch eine in Morelia, wieder eine in Roberto Barrios und dann gibt es noch eine in La Garrucha. Ja, dort bin ich bekannt. Ja, ich schicke alle, denen ich einen Strafzettel ausstelle, dorthin, damit sie etwas lernen. Genau wie ich.

Niemands Stunde

Gut, also ich erzähl euch, dass der Sub und ich uns zusammengesetzt haben, um über diese Berichte nachzudenken, die wir über den gewissen Morales zusammengetragen hatten. Es war am 4. oder 5. Februar von diesem Jahr, also 2005. Weil es nämlich so ist, dass sie hier in Chiapas zusätzlich zu den Sachen, die ich zusammen mit dem Belascoarán während meiner Reise nach Mexiko-Stadt, also ins Monstrum, herausgefunden hatte, auch einige

Informationen zusammengetragen hatten, die alle den Fall oder die Sache – je nachdem – von genau dem gewissen Morales betrafen, den ich bei dieser Sitzung im Belascoarán seiner Arbeit, wo wir das Böse und die Bösen aufgeteilt haben, übernommen hatte. Und eine der Informationen, die der Sub hatte, war ein Brief, den das *Frayba* zur Junta der Guten Regierung in der Hochlandregion geschickt hatte, das heißt nach Oventic, als Antwort auf einen Brief von den Compas, in dem die das *Frayba* um Hilfe bei Informationen über Paramilitärs gebeten hatten. Ein paar Tage später, genau am 9. Februar 2005, also genau als der Verrat von Zedillo gegen die Zapatisten sich zum zehnten Mal jährte, veröffentlichte die mexikanische Tageszeitung, die *La Jornada* heißt, einen Teil von diesem Bericht vom Menschenrechtszentrum Fray Bartolomé de las Casas, also vom *Frayba*. So nennen wir Indígenas aus Chiapas die nämlich, es ist eine Organisation in Jovel, also in San Cristóbal de las Casas, die sich darum kümmert, dass die Menschenrechte der Indígenas nicht verletzt werden. Das heißt, dass dieser Bericht über Paramilitärs geht, und darüber, wie die schlechten Regierungen sie unterstützen.

Ich sag euch besser gar nicht erst alles, was in dem Bericht stand, weil er ist ja schon in der Zeitung, die *La Jornada* heißt, veröffentlicht worden, aber da kann man genau sehen, dass es eine Übereinkunft der schlechten Regierungen gibt, um die zapatistischen indigenen Dörfer platt zu machen, über dass, was schmutziger Krieg heißt, das heißt, es ist so eine Art irgendwie versteckter Krieg, einer, der sich nicht zeigt. Das heißt, sie tun so, also ob alles gut sei, aber es ist eben nicht gut, sondern es gibt Tote und Verschwundene und Vertriebene und viel Unglück für die, die ganz unten sind. Und dann ist also der Problem, dass es nicht nur um die Sachen geht, die ihre schlechten Regierungen in seinen Regierungsjahren vom Zedillo gemacht haben, sondern die Schuldigen laufen immer noch überall da rum und es passiert immer noch dasselbe, aus dem einfachen Grund, weil wir Zapatisten uns nicht ergeben und uns nicht verkaufen. Das heißt, wir vergessen nicht, warum wir kämpfen, und deswegen wollen sie uns auf jeden Fall wie auch immer besiegen.

Aber ich wollt euch erzählen, dass wir also mit dem Sub die ganzen Berichte durchgeschaut haben, die zusammengekommen waren, und es war ganz deutlich zu sehen, dass eine große schlechte Macht dabei ist, sich unseres Landes Mexiko zu bemächtigen. Wir tranken unseren heißen Kaffee gar nicht, das heißt, wir schauten ihn bloß an, weil er nämlich sehr heiß war, und nachher würden wir uns die Zunge verbrennen. Und während wir also rauchten und darauf warteten, dass die Hitze von dem Kaffee weniger werden würde, dachten wir über diese Sache nach, wie es sein konnte, dass der Böse und das Böse ihre ganzen Schweinereien anstellten, also ihre Schlechtigkeiten, und die Leute einfach gar nichts dazu sagten. Und dann fragten wir uns, ob die Leute vielleicht gar nichts merken, oder ob es sie einfach nicht mehr interessiert. Und dann haben wir gesehen, dass es so ist, dass die Leute einfach den Bösen und das Böse nicht sehen, aber nicht, weil die sich verstecken, also der Böse und das Böse, weil die spazieren ja überall ganz offen rum. Also verstecken tun sie sich nicht, aber die Leute sehen sie trotzdem nicht, als wäre es Zauberei. Und da hab ich mich an das erinnert, was der Compañero Alakazam mir erklärt hatte, und ich hab es dem Sub erzählt. Und der Sub hat gesagt, das stimmt, wir schauen einfach nur woanders hin. Also die Mächtigen, das heißt die Reichen und ihre schlechten Regierungen, sorgen dafür, dass die Leute woanders hinschauen, und dann sind die ganzen Christenmenschen abgelenkt und genau dann schlagen der Böse und das Böse zu und fügen uns allen Schaden zu, ohne dass wir es überhaupt merken. Und da hab ich meinen Kaffee probiert, um zu sehen, ob seine Hitze schon verflogen war, das war sie aber noch nicht. Ich sagte dem Sub, dass sie es ganz schön runtermachen, das Vaterland, also Mexiko, und dass wir, wenn es so weitergeht, alle wie Waisen zurückbleiben werden, weinend und verloren, ohne überhaupt noch zu wissen, woher wir kommen, wir werden uns selbst vergessen. Da sagte der Sub gar nichts, aber er probierte auch seinen Kaffee und verbrannte sich ordentlich, und dann fluchte er laut vor sich hin und schimpfte, ich weiß nicht, ob weil der Kaffee sehr heiß gewesen war oder weil sie unser Land umbringen, während wir woanders hinschauen. Ich hab mir gedacht, das ist so, wie wenn man Fernsehen schaut, während Diebe einem die Wohnung ausräumen. Die Leute sagen ja oft, sie seien gut informiert, aber sie wissen vielleicht viele Sachen oder Fälle, aber von woanders, und dabei wissen sie nicht darüber Bescheid, dass man gerade dabei ist, uns selbst das Herz herauszuklauen. Da hab ich mich daran erinnert, wie die Nachrichten immer von einem Punkt zum anderen springen, und dass mir regelrecht die Augen davon wehgetan hatten, von diesem Hin- und Hergespringe.

Und dann haben wir gesehen, dass der Kaffee sich ein bisschen enthitzt hatte, und haben also angefangen, ihn zu trinken, unseren Kaffee, jetzt ohne die Befürchtung, uns die Zunge zu verbrennen. Da sagte mir der Sub: »Was meinst du, Elías, ich hab den Eindruck, Niemands Stunde ist gekommen.«

Niemand

Die strategische Lage des südöstlich gelegenen mexikanischen Bundesstaats Chiapas hat das Interesse der großen Weltmächte geweckt. Aus diesem Grund haben die Regierungen der USA, Kanadas, Japans, Russlands, Chinas und die der Europäischen Union dort Agenten ihrer jeweiligen Geheimdienste stationiert. Wenn man sie zu denen hinzurechnet, die die verschiedenen Geheimdienstabteilungen der mexikanischen Regierung unterhalten, erhält man im Ergebnis das, was man als ein »gesättigtes Operationsgebiet« bezeichnet. Wie jedermann weiß, bewirkt die Sättigung mit Geheimdienstlern ein Phänomen, das man »Intoxikation« nennt, was bedeutet, dass die zusammengetragenen Informationen nicht nur nicht verwendbar sind, sondern dem betreffenden Geheimdienstapparat aktiv schaden. Möglicherweise ist es diesen Phänomenen der Sättigung und Intoxikation geschuldet, dass keiner der Dienste bemerkt hat, dass es im Organigramm der EZLN einen Zweig gibt, der den Elitetruppen oder Sondereinheiten anderer Armeen entspricht. Nur einige Wenige wissen von seiner Existenz: Die Mitglieder des Generalstabs der EZLN und einige der dienstältesten Comandantes und Comandantas des CCRI. Dieser Teil der neozapatistischen Struktur besteht lediglich aus sechs Personen, die zu verschiedenen Zeitpunkten in der Geschichte der EZLN Aufgaben von großer Bedeutung ausgeführt haben, die jedoch geheim sind. Beispielsweise waren es seine Mitglieder, die anlässlich des Verrats von vor 10 Jahren den Sub Marcos im Februar 1995 beschützten. Man erzählt, dass sie, als die Gemeinde Guadalupe Tepeyac vollständig von luftgestützten Truppen der Bundesarmee umzingelt war, den Sub durch den Belagerungsring hindurch herausgeholt und ihn an einen sicheren Ort gebracht haben. Dieser Spezialtruppe sind auch die Nachforschungen zu verdanken, die in weniger als 24 Stunden zu Tage förderten, was am 22. Dezember 1997 in Acteal genau geschehen war. Aus den Informationen, die die Mitglieder dieses Teams zusammengetragen hatten, wurden die Kommuniqués jener Tage zusammengestellt, die gemeinsam mit der Berichterstattung einiger Medien und NGOs schließlich die Strategie der Regierung konterkarierten, das Massaker als eine interne Streitigkeit unter Indígenas darzustellen. Im Januar 1998 war es dieselbe Truppe, die beauftragt wurde, die Generalkommandantur der EZLN in Sicherheit zu bringen, als die Bundesarmee versuchte, die Gemeinde La Realidad einzunehmen, an eben dem Tag, an dem Francisco Labastida Ochoa als Innenminister antrat.

Wenn schon nur wenige von ihrer Existenz wissen, so ist der Name dieser Sondereinheit ausschließlich ihren Mitgliedern bekannt, sowie dem Subcomandante Insurgente Marcos. Nur sie wissen, dass ihr Deckname *Niemand* lautet.

1. Erika. Aufständische, Indígena, vor kurzem 16 Jahre alt geworden. Sie war in den Tagen des Aufstands vier Jahre alt. Ihr Vater starb bei den Kämpfen in Ocosingo, und sie wuchs im Widerstand auf. Sie beschloss im Jahr 2001, nach dem Marsch auf die Hauptstadt, der EZLN als aufständische Soldatin beizutreten. Elías sprach damals mit ihr. Da sagte sie eine Lüge, weil sie nämlich sagte, dass sie schon 16 sei, aber in Wirklichkeit war sie gerade erst 12. Sie ist Radiotechnikerin, und manchmal, wenn der Sub und der Monarca nicht schnell genug den Radioberg hinaufkommen, fängt sie die Sendung von Radio Insurgente, der Stimme der Stimmlosen, selbst als Sprecherin an. Sie ist auch dafür bekannt, dass sie sich oft mit den Männern der zapatistischen Truppe anlegt, wenn diese abfällige Bemerkungen über die Frauen machen oder sich über sie lustig machen. Sie ist sowohl für das Militärische als auch für das Politische sehr begabt. Und sie ist Funkexpertin. Sie schwärmt für Gedichte, die Lieder von Juan Gabriel, von den Bukis und den Temerarios. Nachts benutzt sie ohne Erlaubnis eine Taschenlampe, um in einem zerfledderten

Gedichtband von Miguel Hernández zu lesen, den sie in einem alten Bergbunker gefunden hat. Sie singt falsch, wenn sie das Lied von den zapatistischen Caracoles singt. Sie ist bei *Niemand* für die Kommunikation zuständig.

2. Doña Juanita. Indígena. Es heißt, sie sei die Witwe des Alten Antonio, der 1994 gestorben ist. Man weiß nicht genau, wie alt sie ist, aber sie ist schon ziemlich alt. Sie verfügt über große Kenntnisse in der Pflanzenheilkunde, über ein gutes diagnostisches Auge und eine 500-jährige Geduld. Sie kann süße Maisfladen und *marquesote* backen, das ist so ein Maisbrot mit Zucker und Butter. Wenn sie auf den Versammlungen in ihrem Dorf spricht, hören ihr alle aufmerksam und respektvoll zu. Sie war eine der Compañeras, die das so genannte Revolutionäre Frauengesetz verfasst haben, und die erste, die klargestellt hat, dass Frauen auch Leitungspositionen einnehmen können. Sogar die größten Machos unter den Männern kommen zu ihr, um sie um Rat und Hilfestellung zu bitten. Sie ist bei *Niemand* die Krankenschwester.

3. Toñita. Indígena. Sie ist knapp über zehn Jahre alt. Sie ist Tochter aufständischer Eltern. Ihre Mutter trug sie noch im Bauch, als sie im Januar 1994 auszog, um las Margaritas einzunehmen. Sie ist sehr geschickt darin, an Berichte zu kommen und sie zu interpretieren. Sie verkleidet sich sehr gut und kann an jedem Ort und in jeder Lage unbemerkt durchkommen. Sie malt und rennt sehr gern. Es gibt keinen Mann, der schneller als sie einen Baum hinaufklettert, und keinen, der ihre Zielsicherheit mit der Steinschleuder übertrifft. Sie besucht die autonome Schule, und wenn sie groß ist, sagt sie, wird sie Volksvertreterin und wird Mathematik verbieten, weil sie mit den Zahlen auf Kriegsfuß steht. Sie ist die Aufklärerin von *Niemand*.

4. *Maa Jchixuch* (*Maa* heißt auf Tojolabal Guacamaya-Papagei und *Jchixuch* bedeutet auf Tzeltal Stachelschwein. Guacamaya heißt auf Tzeltal auch *Moo*, und Stachelschwein auf Chol heißt *ixchixuch*, und *tek rical chitom* auf Tzotzil). Junger Mestize. Er muss so um die 20 sein. Er kämmt sich wie ein Punk, weshalb seine Haare wie bei einem Stachelschwein abstehen, und sie sind knallbunt, wie bei einer Guacamaya. Er betreibt einen Stand auf dem *Mercado de los Ancianos* in Tuxtla Gutiérrez, Chiapas. Da

verkauft er alles Mögliche, oder was gerade so kommt. Über den Verkauf von Feuerwerk ist er zum Experten für Pyrotechnik geworden. Er singt und dichtet auch Lieder, aber komponieren tut er nicht. Angeblich schickt er die Texte, die er schreibt, an andere Leute, und die komponieren eine Musik dazu. Ein Beispiel ist das Lied *Otras caricias*, anders Streicheln, und das geht so:

In einer Ecke der Welt,
Stößt Haut auf Haut.
Sie sprechen, hören sich zu.
Sie fragen sich, antworten.
Sie streicheln sich.
Weil streicheln bedeutet fragen.
Weil streicheln bedeutet antworten.
Ein Stückchen Haut fragt: hier?
Und ein Stückchen Haut sagt: dort, so.
Nicht immer.
Auf der Welt gibt es Frauen und Männer.
Und es gibt auch Gespenster.
Die Gespenster zum Beispiel sind sehr anders.
Die Gespenster verletzen, wenn sie streicheln.
Aber das ist nicht das Schlimme oder Schlechte.
Auch nicht, dass dieses Streicheln Wunden hinterlässt.
Auch nicht, dass diese Wunden nie verheilen.
Das Schlimme ist, dass die Gespenster all ihre
plumpe Zärtlichkeit
Darauf verwenden, die ganze Welt zu streicheln.
Und so verhindern, dass die Erinnerung vernarbt.
Wenn ein Gespenst streichelt
Fragt und antwortet es.
Widerstand.

Das Lied hat er einer Rockband aus Europa geschickt, und es heißt, dass er noch andere Lieder hat, die auf einer Platte erscheinen sollen, die *Gespenster* heißt. Der *Maa Jchixuch* ist der Sprengstoffmann von *Niemand*.

5. *El Justiciero*, der Rächer. Mestize. Um die 40. Schwarz wie die Nacht. Früher war er Maurer. Jetzt arbeitet er als Fahrer eines

Baumaterial-Lastwagens. An der hinteren Stoßstange seines Lasters hat der Rächer ein Schild aufgehängt, wo »Historischer und Dialektischer Materialist« draufsteht. Oben drüber ein anderes, was besagt: »Alt vielleicht, aber nicht jedermanns Alter«. Eines Tages, als sein Laster vor dem *Caracol* La Garrucha eine Panne hatte, kam er mit Elías ins Gespräch. Angeblich unterhielten sie sich im Morgengrauen immer noch. Ab da wurde er Zapatist. Er sprach mit seinen Arbeitskollegen, und sie haben sich alle bei der Junta der Guten Regierung angemeldet. Nachher hat er auch noch die Taxifahrer rekrutiert, die Leute aus den Tortilla-Bäckereien, die Kellner und Kellnerinnen, und sogar ein paar Soldaten. Er ist bei *Niemand* Chauffeur und Mechaniker.

6. Elías, Ermittlungskommission, ihr kennt ihn teilweise schon. Er ist der Befehlshaber von *Niemand*.

7. Magdalena. Auch sie kennt ihr schon. Sie ist auf Vorschlag von Elías vorübergehend dazugestoßen, als siebtes Element. Sie ist gerade mal Mitglied von *Niemand*.

Cry me a river

Ich hab mit der Magdalena gesprochen und ihr gesagt, dass ich den Bösen fangen würde, dass sie auf mich warten soll, bis ich zurück bin, aber sie, also er, hat mir gesagt, dass sie sich nützlich machen will. Da hab ich ihn eben mitgenommen, das heißt, ich hab sie dorthin mitgenommen, wo wir uns mit der Gruppe, die *Niemand* heißt, treffen. Da hab ich sie allen vorgestellt und gesagt, sie oder er sei meine Tochter oder Sohn, je nachdem, und sie haben sich begrüßt und das war's. Und dann hab ich ihnen gesagt, dass wir einen Plan machen müssen, um den gewissen Morales zu fangen, und dass wir nicht viel Zeit haben, dass es genau am 9. Februar passieren müsste, das heißt gleich. Und dann haben wir die Berichte durchgeschaut, die zusammengetragen worden waren. Später dann noch einmal dasselbe, aber mit Perspektive. Ich hab ihnen erklärt, was das Wort »Perspektive« bedeutet, und alle haben es in ihrem Vokabelheft aufgeschrieben. Nachdem wir dann gemeinsam den Fall oder die Sache, je nachdem, vom gewissen Morales von allen Seiten analysiert hatten, haben wir mit unserer Agenda einen unseren Plan gemacht. Und ich hab ihnen erklärt, was das Wort »Agenda« bedeutet, und alle haben es in ihrem Vokabelheft aufgeschrieben. Dann hat die Erika ihr Schokoladenkistchen aufgestellt, so nennen wir die Funkgeräte. Sie hat ihre Antenne reingesteckt und gut kalibriert, damit ihr Signal auch schön weit kommt. Und hat dann angefangen, mit den Funkstationen in den zapatistischen Gemeinden und in den zapatistischen Militärlagern zu kommunizieren. Die Toñita schrieb inzwischen all die Botschaften auf, die die Erika empfing. Und der *Maa Jchixuch* bereitete ein paar Sachen vor, die uns später nützen würden, um den gewissen Morales zu fangen. Und der *Justiciero* ging weg, um den Laster abfahrbereit zu machen, wo auch immer wir hin müssten. Und die Doña Juanita packte ein paar Kräuter, ein bisschen Pozol und geröstete Maisfladen in ihr Beutelchen, weil was, wenn wir länger bräuchten. Und die Magdalena fing an, ihre Schminke und die Kleider, die sie brauchen würde, zusammenzupacken. Und ich, also Elías Contreras, Ermittlungskommission, hab den Plan, um den Bösen und das Böse zu fangen – also um den gewissen Morales zu fangen, der seine Schlechtigkeiten auf zapatistischem Gebiet unternahm – in meinem Kopf noch ein paar Mal hin und hergewälzt. Dabei war ich gerade, also dabei, den Plan zu überdenken, als mir etwas einfiel und ich allen schnell sagte, sie sollten kurz aufhören mit dem, was sie gerade tun, und ihnen sagte, sie sollten in ihren Heften das Wort »Obengenannter« aufschreiben. Und ich hab ihnen erklärt, dass in diesem Fall oder dieser Sache, je nachdem, der Obengenannte der gewisse Morales war. Und dann haben alle weiter gemacht damit, den Plan vorzubereiten, um den Obengenannten zu fassen, also den gewissen Morales, um ihn der zapatistischen Justiz vorzuführen.

Diesen ganzen Plan haben wir im Morgengrauen des 8. Tages dieses Monats gemacht, also des Februars aus 2005. Und es wurde schon hell, als die Erika und die Toñita kamen, um mir zu sagen, dass sich der gewisse Morales, also der Obengenannte, den Berichten zufolge in die Bezirkshauptstadt Ocosingo begeben hatte, um sich dort zu besaufen und Chaos mit Frauen anzurichten. Dass der gewisse Morales, also der Obengenannte, außerdem zwei Männer als Leibwächter bei sich hatte, das heißt solche, die auf ihn aufpassten, egal wohin er ging, ich glaube, sie gingen sogar zusammen aufs Klo. Und dann sagte die Toñita noch, dass in Ocosingo vermutlich gerade nicht viele Leute und auch sonst nicht viel los sei, weil das Fest der Candelaria schon vorbei war und die Leute kein Bares mehr hatten, um damit groß zu feiern. Und dann sagte die Toñita, dass wir den gewissen Morales also vielleicht ergreifen könnten, also den Obengenannten, ohne allzu viel Aufmerksamkeit zu erregen.

Da sagte der *Justiciero*, dass das Auto schon bereitstehe. Und der *Maa Jchixuch* sagte, dass auch er fertig sei. Doña Juanita war ebenfalls so weit, und die Magdalena auch, und die Erika und die Toñita hatten ja schon gesagt, sie seien fertig. Da sagte ich, ich sei noch nicht fertig, dass sie auf mich warten sollten, weil ich noch mal groß müsste, und dass wir dann gleich losfahren. Alsbald kam ich vom Klo zurück und wir stiegen alle auf den Pickup des *Justiciero* und kamen in Ocosingo an, als die Nacht sich dort bereits in den Straßen breit machte. Wir richteten uns in einer Hütte ein, also einem Häuschen, das am Stadtrand liegt, also die Hütte heißt *El Paraíso,* das Paradies. Die Erika baute ihre Antenne und ihr Schokoladenkistchen auf und gab eine Meldung durch, die wie folgt lautete: »Großes Auge an Altes Pferd. Großes Auge an Altes Pferd. Niemand ist bereit. Ich wiederhole. Niemand ist bereit.« Das war eine Botschaft für den Sub, dass wir schon bereit waren, um unsere Agenda mit Perspektive zu erfüllen, also den Obengenannten zu ergreifen, also den gewissen Morales. Dann holte die Toñita aus ihrem Umhängebeutel einen Kaugummi-Bauchladen heraus und sagte, dass sie da welche dabei habe, die Abführmittel enthielten, und dann ging sie raus, um eine Runde zu drehen und um zu sehen, wo genau der Obengenannte sich aufhielt, also der gewisse Morales. Und die Doña Juanita zog los, um mit einer ihrer Gevatterin zu sprechen, die auf dem Markt von Ocosingo arbeitet und eine ordentliche Klatschbase ist und überall die Nase reinsteckt, also die Gevatterin ist die Klatschbase, nicht die Doña Juanita. Und der *Maa Jchixuch* baute im Hof des Häuschens all das auf, was er vorbereitet hatte. Der *Justiciero* ging sein Auto dort parken, wo es nachher gebraucht werden würde, aber so, dass man nicht viel davon sah. Und die Erika stellte ihre Verstärkeranlage auf und verkabelte einen Lautsprecher so, dass er in den Hof schallte, und einen anderen so, dass er den Platz beschallte, wo man die Autos hinstellt, also den Eingang. Und die Magdalena fing an, sich herzurichten. Und ich dachte bei mir, dass die Leute von *Niemand* wirklich gut darin sind, die Sonderaufgaben auszuführen, die ihnen die Generalkommandantur der EZLN hin und wieder aufträgt. Da kam die Toñita auch schon zurück und sagte mir, dass der Obengenannte, also der gewisse Morales, sich in der Hölle aufhalte. Ich sagte, das könne nicht sein, man hätte uns doch gesagt, er sei in Ocosingo, und dass wir offensichtlich umsonst hierher gefahren seien. Da schaute die Toñita mich an und meinte, dass das schon richtig sei, dass nämlich so die Kneipe heißt, in der der gewisse Morales, also der Obengenannte, gerade war. Da erst verstand ich, dass die Kneipe »Die Hölle« hieß. Und die Toñita sagte, dass der gewisse Morales, also der Obengenannte, etwa mein Alter habe und ungefähr auch mein Äußeres, dass er also so um die 60 ist, grauhaarig und ein bisschen dick. Und sie meinte, sie sei sicher, dass es der Obengenannte sei, also der gewisse Morales, weil sie zugehört habe, wie seine Leibwächter ihn so nannten. Und sie sagte, die Leibwachen seien ein paar lange Lulatsche, ganz schön doppelt und ganz schön stark, und dass sie die Haare so kurz geschnitten hätten, wie sie die Soldaten der schlechten Regierung ohnehin tragen. Da kam auch schon Doña Juanita zurück und sagte, ihre Gevatterin würde erzählen, dass der Obengenannte schon mächtig einen in der Krone habe, also halb besoffen sei, und seine Leibwächter auch.

Also setzten wir uns alle zusammen, um den Plan noch einmal gut durchzugehen. Und dann warteten wir, bis die Nacht noch ein Stück ihres Weges zurückgelegt hatte und der neue Tag anbrach. Dann kam die Morgendämmerung. Und ich setzte meinen Hut auf. Da verstanden alle, dass die Mission, die uns aufgetragen worden war, jetzt losging. *Niemand* war bereit.

Da nahmen der *Maa Jchixuch*, die Erika, *El Justiciero* und Doña Juanita auch schon ihre Positionen ein. Die Toñita mit ihrem Kaugummi-Bauchladen, die Magdalena, die sehr hohe Schuhe angezogen hatte und andauernd stolperte, und ich machten uns auf den Weg. So kamen wir vor die Tore der Hölle, also zur Tür dieser Kneipe, die »Die Hölle« heißt. Die Toñita mit ihren Kaugummis ging als Erste rein. Und dann kam sie auch schon wieder raus. Sie sagte uns, dass nicht viele Leute drin seien, nur ein paar, dass der Obengenannte genau dort sei, also der gewisse Morales, und dass er ziemlich betrunken sei, genauso wie seine Leibwächter. Und dann sagte die Toñita, sie hätte den Leibwächtern vom gewissen Morales ein paar von ihren Kaugummis mit Abführmittel geschenkt. Und dann sagte sie uns noch, dass die Kaugummis mit dem Abführmittel nicht sofort wirkten, dass sie ein Weilchen bräuchten. Ich sagte ihr, sie solle ihren Posten beziehen. Dann sagte ich der Magdalena, sie solle die Hölle betreten, also die Kneipe, die »Die Hölle« heißt. Und dann ging ich auch in die Hölle, um dafür zu sorgen, dass der Magdalena nichts Schlimmes passierte.

Die Magdalena ging rein, wobei sie sich beim Gehen sehr anders bewegte. Dem Obengenannten, also dem gewissen Morales, lief gleich der Speichel aus dem Mundwinkel, als er die Magdalena so sah. Und seine Leibwächter lechzten auch nach ihr. Da begann der gewisse Morales, der Magdalena bestimmte Dinge zu sagen, dass warum so allein meine Schöne, dass du bist ja ne ganz scharfe Nummer und noch mehr Dinge, die ordinär sind und die ich euch nicht erzähle, weil es könnte ja sein, dass Kinder zuhören oder mitlesen, je nachdem.

Da näherte sich die Magdalena dem gewissen Morales, also dem Obengenannten, und sagte ihm, sie sei auf der Suche nach einem Mann, der sie befriedigt, weil sie nämlich ein echtes Weib sei, also die Magdalena sei ein echtes Weib. Und dann sagte die Magdalena, dass es hier nämlich gar keine Männer gebe, die richtige Männer seien, und dass sie lieber mal bei den Zapatisten schauen würde, ob es da vielleicht welche geben würde. Da sagte der Obengenannte, die Zapatisten seien Schwuchteln, das sagte er. Und die Leibwächter lachten. Da näherte sich die Magdalena dem gewissen Morales und stellte einfach ihren Hintern vor ihm auf, und drehte sich, ohne dass sie es merkten, zu mir um, um mir mit dem Auge zuzuzwinkern, während sie sagte:

»Das ist klar, vielleicht ist der eine oder andere Zapatist eine Schwuchtel.«

Und dann setzte die Magdalena sich dem Obengenannten, also dem gewissen Morales, auf den Schoß und sagte ihm, hör mal Süßer, was machst du denn hier in der Hölle wenn ich dich doch ins Paradies bringen kann. Da sagte der Obengenannte, nimm mich doch mit, meine Kleine. Und dann standen sie auf und gingen raus. Und ich hinter ihnen her. In der Tür fing der Obengenannte, also der gewisse Morales, an, die Magdalena zu betatschen. Die Magdalena sagte ihm, dass besser nicht hier, besser in ihrem Zimmerchen, weil sie da ein paar Dinge habe, über die der gewisse Morales, also der Obengenannte, sich freuen würde. Da sagte der Obengenannte, dass gut, gehen wir also. Und dann gingen sie dorthin, wo der gewisse Morales sein Auto geparkt hatte. Ich rannte derweil, um früher da zu sein. Und dann kam ich an und nahm meinen Posten ein.

Kurz darauf sah man die Lichter des Autos. Und dann kam das Auto in den Eingang gefahren. Und alle stiegen aus. Einer der Leibwächter sagte, dass hör mal Boss, ich muss mal aufs Klo, ich glaube, ich hab das Essen nicht vertragen. Und der andere Leibwächter sagte, dass er auch aufs Klo müsse. Da sagte ihnen die Magdalena, dass die Latrine gleich da im Hof sei. Und die Leibwächter rannten los, weil jeder als Erster beim Klo sein wollte, aber sie stolperten, weil sie betrunken waren.

Dann betrat die Magdalena das Häuschen. Und sie sagte dem Obengenannten, also dem gewissen Morales, dass warte auf mich mein Herz, ich geh mir was Bequemeres anziehen, was dir sehr gefallen wird. Und dann betrat die Magdalena das Zimmerchen, wo wir uns alle befanden. Und ich gab das Zeichen.

Da schaltete die Erika ihre Verstärkeranlage ein und begann zu sagen, sie sollten sich alle ergeben, und der *Maa Jchixuch* zündete die Kanonenschläge, die er vorbereitet hatte. Das hörte sich an wie eine Schießerei. Und dann entstand ein Chaos, in dem es schien, als würde viel geschossen und als seien viele Leute beteiligt. Da flohen die Leibwächter, die sich kaum bewegen konnten, weil sie sehr betrunken waren und die Hosen heruntergelassen hatten und sich vollgeschissen hatten, also vor Angst und von der Scheißerei, weil der Lärm sie nämlich mitten im Durchfall erwischt hatte, den die Abführmittel-Kaugummis der Toñita verursacht hatten. Da rannten sie also ins Gebüsch davon. Und der gewisse Morales, also der Obengenannte, sagte, dass was zum Teufel denn hier los sei. Und dann glaube ich, dass der Suff vor lauter Schreck von ihm abfiel, weil man jetzt schon hören konnte, dass er ganz nüchtern war. Und dann kamen wir alle aus dem Zimmerchen und umringten ihn, damit er sich nicht dünne machte.

Dann sagte ich zum Obengenannten, dass er auf Befehl der autonomen Justizbehörden der Juntas der Guten Regierung verhaftet sei und dass wir ihn mitnehmen würden, damit er Zeugnis von seinen Schlechtigkeiten ablegen könne. Und der gewisse Morales sagte:

»Mich verhaftet hier überhaupt niemand.«

»Das trifft sich gut, wir sind ohnehin *Niemand*«.

Da machte sich die Doña Juanita dran, dem gewissen Morales die Hände festzubinden. Aber der Obengenannte, also der gewisse Morales, holte eine Pistole heraus und richtete sie auf uns und sagte dass Hände hoch. Und dann sagte der gewisse Morales noch, dass er ein Kaliber zu groß sei für die Scheißzapatisten, dass es soweit noch käme, dass ihn irgendwelche Niemands einfach festnähmen. Er richtete seine Pistole auf die Toñita und sagte blöde Göre, und dann richtete er sie auf die Doña Juanita und sagte scheißrunzlige Alte, und dann zielte er auf den *Justiciero* und sagte beschissener schwarzer Hund, und dann zielte er auf den *Maa Jchixuch* und sagte bescheuertes gepierctes Punkerchen, und dann auf die Erika und sagte dummes Mädel, und dann zielte er auf die Magdalena und sagte armselige Schwuchtel, und am Ende zielte er auf mich und sage Scheißindianer. Und dann zielte er mit seinem Pistolenlauf auf uns alle zusammen und sagte, dass er uns alle auf einmal töten würde, dass wir sowieso die sind, die immer für Ärger sorgen, dass niemand uns vermissen würde, weil Leute wie wir sowieso immer überflüssig seien.

Als der gewisse Morales, also der Obengenannte, uns seinen neoliberalen Text runtersagte, kriegte die Magdalena irgendwie eine ihre Wut und warf sich auf ihn, und sie begannen, Leib gegen Leib zu kämpfen. Als ob das ein Signal gewesen wären, warfen wir uns alle in einem Haufen auf den Obengenannten, also auf den gewissen Morales. Und dann ertönte ein Schuss. Und dann packten wir ihn gut und nahmen ihm seine Pistole ab. Die Doña Juanita, der *Justiciero*, die Toñita und die Erika fesselten den gewissen Morales gut. Aber die Magdalena war am Boden liegen geblieben. Zuerst dachte ich, es sei, weil sie geschlagen worden war. Ich ging hin, um ihr aufzuhelfen. Aber da sah ich es, dass sie eine Schusswunde im Bauch hatte. Und ich sagte zur Doña Juanita, dass schnell, dass die Magdalena verwundet sei.

Die Doña Juanita suchte schnell in ihrem Beutel ein paar Kräuter. Und sie legte der Magdalena die Kräuter auf, um ihre Verblutung zu stoppen. Und ich sagte zur Erika, sie solle schnell über Funk Bescheid sagen, dass wir einen Verletzten haben. Und ich sagte zur Magdalena, sie solle sich keine Sorgen machen, wir würden sie ins Krankenhaus bringen, damit sie behandelt würde. Und die Magdalena wurde ganz arg blass. Da sagte ich zum *Justiciero*, er solle den Laster fertig machen, damit wir abfahren konnten. Und zu den anderen sagte ich, sie sollten den Obengenannten, also den gewissen Morales, in den Laster laden, damit er der Justiz übergeben werden könnte. Und ich sagte ihnen, dass sie Platz schaffen sollten, damit wir die Magdalena ins Krankenhaus bringen konnten. Und dann blieb ich bei der Magdalena. Sie fragte mich, wie sie denn gewesen sei bei ihrer Mission. Und ich sagte ihr, dass sehr gut, dass wir dank ihres Einsatzes, also dank seines Einsatzes, den Bösen gefangen hatten. Und er, also sie, fragte mich, ob sie denn hübsch aussehe. Und ich antwortete ihr, wie eine Prinzessin. Da fing sie, also er, an zu weinen. Und ich dachte, es sei wegen der Wunde, und sagte ihr, sie solle nicht weinen, wir seien bald im Krankenhaus. Aber er, also sie, sagte, sie würde nicht wegen der Wunde weinen, sondern weil bisher niemand sie jemals Prinzessin genannt hätte. Und ich sagte ihr, dass sie ohnehin immer aussähe wie eine Prinzessin, aber dass ich ihr das nie gesagt hätte, weil was, wenn sie es schlecht aufgenommen hätte. Und dann kamen alle zurück, um sich um die Magdalena zu kümmern. Und die Doña Juanita sagte mir ins Ohr, schön leise, damit nur ich es hören konnte, dass die Magdalena es nicht schaffen werde, dass ihre ganzen Eingeweide beschädigt seien. Da blieb ich dicht bei der Magdalena und nahm sie bei der Hand und machte ihr Mut. Und sie, also er, fragte mich, ob er sterben würde. Und er, also sie, sagte mir, dass sie in ein zapatistisches Krankenhaus gebracht werden wolle, weil sie auch gleich operiert werden wollte, um den richtigen Körper zu dem zu haben, was sie war, also eine Frau. Und ich sagte ihr, dass ohnehin. Und sie, also er, sagte, wie das wohl wäre, wenn er sich in einen Zapatisten verliebte und ihn heiratete, und sie mich »Schwiegervater« nennen würde. Und ich sagte ihr ja, das wäre schön. Und sie, also er, sagte, Papa Elías, wir haben das Böse und den Bösen besiegt. Und ich sagte, ja klar, wir haben ihn besiegt, meine Kleine. Da sagte die Magdalena zu mir, Papa Elías, wenn ich sterbe, möchte ich, dass du einen Fluss für mich weinst. Und ich sagte ihr, dass sie nicht sterben würde, also schon, aber nicht gleich, dass das noch ein paar Jahre dauern würde. Und dann sagte die Magdalena nichts mehr. Und die Doña Juanita nahm ihren Puls und sagte, dass die Magdalena schon dahingeschieden sei. Da blieben wir alle schweigend, als ob wir alle gestorben wären ...

Der gewisse Morales ist gar nicht der gewisse Morales

Ermittlungsakte
Gemeinde La Realidad, autonomer zapatistischer Rebellenbezirk San Pedro de Michoacán, Junta der Guten Regierung.

Um zehn Uhr morgens am 9. Februar des Jahres 2005 kommen die Justizvertreter von allen autonomen zapatistischen Rebellenbezirken der fünf Juntas der Guten Regierung zusammen, aus dem Hochland von Chiapas, aus dem Tzeltal-Urwaldgebiet, dem Norden, dem Tzotz-Choj-Gebiet und aus dem grenznahen Urwaldgebiet, um den Problem von Montes Azules zu lösen, was in unserem Bundesstaat Chiapas liegt, in unserem Land namens Mexiko, und den die schlechten nationalen und internationalen Regierungen zu verantworten haben.

Der Problem ist, dass die Reichen und die Mächtigen uns die Montes Azules rauben wollen, die eigentlich der gesamten Menschheit gehören, sie wollen sie zu ihrem eigenen Nutzen verwenden, ohne sich darum zu kümmern, dass sie damit großes Unheil anrichten können.

Um die mutmaßlichen Verantwortlichen dieser Taten aufspüren zu können, wurde am heutigen Tag eine Person festgenommen, die des Verbrechens mit Unterstützung der schlechten Regierungen angeklagt ist. Der Verhaftete wurde den autonomen Behörden vorgeführt, damit seine Schuld ermittelt werden konnte. Bei dem Compañero, der die Verhaftung vorgenommen hat, handelt es sich um Elías Contreras, Ermittlungskommission der EZLN, der nicht anwesend ist, weil einer seiner Familienangehörigen schwer verletzt wurde bei der Festnahme des Verhafteten, der unter dem Namen der gewisse Morales vorgeführt wurde, der aber gar nicht wirklich so heißt, sondern viele Namen hat. Der Verhaftete wurde in gutem Gesundheitszustand vorgeführt, ohne Schläge oder Verletzungen, er hat nur ein bisschen wunde Hände wegen der Fesseln, die ihm seine Verhafter angelegt haben, damit er keinen weiteren Schaden anrichtet, und außerdem ist er ein bisschen verkatert aufgrund eines Rauschs, den er hatte. Zusammen mit dem Verhafteten wurden dieser zapatistischen Behörde die Sachen oder Fälle übergeben, die der Verhaftete bei sich trug und die Folgendes umfassen:

– Eine Handfeuerwaffe, also eine Pistole. Colt Kaliber 45, das Modell, das die Offiziere der mexikanischen Bundesarmee benutzen. Auf dem Griff der Pistole befindet sich das Nationalwappen von Mexiko, und die Seriennummer ist unleserlich gemacht, das heißt, man kann die Nummer nicht lesen. Zur Waffe gehört ein Magazin mit sechs Schuss.

– Diverse Ausweise und Pässe, alle mit einem Foto des Verhafteten und mit unterschiedlichen Namen, wie zum Beispiel:

Diego Manuel de Jesús Cevallos Bartlett y Ortega.
Santiago Felipe Creel Calderón y Sahagún.
Onésimo Iñiguez Cepeda Sandoval.
Roberto Carlos Madrazo Salinas de Gortari.
Vicente Ernesto Fox Zedillo.
Enrique Mario Renán Cervantes Castillo.
Jorge Morales Serrano Limón.

Hinweis: Einige davon sind Wählerausweise und Reisepässe mit dem Foto und Fingerabdruck des Verhafteten, andere weisen lediglich das Foto des Verhafteten auf, wie zum Beispiel die Ausweise von *Pro Vida*, vom *Movimiento Universitario de Renovadora Orientación*, von der Nationalen Familienväterunion, den Organisationen *Desarollo Humano Integral* und *Acción Ciudadana*.

– 150.000 Pesos in nationaler Währung, 12.000 Dollar in US-amerikanischen Geldscheinen und Kreditkarten diverser Banken.

– Ein Satellitentelefon der Marke Goldstar, das heißt, das ist ein Telefon, das von jedem Platz der Welt aus spricht und egal wohin.

– Ein kleiner Computer, von denen es heißt, sie hießen *Palm*, in dem sich Namen, Telefonnummern und Adressen befinden.

Nachdem alle diese Sachen oder Fälle dem Verhafteten vorgelegt wurden und er sie als seine Eigentümer aus seinem Besitz erkannt hatte, gingen wir dazu über, den Verhafteten darüber zu informieren, dass er zahlreicher Schlechtigkeiten beschuldigt wird, die er gegen die indigenen Völker Mexikos verübt haben soll und gegen alle Menschen, die in diesem Land leben, wie zum Beispiel den Verkauf der natürlichen Ressourcen unseres Vaterlands ins Ausland und die Planung des Todes unserer indigenen Brüder. Dass wir ihm klar und deutlich sagen wollten, dass er angeklagt sei, zusammen mit den schlechten Regierungen und den Neoliberalisten Geschäfte zu machen, indem er die Reichtümer verkauft, die es in der Chiapas-Region namens Montes Azules gibt.

Erste vorläufige öffentliche Einlassung des gewissen Morales

Der Verhaftete sagte aus, er heiße nicht so, also er heiße nicht Morales, sondern Morales sei bloß einer der Namen, die er für seine Arbeit benutzt, und dass er sich nicht mehr wirklich erinnern kann, wie er eigentlich heißt, weil er sehr oft den Namen geändert hat, je nachdem, mit wem er gerade zusammenarbeitet. Er sagte, dass er in der Bezirkshauptstadt Ocosingo festgenommen worden sei, hier im Bundesstaat Chiapas, Mexiko. Er sagte, dass niemand ihn festgenommen hätte. Er wurde gefragt, wie das denn sein könne, dass niemand ihn festgenommen hätte, und er sagte, dass ihm das die Leute, die ihn festgenommen hätten, eben so gesagt hätten, dass sie niemand seien. Die Volksvertreter verstanden nicht wirklich, was der Verhaftete damit meinte, und forderten ihn auf, ihre Fragen klar und deutlich zu beantworten. Der Verhaftete verzornte sich und begann, auf die Volksvertreter und den gesamten Zapatismus zu fluchen, und er sagte klar und deutlich, dass er viele Einflüsse beim Obersten Gerichtshof der Nation und im Parlament und beim Präsidenten und beim Bush hat, und auch beim Blair, dem Berlusconi, den Königen von Spanien und noch anderen Namen, die wir nicht mehr mitschreiben konnten, weil der Verhaftete sehr schnell sprach wegen seiner Wut. Wir Volksvertreter schauten ihn bloß an und warteten, bis er fertig war mit reden. Der Verhaftete ging von seiner Verzornung dazu über, ganz sanft zu werden, und sagte, er könnte uns Geld oder Schnaps oder

Weiber beschaffen, aber wir sollten ihn gehen lassen. Da wurde die Compañera Volksvertreterin namens Lupe wütend, wegen der Respektlosigkeit gegenüber den Frauen von Seiten des Verhafteten, aber die Lupe sagte nichts und wartete ebenfalls schweigend ab. Weil wir nichts sagten und ihn bloß anschauten, ging der Verhaftete zum Geweine über und sagte, wir sollten ihn nicht umbringen. Das hat länger gedauert. Mit all den Flüchen, die er gegen uns ausstieß, den Sachen, die er uns anbot, damit wir ihn freiließen, und dem Geweine des Verhafteten kam schließlich die Stunde des Pozol, und die VolksvertreterInnen beschlossen, eine Ruhepause einzulegen. Der Verhaftete wollte keinen Pozol.

Zweite vorläufige öffentliche Einlassung des gewissen Morales, der gar nicht Morales heißt

Nachdem wir dann den Pozol getrunken hatten, begannen wir in einer zweiten Runde, die Worte des Verhafteten aufzunehmen, mit Fragen und Antworten. Aber vorher wurde der Verhaftete darüber informiert, dass wir, wenn er nicht deutlich redete und wenn er nicht aufhörte, uns zu bedrohen, ihn in Anwesenheit der Journalisten den Behörden der schlechten Regierung übergeben würden und alles vorzeigen, was wir in seinem Besitz gefunden hatten. Da sagte der Verhaftete, dass nein, dass wir das besser nicht tun sollten, dass seine Chefs ihn umbringen würden, damit er nichts erzähle, weil nämlich in die Schlechtigkeiten, die er beging, viele sehr mächtige Persönlichkeiten aus Mexiko und der Welt verwickelt seien und dass sie ihn dann zum Schweigen bringen würden, damit er sie nicht alle beschuldigte. Er sagte, dass die Mächtigen das ohnehin immer so machten, dass wenn jemand ihnen nichts mehr nütze oder sie in Gefahr bringe, dass sie ihn dann eliminieren und sich einen anderen suchen würden. Der Verhaftete sagte dann, dass er bereit sei, zu kooperieren und mit der Wahrheit zu antworten.

Volksvertreter:

Der Verhaftete wird gefragt, warum er ein Satellitentelefon bei sich trug.

Der Mann, der nicht der gewisse Morales heißt:

Antwortet, dass es dazu diente, um direkt aus Montes Azules mit seinen Freunden in den USA und in Europa zu kommunizieren.

Volksvertreter:
Und worüber kommunizierten Sie mit diesen Freunden?
Der nicht gewisse Morales:
Um sie auf dem Laufenden zu halten, wie es mit dem Montes-Azules-Plan vorwärts ging.
Volksvertreter:
Was für ein Plan?
Der nicht gewisse Morales:
Der Plan, die Privatisierung dieses Stückes Land zu erreichen, um es anschließend zu verkaufen. Zuerst sollten wir die indigenen Gemeinden vertreiben, die dort lebten. Der Plan sah vor, dort ein Problem zu provozieren, um die militärische Besetzung des gesamten Gebietes zu rechtfertigen, um dann die Gegend menschenleer zu räumen. Unser Plan, denn glaubt bloß nicht, dass ich das alleine ausgeheckt habe, war, zuerst Drogen anzupflanzen und dann unter diesem Vorwand die Armee dort hineinzuschicken, aber das hat nicht funktioniert, weil ihr den Drogenanbau verbietet. Danach war der Plan, Waldbrände zu legen, aber das hat auch nicht geklappt, wegen dem Gesetz zum Schutz der Wälder. Dann war der Plan, einen Konflikt zwischen indigenen Gruppen zu provozieren. Wir waren schon mit ein paar Lakandonen in Kontakt getreten, mit den Leuten von SOCAMA und ein paar Leuten vom offiziellen Flügel der ARIC. Wir wollten sie zu Paramilitärs ausbilden, so wie wir es im Norden von Chiapas und im Hochland gemacht hatten, und dann würden wir sie gegen die zapatistischen Gemeinden in dieser Region losschicken, aber das ist auch in die Hose gegangen, weil ihr beschlossen habt, diese Gemeinden umzusiedeln, und dann hatten wir keinen Vorwand mehr. Mit dieser Umsiedlungsgeschichte habt ihr unseren Plan zunichte gemacht, und wir mussten uns erst wieder einen neuen ausdenken. Damit war ich gerade beschäftigt, als ich verhaftet wurde.
Volksvertreter:
Warum sagen Sie, dass Sie das nicht alleine ausgeheckt haben?
Der nicht gewisse Morales:
Weil viele Leute mit Geld und Macht an diesem Geschäft beteiligt sind. Ihre Vertreter sind vor ein paar Tagen mit Fox zusammengekommen, dort im lakandonischen Urwald. Deshalb waren er und seine Frau überhaupt hierher gereist. Dass die Reise der

Förderung des Ökotourismus dienen sollte, war eine Lüge. Sie sind gekommen, weil die Mächtigen ihn unter Druck setzen, dass er schnell alles privatisieren soll, damit sie selbst das Land kaufen und Geschäfte damit machen können. Zedillo und die Carabias sind auch gekommen. Genauer gesagt dient das Satellitentelefon dazu, dass ich einen Mann im engen Umfeld von Fox anrufen kann, jemanden, der ihm sehr nahe steht, während der Präsident jetzt seine Europatour macht. Ich war dafür verantwortlich, zu überlegen, wie wir vorgehen könnten, um uns das Land anzueignen und auch noch ein paar Tierchen zu besorgen, die sie im spanischen Königshaus haben wollten. Wenn ich die dann hätte, sollte ich in Spanien anrufen, aber jetzt werden sie wohl noch eine Weile auf den Anruf warten müssen.

Volksvertreter:

Wofür war das Geld, das Sie bei sich trugen?

Der nicht gewisse Morales:

Na, um den Transport der Tiere nach Spanien zu bezahlen und um den Indianern, die wir gekauft hatten, damit sie uns bei der Privatisierung unterstützten, einen Teil davon zu geben. Außerdem muss man sowieso andauernd überall Geld verteilen, an kleine, mittlere und höhere Beamte, an Bürgermeister, Funktionäre des Staates und des Bundes.

Volksvertreter:

Wer sollte die Paramilitärs organisieren?

Der nicht gewisse Morales:

Na, für die Waffen und die Ausbildung sollte die Bundesarmee sorgen. Aber das Ideelle, also die Auswahl der Leute und ihre ideologische Vorbereitung, das war die Aufgabe von *El Yunque.*

Volksvertreter:

Und was ist *El Yunque*?

Der nicht gewisse Morales:

Das ist eine Geheimorganisation der Rechten, der Rechtsextremen, es sind die Leute, die die PAN und die Regierung von Fox unterwandert haben. Und dann mischen sie auch noch in anderen politischen Parteien mit. In dieser Organisation gibt es Politiker, Unternehmer und Bischöfe. Schon seit Jahren führen sie die Dinge fort, die ihnen ihre Vorgänger, das heißt Salinas und Zedillo, beigebracht haben. Der Plan ist, alles zu verkaufen, was irgendwie

geht, und darüber reich zu werden. Ihnen ist alles völlig egal, das Vaterland, die Religion und die Leute, auch wenn sie dauernd das Gegenteil behaupten.
Volksvertreter:
Sind Sie Mitglied bei *El Yunque*?
Der nicht gewisse Morales:
Nein, ich wurde von ihnen kontaktiert, weil ich an der Sache mit den Paramilitärs im Norden von Chiapas beteiligt war, am Aufbau von *Paz y Justicia*. Und auch im Hochland bei den Cardenisten und *Máscara Roja*. Und noch in anderen Gebieten mit *Los Puñales, Los Chinchulines, Los Albores de Chiapas, Los Aguilares*, den Gruppen MIRA und SOCAMA. Außer in Montes Azules habe ich auch noch die PRD-Leute von Zinacantán organisiert. *El Yunque* glaubt, dass der Zapatismus das größte Hindernis bei der Erreichung ihrer Ziele ist.

Sie sind zu allem bereit, sogar zum Krieg, um euch auszurotten. Und jetzt haben sie auch noch Oberwasser wegen Bushs Wahlsieg in den USA. Die reichen Amis wollen den ganzen Planeten für sich haben, und die mexikanischen Politiker wollen den Teil der Welt, der Mexiko heißt, gern verkaufen. *El Yunque* ist einer der Verkäufer, aber es gibt noch andere in den politischen Parteien. Wer auch immer zuletzt die Macht hat, egal ob PAN, PRI oder PRD, wird am Ende verkaufen.
Volksvertreter:
Diese Sachen, von denen Sie hier reden – wissen die schlechten Regierungen denn darüber Bescheid?
Der nicht gewisse Morales:
Selbstverständlich wissen sie das. Sie sind doch diejenigen, die das alles organisieren. Ich bin nur ein kleiner Angestellter.

Hinweis: An dieser Stelle wird die zweite Einlassung unterbrochen, weil ein Bote der Generalkommandantur der EZLN ankommt, der sagt, dass die Sache mit dem Satellitentelefon bereits überprüft wurde und dass die entsprechende Nummer von der Stiftung *Vamos México* angemeldet wurde, die von der Frau Marta Sahagún de Fox geleitet wird, also von seiner Ehefrau vom Fox.

Dritte vorläufige Einlassung des nicht gewissen Morales

Der Verhaftete wurde gefragt, ob er denn noch mehr zu sagen hätte, und der nicht gewisse Morales antwortete mit ja, und er ließ einen großen Redeschwall los, in dem er von einem Thema zum andere wechselte und der auch nicht so sehr verständlich war, weil er mal wütend war und mal geweint und dann auch wieder herumgeschrieen hat, und dann sprach er wieder ganz leise, als wolle er, dass nur er selbst sich höre. Das, was man ein bisschen verstehen konnte, war, dass er von dem dahingeschiedenen Pavel González gesprochen hat, der ein Student an der Autonomen Nationaluniversität von Mexiko, also der UNAM war, und der umgebracht wurde.

Der nicht gewisse Morales sagte, dass das mit dem dahingeschiedenen Pavel González eine Warnung von *El Yunque* an die Leute gewesen sei, die deren Machenschaften in der UNAM und anderswo aufdecken wollten, es war eine Kriegserklärung. Und dass die Sache mit Digna Ochoa ebenfalls eine Warnung gewesen sei. Dass *El Yunque*, das heißt die extreme Rechte, dieselben Mittel verwendet wie die US-Regierungen, das heißt den präventiven Krieg, wo sie Leute umbringen, bevor sie sie überhaupt fragen, wer sie sind oder was sie wollen. Dass alle Regierungen jetzt so tun müssen, als hätte sich etwas geändert, obwohl sich gar nichts ändert, und dann fängt wieder alles von vorne an. Dass er selbst, also der nicht gewisse Morales, nur einer von vielen ist, dass auch wenn wir ihn fertig machen, andere an seiner Stelle kommen werden, die genauso schlimm oder noch schlimmer sind als er. Dass wir ihm verzeihen sollten, dass er es nicht wieder tun würde. Dass er zu seiner Mutter will. Dass wir doch alle unsere Mutter ficken sollen. Dass hoffentlich niemand sterben muss. Dass wir ihm vergeben sollen. Dass er Angst hat, große Angst.

Und dann machte sich der nicht gewisse Morales in die Hosen, das heißt, er schiss und pinkelte sich ein, und er sagte nicht vorher Bescheid, sondern er machte einfach so seine Schweinerei, und dann musste die vorläufige Einlassung unterbrochen werden, weil es stark roch, also es stank sehr hässlich, und dann unterbrachen wir, damit der nicht gewisse Morales sich ein wenig sauber machte, und dann kam er wieder zurück und sagte, dass das alles ist, was er zu sagen hat.

Hiermit wird die vorläufige Einlassung des nicht gewissen Morales für beendet erklärt.

Unterschrift des Verhafteten und Angeklagten
sowie der Compañeros und Compañeras der
Ehren- und Justizkommissionen der verschiedenen
autonomen zapatistischen Rebellenbezirke.

Urteilsspruch

Die Ehren- und Justizkommissionen aller autonomen zapatistischen Rebellenbezirke, die in den fünf Juntas der Guten Regierung organisiert sind, kommen zusammen, um das Urteil im Fall des gewissen Morales zu sprechen, der nicht der gewisse Morales ist.

Um 16.40 Uhr (vier Uhr nachmittags und vierzig Minuten) des 9. Februar des Jahres 2005 beschließen die Ehren- und Justizkommissionen der autonomen Bezirke, nachdem sie die erste, zweite und dritte Einlassung des gewissen Morales gehört haben, der beschuldigt wird, die nationale Souveränität zu verkaufen, also das Vaterland, und den Tod mexikanischer Indígenas vorbereitet zu haben, und dessen Beteiligung an diesen Verbrechen nachgewiesen wurde:

1. Dass der Herr, der als der gewisse Morales bekannt ist und so nicht heißt und viele Namen hat, aufgrund seiner Beteiligung an dieser großen Schlechtigkeit eines Verbrechens gegen die Menschlichkeit zu zehn Jahren Gemeinschaftsarbeit in den Projekten verurteilt wird, welche die Juntas der Guten Regierung ihm in verschiedenen autonomen Bezirken zuweisen.

2. Es wird keine Freilassung auf Kaution geben, bis der Verurteilte seine Strafe vollständig verbüßt hat.

3. Da es keine weiteren Angelegenheiten zu verhandeln gibt, wird der Urteilsspruch hiermit um 17 Uhr (fünf Uhr nachmittags) desselben Tages und Datums für beendet erklärt.

Unterschrift des Verhafteten,
Beschuldigten und jetzt Verurteilten.
Unterschriften der Volksvertreter
der Ehren- und Justizkommissionen der
autonomen zapatistischen Rebellenbezirke.

Transkription der Telefonkonferenz zwischen Washington, Rom, Madrid, London, Moskau und Mexiko-Stadt, die am 10. Februar 2005 durch das satellitengestützte Spionagesystem Echelon abgehört und anschließend auf Anweisung der US-Außenministerin Condoleezza Rice gelöscht wurde.

»Sie haben Morales in Chiapas festgenommen.«

»Dann sollen sie ihn wieder freilassen.«

»Das geht nicht, weil die Zapatisten ihn festgenommen haben, und auf deren Justizsystem haben wir keinen Einfluß.«

»*Fuck!* Jetzt wird der alles ausplaudern und die Zapatisten machen es öffentlich. Da muss etwas geschehen.«

»Wo halten sie ihn denn fest?«

»Sie haben ihn vor Gericht gestellt und der Sache mit Montes Azules und mit den Paramilitärs für schuldig befunden. Sie haben ihn zu Gemeinschaftsarbeit in den indianischen Dörfern verurteilt. Bestimmt haben sie alles gefunden, was er bei sich trug. Die Ausweise sind kein Problem, weil wir sagen können, die Zapatisten selbst hätten sie erfunden, aber sein elektronisches Adressbuch enthält Namen, die alles zunichte machen könnten.«

»Wir müssen ihn ausfindig machen und eliminieren.«

»Ja, wir töten ihn und machen die Zapatisten dafür verantwortlich.«

»Das ist keine gute Idee. Niemand wird uns glauben. Wenn die Zapatisten nicht einmal General Absalón Castellanos Domínguez umgebracht haben, der genauso schlimm oder schlimmer war, werden sie Morales erst recht nicht umbringen.«

»Da haben Sie Recht. Aber es gibt noch andere Optionen.«

»Weißt du denn, wo sie ihn genau haben?«

»Nein, aber das lässt sich herausfinden.«

»Tu das und schick jemanden hin, damit er ihm etwas gibt, was ihn schwer erkranken lässt. Es muss schnell gehen, weil die Zapatisten bestimmt nicht zögern, das öffentlich zu machen.«

»Ich kann López hinschicken, der schon eine Weile als angeblicher Journalist dort unten rummacht, der ist genauso wie Morales fähig, seine eigene Mutter umzubringen.«

»Gut, aber merk dir, dass du als Erster dran bist, wenn irgendetwas schief geht.«

Ich komme bis hier und nicht weiter

So endete also dieser Fall oder diese Sache, in deren Verlauf ich nach Mexiko-Stadt, also ins Monstrum gereist war, um das Böse und den Bösen zu suchen, und die Geschichte, wie ich mit dem Belascoarán zusammengearbeitet hab, und von den Leuten, die ich kennen gelernt hab, und davon, was ich dort und hier in Chiapas gemacht hab.

Vor einer Weile hab ich dem Belascoarán einen Brief geschickt, in dem ich ihm erzählt hab, dass der gewisse Morales gar nicht der gewisse Morales war und was alles in diesem Fall oder dieser Sache noch passiert ist, mit dem Bösen.

Von der Magdalena hab ich ihm nichts erzählt, und vielleicht erzähl ich es euch auch nicht, weil, wie ich euch schon am Anfang dieser Geschichte sagte, es Wunden gibt, die heilen auch nicht, wenn man von ihnen erzählt. Im Gegenteil, sie bluten noch mehr, wenn man sie in Worte kleidet. Jetzt, wo ich mit euch fertig bin, werd ich ein paar Blumen an ihr Grab bringen. Niemand wird auch mitkommen. Übrigens, in den Zement am ihrem Grab von der Magdalena hab ich diese Worte geschrieben, die sagen: »Hier ruht das Herz von Niemand.«

Gut, dann geh ich jetzt mal. Ich komm nur bis hierhin und nicht weiter. Ich muss noch hingehen und mir das Maultier schnappen, mit Verlaub, aber vorher noch will ich mich bei euch bedanken, weil ihr euch zu uns umgedreht und uns angeschaut habt, auch wenn's nur ein Weilchen war. Ich hab meine Arbeit schon erledigt.

Jetzt bleibt nur noch zu erfahren, wie es dem Belascoarán dort im Monstrum ergangen ist, also in Mexiko-Stadt. Jetzt sag ich euch auf jeden Fall noch, bleibt aufmerksam, weil so sind die Zapatisten ohnehin, das heißt, dass dann, wenn alles danach aussieht, als wären wir am Ende, wir plötzlich mit etwas Neuem herauskommen, einem Fall oder einer Sache, je nachdem. Das heißt, so ist unser Kampf: Es fehlt immer das, was eben fehlt. Und wisst ihr was? Es ist nämlich so, dass der Sub gerade nicht da ist, weil er mit dem Moy und dem Tacho reden gegangen ist, und deswegen bin ich hier ganz mutterseelenallein, und deswegen ist es mir überlassen, den Schlusspunkt unter unsere Beteiligung an dieser Geschichte von den unbequemen Toten und den ganzen Sachen oder Fällen zu setzen, je nachdem. Also werde ich hiermit unterzeichnen:

Elías Contreras
Ermittlungskommission der EZLN
Mexiko, Februar 2005.

Kapitel 12

»Und ich lebe in der Vergangenheit«

Es war ein merkwürdiger Tagesanbruch gewesen. Héctor hatte den Vorgang genau verfolgt, mit fast mathematischer Präzision. Die noch unsichtbare Sonne hatte sich durch einen Wechsel der Dunkelheit angekündigt, dann waren ein paar graue Streifen am Horizont aufgetaucht, und schließlich hatte er diese Wolken in seltsamem Lila entdeckt, und dann war das Licht da gewesen. »Der Smog bringt wunderbare Dinge hervor«, dachte der Detektiv. Er ging auf die Straße hinunter, um die Leute vom Imbiss, die normalerweise völlig verschlafen die Tische herausstellten, aufzuwecken, damit sie ihm einen frisch gepressten Orangensaft servierten – frisch aus dem Kühlschrank und gepresst vor anderthalb Monaten in einer Fruchtsaftfabrik von Miami.

Als Monteverde aus seiner Haustür trat, wartete Héctor bereits auf ihn.

»Und der Hund?«

»Nein, ins Büro nehme ich ihn natürlich nicht mit. Er bleibt zu Hause.«

»Kennen Sie Barnie? Barnie, den lila Dinosaurier?«

»Wie bitte?«

»Ich glaube zu wissen, wer uns die ganze Zeit angerufen hat«, sagte Héctor und zündete sich eine Zigarette an. »Jesús María Alvarado hatte einen Sohn, Angel Alvarado Alvarado, ich habe gehört, dass er die Stimmen von Zeichentrickfiguren im Fernsehen spricht, die Steinbeißer, einen lila Dinosaurier ...«.

»Die Steinbeißer kommen gar nicht mehr im Fernsehen.«

»Na ja, solche Dinge eben. Kennen Sie ihn?«

»Nein.«

»Das hatte ich fast vermutet.«

Als er ins Büro kam, stellte er fest, dass seine Kollegen Aufträge außer Haus erledigten. Zwei Zettel legten davon Zeugnis ab: »Ich bin bei einer alten Frau, den Abfluss reparieren. Gilberto.« und: »Bin in La Merced Stoff einkaufen, Java und Juir. Carlos.« Das bedeutete, dass er zusätzlich zu seinen Aufgaben als Detektiv Telefonanrufe entgegennehmen und Nachrichten notieren musste.

Zum x-ten Mal wählte er die Nummer, die man ihm von Angel Alvarado gegeben hatte, und hörte den nicht enden wollenden

Klingeltönen zu. Niemand zu Hause. Gab es diesen Alvarado wirklich?

Er nahm seine Notizen über die Minister unter Juárez und die Gelben Seiten des Telefonbuchs zur Hand, im Versuch, einen der Nachnamen mit einem Möbelgeschäft zusammenzubringen. Dabei wendete er die denkbar einfachste Logik an: Namen wie Ruiz, Ramírez oder Guzmán schieden aus, weil sie zu verbreitet waren. Niemand würde in solch einem Fall sagen, du hast denselben Namen wie ein Minister von Juárez, man würde sagen, du und noch weitere zehntausend Typen im Telefonbuch heißen so. Es musste sich um einen bekannten Minister handeln, nicht um irgendeinen Nullachtfünfzehn-Minister, und er musste einen Namen haben, der ein wenig nach Straßenname oder Standbild auf dem Paseo de la Reforma klang. Melchor Ocampo allerdings nicht, der war wiederum zu bekannt, und es gab eine sehr große Straße, die nach ihm benannt war. Er stand für sich selbst, man würde nicht darauf kommen, ihn als Minister unter Juárez zu beschreiben. War es Prieto? Zarco? Santos Degollado? Lerdo de Tejada? González Ortega war es auch nicht, es sei denn, er hatte denselben Doppel-Nachnamen.

Das Telefonbuch ist für einen Detektiv so wertvoll wie die Bibel für die Fundamentalisten von Kansas oder Tarot für die Esoteriker. Wenn du die richtigen Fragen stellst, stehen in diesem riesigen Band mit den gelben Seiten alle Antworten: Es gab drei Möbelgeschäfte namens Prieto, einen Antiquitätenhändler namens Lerdo, ein Haushaltsgerätegeschäft Zarco, ein Möbellager Degollado. Sechs für den Anfang. Er notierte die Adressen und feierte den Ermittlungserfolg mit einem Schluck Fruchtsaft.

Dann wählte Héctor ein weiteres Mal die Nummer seines ganz persönlichen *Deep throat*, und endlich gab am anderen Ende der Leitung eine Stimme ein Lebenszeichen von sich.

»Herr Alvarado?«

»Ist noch nicht zurück, aber so gegen zwölf müsste er hier sein, er muss etwas einsprechen.«

»Entschuldigen Sie, wo genau ist ›hier‹?«

»Sie haben in den Tonstudios angerufen, bei den Gama-Studios. Wir haben unseren Sitz in der Colonia Roma, in der Calle Puebla 108, gleich um die Ecke von der Metrostation Insurgentes.«

Der Dinosaurier Barnie sah eher nach einem unrasierten Mexikaner mit viel Brustbehaarung und Bauch aus, der so um die vierzig sein musste. Als er mit dem Einsprechen, bei dem er einem der drei kleinen Schweinchen eine äußerst kokette Stimme verliehen hatte, fertig war, reichte man ihm Héctors Notiz, während dieser ihn durch die Glasscheibe des Aufnahmestudios beobachtete. Auf dem Kärtchen stand: »Jesús María Alvarado möchte mit dir sprechen.«

»Tag«, sagte er wenig später, etwas schüchtern, und streckte sehr förmlich die Hand aus. Eine behaarte, angenehme Hand. Die Stimme war unverkennbar. Sie hatten sich draußen vor den Tonstudios in einen kleinen Park gesetzt, und Alvarado-Barnie zog ein Päckchen altes Brot hervor, um die Tauben zu füttern. Héctor holte seinerseits sein Päckchen *Delicados* mit Filter heraus und blies den Tieren, die wegen des Brotes näher kamen, den Rauch entgegen.

»Sie gehören sicher zu denen, die einen Anruf bekommen haben.«

Héctor nickte und griff einmal mehr auf sein Alec-Guinness-Gesicht zurück. Er würde ihn seine Geschichte ganz in Ruhe erzählen lassen.

»Das war so ein Einfall, der mir gekommen ist.«

Héctor lächelte ihn an. Er mochte Angel Alvarado irgendwie.

»Es war kein schlechter Einfall«, sagte er.

»Nicht wahr? Das sind eben die Dinge, die ich gut kann. In ein Mikrofon sprechen. Was hätte ich tun sollen – dem Typen eine Kugel verpassen? Nicht wirklich, oder? Zur Polizei gehen? Nie und nimmer. Was hätte ich ihnen sagen sollen? Schaut her, ich habe auf der Straße das Schwein getroffen, von dem ich glaube, dass er meinen Vater vor dreißig Jahren umgebracht hat, einen gewissen Morales, der nicht Morales heißt? Gewiss, er ist selbst Polizist, genau wie ihr, oder er war es mal, das heißt, ihr wart auf seiner Seite, oder vielleicht auch nicht. Auch nicht so gut, oder?«

»Und warum haben Sie Monteverde angerufen?«

»Wer ist denn Monteverde?«

»Der Typ, der 1968 mit ihrem Vater befreundet war, der einen Hund namens Tobias hat, der, der mich in die ganze Sache hineingezogen hat.«

»Ach so, das war nur einer von vielen, die ich angerufen habe. Ich habe ein altes Adressbuch meines Vaters gefunden und habe angefangen, sie alle anzurufen. Die meisten von seinen Freunden aus den Sechzigern waren unter den Nummern von damals nicht mehr zu erreichen, andere waren gestorben, wieder andere waren gerade nicht in Mexiko-Stadt. Vielen habe ich Nachrichten hinterlassen, auf ihren Anrufbeantwortern.«

»Und mich, warum haben Sie mich angerufen?«

»Wer sind Sie denn?«

»Héctor Belascoarán.«

»Der Detektiv.«

»Zuweilen, ja.«

»Das war eine lustige Geschichte. Ich rief da so einen Typen an und hinterließ ihm eine Nachricht, da nimmt er das Telefon ab und sagt: ›Hör doch endlich auf mit dem Scheiß, Alter. Warum rufst du nicht diesen Detektiv an, er heißt Belascoarán, den habe ich neulich im Generalarchiv der Nation gesehen, da hat er Fotos von dir gesucht.‹«

»Und dann?«

»Was wohl?«

»Und Morales?«

»Was ist mit Morales?«

»Eben.«

»Vor einer Woche überquerte ich die Eje Central Lázaro Cárdenas, also diese Straße, die auch San Juan de Letrán heißt, um illegale Videos zu kaufen, solche für 15 Pesos, die supergut sind, und um mir eine heiße Schokolade mit Donuts zu genehmigen. Und plötzlich –zack – sehe ich ihn. Ich sehe einen Typen, und es versetzt mir fast einen Schlag, ein Schauer überläuft mich. Glauben Sie an Gespenster?«

»An manche schon, und an andere nicht«, sagte Belascoarán, nicht weil er besonders rätselhaft erscheinen, sondern den Unterschied zwischen Hollywood und dem Holocaust klarstellen wollte.

»Also hab ich genau hingeschaut. Er war es, das war der Morales, den ich im Knast von Lecumberri gesehen hatte. Der mir irgendwann mal seine Jojo-Sammlung geschenkt hatte, das alte schleimige Arschloch. Der, der meinen Vater umgebracht hat.

Da habe ich verdammt angefangen zu zittern. Aber ich hab mich zusammengerissen und hab ihn dabei beobachtet, wie er in den Torre Latinoamericana eintrat und dort den Aufzug bestieg. Ich hab dann die Mücke gemacht, aber der Aufzug hielt in den Stockwerken 7, 17 und 41.«

»Und weiter?«

»Na, ich bin zu mir nach Hause, ohne meiner Tochter was davon zu erzählen. Und habe die ganze Nacht wach gelegen, in kaltem Schweiß gebadet. Und am nächsten Morgen nahm ich das Adressbuch meines Vaters zur Hand und fing an, diese Anrufe zu machen.«

»Und diese Geschichte, die Sie über Morales erzählen, als er eine Metallschranke an einem Gemeindeweg installierte, um den Bauern ihren Kaffee zu klauen?«

»Die hat mir mal jemand erzählt.«

»Und Ihre Theorie über die inoffizielle Amnestie in diesem Land, unter die Morales gefallen sei?«

»Na, stimmt das etwa nicht? Ist das nicht die beschissene, reine Wahrheit? Laufen die Mörder hier nicht frei herum, glücklich und zufrieden?«

Héctor nickte.

»Und das mit dem Genickschuss?«

»Ich war sieben Jahre alt – mein Vater war gerade aus dem Knast gekommen, und ich lag auf meinem Bett und las das *Bolivianische Tagebuch* des Che. Ich werde das nie vergessen, ich habe das Buch aufgehoben, diese Ausgabe von Siglo XXI, es ist schon ganz zerfleddert, aber ich habe es immer noch. Da rief jemand für meinen Vater an, er hat sich die Schuhe angezogen und ist aus dem Haus gegangen. Meine Oma hat immer gesagt, es sei Morales gewesen, der angerufen hatte. Und danach ist er nicht mehr zurückgekommen. Sie haben ihn im Park bei Tlatelolco gefunden, auf einem Mäuerchen sitzend, mit einem Genickschuss.«

»Kann ich Sie weiter anrufen?«, hatte Alvarado-Barnie zum Abschied gefragt.

Héctor war versucht gewesen, mit einem knappen Nein zu antworten. Aber als er sein trauriges Gesicht sah, nickte er. Er blieb noch etwas länger in dem kleinen Park, um seine Gedanken zu ordnen. Keines der Möbelgeschäfte auf seiner Liste hatte ein Büro im Torre Latinoamericana. Aber der Mann konnte dort ja auch nur zufällig vorbeigegangen sein. Als er die letzte Zigarette aus dem Päckchen aufgeraucht hatte, fiel ihm ein, dass er vergessen hatte, Barnie nach Bin Laden zu fragen.

Er ging zu dem Ort, an dem er das Überfall-Taxi abgestellt hatte – bestimmt hatte es inzwischen jemand gefunden und mitgenommen. Aber nein, da stand es, rostig und fahrtüchtig.

Im dichter werdenden Verkehr des späten Vormittags fuhr er die Adressen eine nach der anderen ab. Die Möbelkette Prieto gehörte drei sehr jungen Brüdern, die sie vor zwei Jahren von ihrem Vater geerbt hatten. An- und Verkauf Lerdo in der Colonia Doctores war ein Libanese, der dem eigentlichen Lerdo den Laden in den 50er Jahren abgekauft hatte. Auf einer seiner Fahrten hielt ihn jemand an, und er fuhr ein jung verheiratetes Paar bis zur Haltestelle für die Busse nach Toluca. Als er sich weigerte, Geld anzunehmen, führten sie das auf die Liebe und ihr Glück zurück, und Héctor wollte sie nicht enttäuschen, indem er ihnen die Geschichte des falschen Taxis erzählte, das er einem Banditen geklaut hatte, und dass er kein richtiger Droschkenkutscher war.

Es wurde langsam Zeit, etwas zu essen. Er wusste es, weil sich sein Geruchssinn meldete. Seitdem er einäugig war, konnte er besser und auf größere Entfernung riechen. Er folgte seiner Nase zu einer Taqueria aus Michoacán in der Colonia Escandón, wo es Schweinefleisch-Tacos gab, in der Gegend, in der er anschließend das Möbeldepot Degollado suchen würde.

Eine Stunde später und mit 13 Campechano-Tacos im Bauch hielt Héctor Belascoarán in der Calle Prosperidad an – Straße des Wohlstands, ein eigenartiger Name in einem Viertel, das, seitdem die Revolution Herrn Escandón enteignet hatte, in der Verwahrlosung dahinsiechte.

Die Einfahrt zum Lager war ein Metalltor, das von außen mit einem Vorhängeschloss gesichert war. Trotzdem klopfte er dreimal an, ohne wirklich auf eine Reaktion zu warten.

»Manchmal hört der Herr nichts, der Kerl ist ziemlich taub, gehen Sie doch hintenrum rein«, sagte ihm ein Fußball spielender Junge und zeigte auf den Eingang eines Mietshauses.

Als er um das Haus herumgegangen war, fand er sich in einem

Innenhof voller Schrott wieder und traf auf ein weiteres Tor, das nicht einmal ein Vorhängeschloss hatte, sondern lediglich mit zwei umeinander gewickelten Drähten verschlossen war. Er klopfte erneut, der weisen Maxime folgend, dass noch keine Katze an Neugier gestorben war, zwirbelte die Drähte auf und trat ein.

Erst als er das Tor hinter sich geschlossen hatte, fiel ihm auf, dass er sich in einem vollkommen dunklen Raum befand. Da es weder Fenster noch Dachluken gab, konnte er sich keinerlei Vorstellung von der Größe des Ortes machen. Er hatte natürlich keine Taschenlampe dabei, also versuchte Héctor Belascoarán mit einem winzigen Bic-Feuerzeug in der Hand, einer proletarischen Freiheitsstatue gleich, sich einen Weg durch die Düsternis zu bahnen. Er stolperte über etwas, das sich wie Holzkisten anfühlte, und versuchte bis zu einer Wand vorzustoßen. Als er eine gefunden hatte, ging er bis zu der Stelle zurück, an der er den Eingang vermutete, um nach einem Lichtschalter zu tasten. Er fand ihn fast zufällig, viel tiefer, als er gedacht hatte. Das aus ein paar Neonröhren strömende Licht erleuchtete einen märchenhaften Möbelfriedhof. Alles war sortiert, in verschiedenen Haufen. Hier die Küchentische mit Metallbeinen, dort die archaischen Plattenspielerkonsolen; woanders ein halbes Hundert Kühlschränke, die vor mehr als dreißig Jahren eingeweiht worden sein dürften, Küchenstühle, Gartenstühle, Hocker und ein Dutzend Bartresen. In einer Ecke der etwa fünfzig Meter langen und genauso breiten Lagerhalle standen offene Kisten mit Spielwaren.

Irgendwann einmal hatte ein Freund von ihm, der Historiker war, herumphilosophiert, man müsse das Antike vom Alten unterscheiden können. Héctor erschien das blödsinnig, doch hier ging es noch um etwas anderes, hier lagen nicht einfach bloß alte Sachen herum, sondern hier war die auf halber Strecke hängen gebliebene Mittelschicht begraben, die glorreiche Mittelschicht der Sechziger, die in den Achtzigern stranguliert und um die Jahrhundertwende endgültig erledigt worden war. War es das?

In einer anderen Ecke der Lagerhalle schien ein einsamer Schreibtisch auf ein Büro hinzuweisen. Er nahm sich ein altes Eisenstück, um die Schublade aufzubrechen, aber das war gar nicht nötig, denn sie war unverschlossen. Weder Listen noch Register, nicht einmal eine verstaubte Inventarliste. Nur eine Schachtel mit

Visitenkarten, die zwei Adressen und zwei Telefonnummern angaben. Die in der Colonia Escandón, wo er sich befand, und eine Büroadresse im 41. Stock des Torre Latinoamericana. Über beiden prangte der Schriftzug *Juvencio Degollado, Geschäftsführer.*

Über lange Jahre war der Torre Latinoamericana das Zentrum von Mexiko-Stadt gewesen. Der Zócalo war das zeremonielle Zentrum, das symbolische. Aber der Ort, wo man sich mit der Geliebten ein denkwürdiges Stelldichein gab, war der Fuß des Latinoamericana, an der Ecke Madero und San Juan de Letrán. Dort, im Schatten des höchsten Gebäudes von Mexiko, trafen auch die künftigen Selbstmörder aufeinander, bis die Aussichtsplattform des Hochhauses schließlich mit Maschendraht umzäunt wurde, und die künftigen Liebespaare, um in eine der hoch gelegenen Bars zu fahren, von denen aus man beinahe das Ende der bekannten Welt sehen konnte. Heutzutage war das Hochhaus längst nicht mehr das höchste in der größten Stadt der Welt, und es gab sogar Leute, die behaupteten, Mexiko-Stadt sei gar nicht die größte Stadt der Welt, sondern Tokio oder Buenos Aires seien viel größer. Und es gab ohnehin Tage, an denen man von dort oben wegen der Luftverschmutzung nicht besonders viel sehen konnte.

Und zu allem Überfluss hatte, um dem Torre den Rest zu geben, Mexiko-Stadt sein Zentrum verloren. Die Stadt hatte kein Zentrum mehr, sie war zu einer Ansammlung von Vierteln geworden, deren Bewohner nicht einmal die Nachbarn von Gegenüber kannten. Die *Chilangos* von heute gingen nicht einmal mehr vor die Haustür, um den gefährlichen Glanz der urbanen Welt zu bestaunen.

Neben der Bürotür hing ein kleines Schild: Möbel Degollado. Die Tür war unverschlossen, also beschränkte er sich darauf, den Knauf umzudrehen. Ein einziger Raum mit einem Schreibtisch im hinteren Teil, unter dem ein schmutzig-grüner Teppich lag und von wo aus Morales, der auf einem Drehsessel mit hoher Lehne saß und die Hände auf der eigenartig leeren Tischplatte liegen hatte, ihn ansah.

»Sie sind der Typ, der mich verfolgt. Ich wusste es.«

»Nein. Ich bin ein Freund von dem Typen, der Sie verfolgt.«

Héctor suchte nach einer weiteren Sitzgelegenheit, doch es gab keine. Ein Kühlschrank, ein überflüssiger Schirmständer, zwei schlechte Velasco-Reproduktionen, sein Valle de Mexico und seine porfirianischen Landschaften, die an der Wand eingerahmt waren.

Morales trug eine sehr dicke Brille, und sein kurzsichtiger Blick folgte demjenigen von Belascoarán, der den Raum unter die Lupe nahm.

»Ein ganz schönes Scheißbüro, oder?«

Héctor nickte wieder.

»Vor Jahren war es noch elegant, ein Büro im Torre Latinoamericana zu haben. Das war etwas für renommierte Anwälte, für Wucherer, für Zahnärzte, die Goldfüllungen verpassten, für Vertreter von Maschinen aus deutscher Produktion.«

»Das ist viele Jahre her«, sagte Héctor und versuchte, sein ganzes Gewicht auf das gute Bein zu verlagern. Er konnte viele Stunden laufen, aber zu stehen konnte er nicht leiden, bald würde sein Rücken schmerzen.

»Wollen Sie etwas trinken?«, fragte Morales und wies auf den heruntergekommenen, einen Meter siebzig hohen Iem-Westinghouse-Kühlschrank. Héctor öffnete ihn. Er war fast leer, bis auf eine Coca-Cola und ein halbes Dutzend Flaschen Sol.

»Ich bin nie weggegangen. Hier in dieser blöden Stadt bin ich die ganze Zeit gewesen. Und ab und zu hat mich jemand komisch angeschaut, als würde er mich wiedererkennen, aber nein. Es war nur ihre eigene beschissene Angst, und sie drehten sich um und gingen woanders hin. Und manchmal war ich es, der abdrehte und in die Metro abtauchte und am Hintern schwitzte, während ich sie hinter mir im Auge behielt.«

Morales trug einen verwaschenen blauen Anzug und eine rote Krawatte über einem blassblauen Hemd. Er hatte offenbar niemanden, der ihm seine Kleidung bügelte, und er selbst hatte auch nicht gelernt zu bügeln. Héctor öffnete die Coca-Cola mit dem Unterteil eines Klammerhefters, den er auf dem Kühlschrank fand, und nahm einen tiefen Schluck. Das Zeug schmeckte fürchterlich. Wollte Morales ihn vergiften? Er spuckte den Inhalt seines Mundes quer über den Tisch wieder aus. Morales machte erschrocken einen Satz nach hinten und zog dabei eine Schublade auf, aus der er gerade eine Pistole nehmen wollte, als Belascoarán die Lade mit einem Fußtritt wieder schloss und dabei seine Hand einklemmte. Während Morales unverständliches Zeug schrie, war der Detektiv sehr stolz auf den Ballettschritt, mit dem er den Schreibtisch umrundet hatte, um mit seinem schlechten Bein gegen die Schublade zu treten. Die Kreuzschmerzen für die kommende Nacht waren ihm nun sicher. Er holte seine Pistole aus dem Halfter und richtete sie auf den Mann, der gleichzeitig versuchte, sein Hemd zu säubern, das voll ranziger Coca-Cola war, und sich die gequetschte Hand zu reiben.

»Was haben Sie in die Coca-Cola getan?« Héctor war sicher, dass es sich mindestens um ein Dutzend Valiumtabletten handelte. Morales schien ihm kein Arsen-Typ zu sein. Vielleicht auch 100 Gramm Rattengift. War dieses Zeug überhaupt noch auf dem Markt?

»Was, autsch, sollte ich denn schon reingetan haben?«

»Sie hat nach Scheiße geschmeckt«, sagte Héctor, als wolle er sich für das Chaos entschuldigen, das er angerichtet hatte.

»Dann war sie wohl alt.«

Héctor wies mit dem Pistolenlauf auf die Ecke des Raums, in der sich das Fenster befand. Ein gutes Fenster, vierzig Stockwerke über der Stadt gelegen. Morales stand auf, und Belascoarán nahm seinen Platz ein. Der Sessel war gar nicht so übel.

»Sie sind Morales«, sagte Héctor ins Nichts, ohne dem Typen ins Gesicht zu sehen, der sich immer noch die Hand hielt, die am Handgelenk bereits blau anlief. Er nahm Morales' Pistole aus der Schublade und steckte sie sich in die Jackentasche.

»Sie haben Jesús María Alvarado umgebracht.«

»Ganz und gar nicht. Ich habe ihm nur nachspioniert. Das schwöre ich Ihnen bei der Heiligen Jungfrau von Guadalupe. Ich habe ihm lediglich nachspioniert. Ramírez hat ihn umgebracht.«

»Nein, Sie waren vor Ort und haben ihn umgebracht.«

»Ich sage Ihnen doch, dass das nicht stimmt. Ich habe ihn Ramírez gezeigt, aber an diesem Tag hatte ich nicht einmal eine Waffe dabei. Ich habe ihm gesagt, schau, das ist Alvarado, aber sonst nichts. Ich habe mit dem Finger auf ihn gezeigt, aber mit einem Fingerzeig bringt man niemanden um. Ich wusste nicht einmal, was er mit ihm vorhatte.«

»Sie haben in den 70er Jahren gefoltert.«

»Das hat man Ihnen gesagt? Diese Arschlöcher haben Ihnen das erzählt?«

»Sie haben Ihre eigene Frau denunziert und wegen Ihnen wäre sie beinahe umgebracht worden.«

»Wir waren damals schon getrennt. Wir waren nicht mehr zusammen, und sie hatte mich angezeigt, weil ich ihr angeblich ein paar Bilder und den Schmuck ihrer Großmutter gestohlen hatte.«

»Sie waren Mitglied der Weißen Brigade.«

»Ich hab mich da rumgetrieben, aber ich hatte keine Befehlsgewalt. Ich hatte da überhaupt nichts zu melden. Mehr noch, wenn eine Aktion vielversprechend war, wurde ich in der Zeit zum Getränkeholen geschickt.«

Morales begann zu schluchzen. Er nahm die Brille ab und ließ sie zu Boden fallen. Seine Augen füllten sich mit dicken Tränen.

»Ich bin nur ein armes Schwein. Ich bin kein großer Ganove. Wissen Sie, womit ich mir ein bisschen Geld verdient habe? Auf die allermieseste Art und Weise, indem ich in den Häusern, aus denen wir die Leute entführten, die dann später verschwanden, die Kühlschränke und Küchenherde klaute. Es war nicht schwer. Letztendlich würden wir sie ja doch alle umbringen. Wozu brauchst du einen Herd, wenn du sowieso drei Monate lang gefoltert wirst und – falls sie dich aus purem Glück am Leben ließen – für Jahre im Knast verschwindest? Oder etwa nicht? Sollten wir sie etwa den Hausbesitzern überlassen, den Vermietern? Es wagte ja sowieso niemand, dorthin zurückzukehren, eine Wohnung zu betreten, nachdem wir sie eingenommen hatten. Da hing Leichengeruch in der Luft, das war heißes Pflaster. Und mittendrin also ich, der ich die Kühlschränke und Resopal-Esstische und Sessel verkaufte, die schon Brandlöcher hatten. Damit habe ich ein paar Kröten verdient, aber nicht viel.«

Er war ein elender Wicht, ein miese, kleine Ratte. Héctor Belascoarán zweifelte keinen Augenblick daran, dass er bei den Foltersitzungen als Ersatzmann fungiert, dass er Unterlagen entwendet und ab und zu am Abzug einer Waffe gezogen hatte, oder ein Messer gezückt, oder eine Plastiktüte, um den Gefangenen zu ersticken, oder dass er jemandem ein paar Tritte verpasst hatte, der nackt und blutend am Boden lag. Und jetzt? Was sollte er mit ihm anfangen? Wo würde er Anzeige erstatten? Etwa in Mexiko?

»Gehen wir auf die Straße runter«, sagte Héctor unvermittelt.

Der Gang war menschenleer. Héctor wies auf das Treppenhaus. 41 Stockwerke zu Fuß, das war als Strafe schon mal nicht schlecht. Als Strafe für sein eigenes lahmes Bein.

»Wo bringen Sie mich hin?«, fragte Morales mit einem schiefen Lächeln. »Wo gehen wir hin?«

»Sie für Ihren Teil gehen zur Hölle«, sagte Héctor plötzlich, und dann stellte er ihm mit all der Wut, die ihn beim Gedanken an jenen Jesús María Alvarado überkam, den er nie gekannt hatte, aber dessen Wiedergänger ihn anrief, ein Bein und versetzte ihm mit der Schulter einen Stoß, um dann zuzusehen, wie der Mann das ganze unendliche Treppenhaus hinunterstürzte, vermutlich sämtliche 41 Stockwerke des Torre Latinoamericana hinunter, bis auf die Avenida San Juan de Letrán, die auch nach Lázaro Cárdenas benannt war und bei einigen Leuten Eje Central hieß, Zentralachse. Bis ans Ende. Bis zur Hölle.

Ende

Epilog

Auf dem Nachhauseweg meinte Héctor zwei- oder dreimal, aus dem Augenwinkel einen Morales zu erkennen. Einer von ihnen schien gerade einem Auto vor einem Hotel in der Avenida Reforma zu entsteigen. Héctor versuchte, den Anfall von Paranoia abzuschütteln, wie jemand, der einen bösen Gedanken verscheucht, der ihm einen Schauer über den Rücken jagt, aber das Einzige, was er dadurch erreichte, war, die Panikattacke noch zu verstärken.

Eine weinende Frau kam ihm entgegen, die versuchte, ihren Kummer still hinter einem blauen Taschentuch zu verbergen. Mit einem Losverkäufer sprach er ein wenig über Fußball. Dann sah er ein Bauernpaar, das sich verirrt hatte, und geleitete sie zur Bushaltestelle an der Metrostation Chapultepec. Der Mann trug ein Saxophon in der Hand, sie eine Tüte voll alten Brotes.

Die Stadt machte heute einen friedlichen Eindruck, aber es

gelang Héctor nicht, sich mit ihrer Stimmung in Einklang zu bringen. Immer wieder erschien ihm ein Morales: Mitten im flüchtigen Kuss zweier Jugendlicher, die sich vor einem Trolleybus verabschiedeten, oder an der Eingangstür eines Juweliers, der seine Vorhänge zuzog ...

War er im Begriff, verrückt zu werden? Oder sah er die Dinge nur klarer und hellsichtiger als jemals zuvor? War er bloß einsamer als ein Köter und lebte deshalb mit Gespenstern zusammen, die ihn aus der Vergangenheit heimsuchten?

Der Gedanke an den Hund erinnerte ihn daran, dass er Monteverde anrufen musste, um ihm das Ende der Geschichte zu erzählen. Und er musste dem Hund etwas Leckeres mitbringen. Chorizo hatte ihm geschmeckt. Vielleicht ein Pfund *Longaniza* aus Toluca? Der arme Tobias würde umkommen vor Freude. Er beschloss, dass der Hund auch gut mit einem halben Pfund auskommen würde und er das andere halbe Pfund selbst verspeisen würde – mit Rührei.

Er zog sich die Schuhe aus und schob sie mit der Fußspitze bis in die Mitte des Raums. Das Zimmer war leer. Er hatte es nie für nötig befunden, Möbel zu kaufen, nicht einmal der Gedanke daran war ihm gekommen. Es gab nur den Teppich und in einer Ecke eine Stehlampe, den Sessel, in den er sich zum Nachdenken setzte, und daneben das Telefon, das auf einem Stapel von Telefonbüchern aus verschiedenen Jahrgängen von Mexiko-Stadt schwankte.

Er suchte im Kühlschrank etwas zu trinken und fand eine noch unangebrochene Dreiliterflasche Lulú-Limonade mit Johannisbeergeschmack. Ein Glücksgefühl durchströmte ihn. Wann hatte er sich die bloß gekauft? Wann war er auf den Gedanken gekommen, eine Johannisbeerlimonadenparty mit Tabak und Mahler zu veranstalten? Auf der Straße machten sich die Yuppies bemerkbar, die den Kiez überschwemmten, um im Restaurant zu Abend zu essen, Geräusche und Lachsalven drangen herauf. Autos bremsten lautstark und Hupen ertönten. Was mochte wohl Elías Contreras in diesem Augenblick in Chiapas machen? Dort war bestimmt alles eindeutiger, die Luft transparenter, die Feinde leichter auszumachen, die Dinge einfacher, die Fallen leichter zu erkennen, wie Löcher im Bürgersteig. Er lehnte sich aus dem Fenster und sah die

Straße hinunter, in Richtung des unsichtbaren Ajusco-Bergs, der schwachen Lichter des Schlosses von Chapultepec, weit über den Fernsehantennendschungel hinweg.

Er dachte kurz daran, Elías Contreras ein Telegramm zu schicken, aber bestimmt würde es zensiert werden, wenn er schrieb: »Mein Morales hat sich ins Knie gefickt.«

Plötzlich klingelte das Telefon. Héctor sah den alten, schwarzen Apparat misstrauisch an, der noch eine dieser altmodischen Hörmuscheln aus den 60er Jahren hatte und den ihm sein Vormieter vererbt hatte, der ihn wiederum von seinem Vormieter geerbt hatte. Er ließ ihn noch ein paar Mal klingeln. Dann sprang der Anrufbeantworter an.

»Belascoarán, hier spricht Jesús María Alvarado. Na, was glaubst du wohl? Falls du dir ausgerechnet hattest, Morales zu schnappen und ihm den Juancho zu entlocken, hast du es schon vergeigt. Er hat ihn an die Gringos verkauft, die ihn wieder nach Burbank zurückgebracht haben. Es wäre super gewesen, wenn er in Mexiko geblieben wäre, Juancho hätte weiter fürs Fernsehen arbeiten und im Zweiten Werbung für Gansitos Marinela machen können. ›Osama Bin Laden sagt, dass der beste Schokoladenkeks ...‹ Ich sag das nur, damit du, wenn der Typ ein neues Kommuniqué verliest, genau auf die dunkle Stelle achtest, die er über dem linken Auge hat, die kleine Narbe; weil es nämlich so ist, dass ...«

Héctor wartete ab, bis sich der Anrufbeantworter nach anderthalb Minuten abschaltete. Dann ging er selbst zum Telefon, nahm den Hörer ab und wählte aufs Geratewohl eine Nummer. Es antwortete die Ansagestimme aus der Filiale eines internationalen Finanzunternehmens:

»Unsere Leitungen sind im Moment alle belegt. Wenn Sie eine Nachricht hinterlassen wollen, wählen Sie die Eins. Wenn sie einen unserer Berater persönlich sprechen wollen, wählen Sie die Zwei, wenn Sie in unser Hauptmenü weitergeleitet werden wollen, wählen Sie die Drei ...«

Er wählte die Eins.

»Hören Sie, hier spricht Jesús María Alvarado, ich habe eine Mitteilung für Sie. Falls ein gewisser Morales in Ihrem Aufsichtsrat sitzt, sollten Sie sich in Acht nehmen, weil das eine ganz üble Type ist, ein Experte in betrügerischen Finanztransaktionen gegenüber dem Staat, der versucht, zum Vorteil von ein paar Wenigen das Gros der Leute zu bescheißen. Also im Prinzip dasselbe, was Sie dort in Ihrer Firma auch alle tun, aber eben auf die kriminelle Tour. Dieser Morales ist also mit Vorsicht zu genießen …«

Er hängte ein und fühlte sich zutiefst befriedigt, wie ein Kind, das einen neuen Fußball einweiht. Wie ein Heranwachsender, der gerade entdeckt hat, dass sein Vater heimlich den Playboy abonniert hat. Er nahm den Telefonhörer erneut zur Hand und wählte wieder irgendeine Nummer.

»Dies ist der Anrufbeantworter von Susana Quirós«, sagte eine jugendliche Stimme. »Wenn Sie ein Fax senden wollen, tun Sie es jetzt, wenn Sie eine Nachricht hinterlassen wollen, warten Sie auf den Piepton.«

»Hier spricht Jesús María Alvarado. Ich wollte Sie darüber informieren …«, begann Héctor Belascoarán Shayne, unabhängiger Detektiv.

(Zweites) ENDE

Mexiko-Stadt, Ende des Winters 2005.